公元787年，唐封疆大吏马总集诸子精华，编著成《意林》一书6卷，流传至今
意林：始于公元787年，距今1200余年

一则故事 改变一生

图书在版编目（CIP）数据

池鱼思故渊.1 / 白鹭成双著.-- 长春：吉林摄影出版社，2017.10
（恋恋古风）
ISBN 978-7-5498-3373-3

Ⅰ.①池… Ⅱ.①白… Ⅲ.①长篇小说－中国－当代 Ⅳ.①I247.5

中国版本图书馆CIP数据核字(2017)第255263号

池鱼思故渊①
CHIYU SI GUYUAN①

著　　者	白鹭成双
出 版 人	孙洪军
主　　编	顾　平　杜普洲
责任编辑	施　岚　胡晓路
总 策 划	蔡　燕　康　宁
统筹策划	康　宁
设计总监	资　源
执行编辑	康　宁
封面设计	杨　倩
美术编辑	孔凡雷
开　　本	700mm×1000mm 1/16
字　　数	320千字
印　　张	16
版　　次	2017年10月第1版
印　　次	2017年10月第1次印刷

出　　版	吉林摄影出版社
发　　行	吉林摄影出版社
地　　址	长春市泰来街1825号
	邮　编：130062
电　　话	总编办　0431-86012616
	发行科　0431-86012602
网　　址	http://www.jlsycbs.net
经　　销	全国各地新华书店
印　　刷	北京市兆成印刷有限责任公司

| 书　　号 | ISBN 978-7-5498-3373-3 | 定　价：32.80元 |

版权所有　翻印必究
（如发现印装质量问题，请与承印厂联系退换）

001　第1章　失火的遗珠阁

009　第2章　重回王府

018　第3章　精彩纷呈的婚事

032　第4章　谢谢你护着我

053　第5章　不识路但识人心

064　第6章　秋收计划

079　第7章　你是宁池鱼

096　第8章　带着徒儿当贼的师父

119	第9章 你要相信你自己
133	第10章 到底出了什么事
149	第11章 你不是麻烦
168	第12章 我给她的胆子
182	第13章 情天不老月长圆
206	第14章 师父是妖怪吗
219	第15章 生死较量
233	第16章 尘埃落定

第1章 失火的遗珠阁

"救命啊！救……咳……"

浓烈的烟雾涌进屋子，就算努力屏息，喉咙里也呛得厉害，宁池鱼咳嗽不止，抬头看见窗外站着的人，连忙扯着嗓门喊："云烟，我在这里！"

平时一向颇为照顾她的云烟，此刻就在离她十步之遥的窗外，眼神冷漠，语气冰凉："抱歉，郡主，卑职也只是奉命行事。"

奉什么命？行什么事？池鱼有点儿蒙了，脑子缓慢地想着这句话的意思，直到着火的房梁"轰"的一声砸落下来，她才猛地一凛。

奉命行事，就是要她死？

错愕地睁大眼，池鱼头摇得跟拨浪鼓一样："不可能！王爷不可能要杀我！你放我出去，我要见他！"

云烟没有任何反应，负手站在远处，身影被火光渐渐掩盖。外头人不少，可没有人救火，相反，倒是有人在泼油，火势伴随着刺啦的声音越来越大。

屋子里空气稀薄得令人窒息，池鱼惊慌之中，还听见两声猫叫。

"落白！流花！"池鱼红了眼，"你俩蠢吗？快跑啊！会被烧死的！"

一白一花的两只小猫使劲儿蹭着她，"喵喵喵"地叫着，声音凄厉，却都没从窗口跳出去。流花的尾巴上的毛被烧焦了一块儿，落白身上的毛也卷曲发黄，看起来可怜极了。

心口疼得厉害，池鱼咬牙，努力让自己镇定下来，企图在这房间里找寻一丝生机。

门口已经被堵死,想出去是不可能了,身子被捆着,行动不是很方便,她只能脚尖蹭地借力,左肩在地上磨,一点点地往窗户的方向靠。

好不容易离得近了,燃着火的纱帘突然从房梁上掉了下来,烧着了她的衣裳,池鱼急忙往地上滚动,两只猫咪也凄厉地叫起来。

"别怕别怕!"勉强将身上的火压灭,池鱼装作没闻见自己的肉焦味,小声安抚两只小东西:"我送你们出去。"

话刚落音,窗口上挂着的姻缘符也着了火落下来。刚刚才熄灭的火苗重新烧在了她的身上,惊得池鱼连忙几个翻滚,却差点儿滚到那头烧上来的火里。

"喵!"落白和流花都惨叫不止,池鱼看了看自己身上烧得正欢的姻缘符,绝望之中骂出了声:"你这个月老,扯的什么姻缘!不帮我就罢了,还要来烧我!心被天狗吃了吧?"

肌肤已经感受到了炙热,呼吸也渐渐困难,池鱼有些心疼地看着墙角里发抖的猫咪,不甘心地躺在地上睁大了眼。

要……死了吗?火烧上了房梁,一片红光。池鱼恍惚地看着,感觉那片火好像突然光芒大盛。是快死了的幻觉吗?池鱼茫然地看着,只见光里好像出现了个人。

长长的白发,飘在身后,像一条白龙。大红的袍子绣着精细的云纹,铺天盖地从天上罩下来,如巨大的屏障,映得那眉眼美得惊心动魄。从天而降带下来的风,将她周围的浓烟都吹散了。

下一瞬,自个儿就被他捞了起来,一阵天旋地转,四周的灼热尽消。

外头的空气清新无比,池鱼无意识地喘息着,眼前一片空白,嗡鸣之声不绝于耳,过了许久才缓过神来,渐渐才看清了东西。

一袭暗红的锦绣袍就在她眼前,池鱼眨眨眼,低头一看,却发现这袍子没有方才看见的那么宽大,尺寸很平常。再抬头,面前的人一头白发及腰,随意束在身后,也没有三丈长。

刚刚,是她眼花了?

摇了摇头，池鱼很是感激地看向这人，虚弱地道："多谢恩公！"

恩公的脸色看起来不太好，语气也很不耐烦，顺手将落白和流花扔给她，冷声道："不必谢了。"

惊喜地接住两只猫咪，看了看它们没有大碍，池鱼眼泪都下来了，一把就抱在了怀里："太好了。"

"不过……"高兴之后，池鱼有点儿不解地看了一眼远处还在烧着的遗珠阁，"恩公是怎么救我出来的，那么大的火？"

"想见沈弃淮？"这人好像没耐心回答她，只冷冷地问了一句。

池鱼头皮一麻，赔着笑点头，她现在最想见的就是沈弃淮，想问问他到底发生了什么事。

"那就别问了，跟我来。"挥袖就走，这位恩人看起来好像心情不太好，池鱼也不敢多问，连忙跟上他，从王府无人的小路，绕去沈弃淮的悲悯阁。

悲悯阁的一切她都万分熟悉，每次来这里，越过那三开的门扇，都能瞧见沈弃淮遗世独立的背影。

然而这次不同，悲悯阁院门紧闭，里头也不止沈弃淮一个人。

余幼微眉目间满是笑意："你是池鱼的未来夫君，我们怎能……"

沈弃淮一双眼似笑非笑："我心属你，还管别人做什么？"

余幼微问："府上是不是着火了？"

"着火的是遗珠阁。"沈弃淮轻笑，"烧不到咱们这里来。等这火灭了，你就是我未来的王妃。"

余幼微心里大喜，脸上却露出担忧来："池鱼就算有错，也不至于……"

"不至于？"沈弃淮嗤笑一声，"她上次重伤于你，你都忘记了？"

"那也只是吃醋罢了。"余幼微咬唇，楚楚可怜地看着他，"她也只是太爱您，不想您与我来往。"

"本王与谁来往，轮得到她来做主？"沈弃淮轻哼，"本王就是喜欢你，你说什么都没用。宁池鱼一死，本王立马迎你过门。"

第一章 失火的遗珠阁

"这……别人会说闲话的,池鱼也跟您十年了。"

"与我何干?"沈弃淮深深地看着她,"谁挡着我与你在一起,我便杀谁。"

这般情话,谁人不心动?

院墙外,池鱼面无表情地听着,心里的凉意蔓延到周身,冻得指尖生疼。她努力想呼吸,却怎么也吸不进空气。伸手捂住耳朵,那一声声缠绵悱恻的情话却还是钻进她的脑袋。

无数的怒火冲上来,激得她双眼血红,起身就想翻墙。

"站住!"白发恩人扯住她的胳膊,低斥,"你想干什么?"

"我想干什么?"池鱼回头,一双眼满是恨意,"我要杀了他们!"

她是真的想不到,一个时辰前还特意来与她共进晚膳的人,现在竟然会躲在这里与她的姐妹谈情说爱!那她算什么?十年来的杀人工具?任他玩弄的傻子?

是她傻啊,到死都不愿意相信他会舍得杀自己,而他呢?压根没有把她看在眼里!烧死她,就为了迎娶余幼微,那这十年来为什么一直骗她呢?早说明白不好吗?

"冷静点儿吧。"白发恩人道,"就算你冲进去,也打不过沈弃淮。"

池鱼崩溃了,蹲下身子抱着头,又哭又笑:"我十岁借住在这王府,和他一起长大,这么多年来一直真心真意地对他,他竟然要烧死我!"

许是她的声音大了些,院子里的动静渐渐没了,白发恩人反应极快,立马拎起一人两猫,飞身而走。

"走到哪里去?"池鱼挣扎了两下,"你放我去跟他对质!我倒是要问问,他的良心是不是被狗吃了!"

"闭嘴!"白发眯了眯眼,"不想死就听我的!"

池鱼悲愤难平,死死地抓着他的衣裳,咬牙道:"就算我听你的,又能如何?沈弃淮要我死,我在这京城就活不了!"

那可是一手遮天的沈弃淮！他能在自己的王府里烧死她一次，就能杀她第二次、第三次，她跑得掉吗？离开王府，外头仇人甚多，她活得下来吗？

白发恩人斜眼睨着她，冷笑一声，表情很是不屑："有我在，你怕什么？"

这语气很是自信，听得池鱼愣了愣，抬头疑惑地看着他："你……是何方神圣？"

白发恩人沉默了片刻，深黑的眼珠子一转，吐出个名字来："沈故渊。"

池鱼皱眉："沈氏皇族？"

"算是吧。"沈故渊寻了个无人的院落将她放下，拂了拂自己身上的袍子。

不知道为什么，池鱼觉得这人的语气听起来有点儿心虚，忍不住就怀疑起来："我怎么从来没听人说过这个名字？"

沈故渊有点儿不耐烦："你没听过的人都不存在不成？"

池鱼愕然，低头想想，好像也是。

"别多想了，跟我走。"沈故渊下巴微抬，"我带你离开这王府，保你性命。"

那怎么可能？池鱼苦笑，蹲在地上摸落白的脑袋："恩公有所不知，沈弃淮摄政已久，权势滔天，我虽为郡主，但父王早死，满门已灭，在他眼里不过是浮尘蝼蚁。他想要我死，就绝对不会放过我。"

沈故渊道："我就问你一句话，你现在最想做的是什么？"

最想做的？池鱼咬牙："那还用说？报仇！让他们付出代价！"

"那就行了。"沈故渊点头，"我帮你。"

池鱼微微一愣，有点儿意外地看着他："恩公，咱们先前认识吗？"

"不认识。"

"那您平白无故的，帮我做什么？"

沈故渊想了想，道："你若非要个理由，那就是我与这沈弃淮有仇。"

有仇？池鱼认真思考一番，发现挺有道理的，沈弃淮毕竟只是镇南王捡

回来的养子，如今皇帝年幼，皇族血脉凋零，任由他一个外人掌控大权，的确是有不少皇族不满。

"问够了吗？"沈故渊转身拂袖，"趁着夜色，赶紧跟我走！"

想想自己身上也没有能被骗的东西，再看看自己如今这绝望的处境，池鱼望着他的背影，深吸一口气，抱起猫就跟了上去。

墙外有马车停着，池鱼正好奇这车是谁的，就见沈故渊上去掀开了车帘，回头朝她道："上去。"

这还是有备而来？

池鱼想也不想就抱着猫钻了进去，车帘放下，沈故渊就坐在她对面，平静地吩咐车夫："走吧。"

"要去哪里？"车辚辘动起来，池鱼还是忍不住问了一句。

沈故渊抬眼看她，眉心微蹙："你不疼吗？"

疼？池鱼有点儿茫然，顺着他的视线摸了摸自己的脸。

"嘶！"还真的挺疼。

"还没见过你这样的人。"他嗤笑，"光顾着嚷嚷要报仇，一身伤都没知觉？换个人，这会儿就该晕过去了。"

脸颊上火辣辣的，身上也有大片大片的烧伤，池鱼苦笑着问了一句："我现在的模样是不是很丑？"

沈故渊淡淡地道："本来也不是多好看。"

是啊，就是因为没多好看，沈弃淮才不喜欢她的吧。

马车摇摇晃晃地走着，半个时辰之后才停下来。

前头是一处宅院，白墙灰瓦。沈故渊上前推开门，朝她招手："进来。"

这姿势真的有点儿逗狗的意思，不过池鱼没有心思计较这些，乖顺地跟着跨进了门。

"躺下。"屋子里有一张宽大的床，沈故渊坐在床边，一边朝她吩咐，一边拍了拍床沿。

池鱼愣了愣："这……"

疑问还没问出来，对面的人就冷笑了一声："你在想什么乱七八糟的？你发高烧了，自己不清楚？"

池鱼不好意思地低了低头，伸手摸了摸自己的额头，喃喃道："感觉不到烫啊。"

"那是因为你全身都一样烫了。"沈故渊没好气地将她拉过去按在床上，道，"幸亏是有我在，不然你连这场病都抗不过去。"

蹬掉鞋子，池鱼将猫放下床，乖乖地躺好。

"你会治病？"她问。

"我什么都会。"他答。

池鱼轻笑，心想这人未免太过自大了，天下事情何其多，哪有人什么都会的？

不过她的头很重，胸口也很闷，浑身提不起劲儿，一躺下来才发觉自己一直紧绷着身子，骤然一放松，整个人慢慢地就陷入了黑暗。

池鱼感觉这一觉睡了很久，头痛欲裂，嗓子干涸得厉害。屋子外头很吵，锣鼓声鞭炮声，响作一团，逼得她不得不睁开眼。

外头的天竟然还是黑的，烛台的光很暗，整个屋子里就她一个人。

池鱼勉强撑起身子，揉了揉脑袋，恍然间觉得自己刚刚才从鬼门关回来，身子都僵硬得不像是自己的了，手脚活动了半晌，才有了知觉。

"恩公？"

"醒了？"桌边坐着的人回过头来，淡淡睨她一眼，"命保住了，要好生养三个月。"

三个月？池鱼皱眉："这也太久了。"

"你急什么？"沈故渊皱眉，"赶着去投胎？"

"不是……可……"池鱼抿唇，"三个月之后，沈弃淮怕是已经迎了余幼微过门了。"

第一章 失火的遗珠阁

想起那两人说话的模样，她还是忍不住红了眼。

"放心，没那么快。"沈故渊道，"在他们成事之前，我会带你回去的。"

池鱼一愣，忍不住微微撑起身子看向他："咱们还要回去？"

她在世人眼里怕是已经是个死人了吧？还怎么回得去？

"若是不回去，你的仇怎么报？"沈故渊白了她一眼，凤眼半眯，霜发落下几缕垂在眼前，"你有我护着，怕什么？"

池鱼咽了口唾沫，很想说，您也只是个来路不明的人啊，要怎么护我？

然而，能活下来已经是幸事，她也不能太苛求自己的恩人。平复了心情，池鱼安心地在院子里养起伤来。

两人在这院子里住了三个月，宁池鱼浑身的烧伤结痂了，衣裳挡着，已经瞧不出什么端倪。

但是脸……

她的脸被烧伤了，沈故渊不知用什么草药，天天给她敷着，伤是好了，但模样也发生了一些变化。

第❷章 重回王府

这日天气不错，阳光普照，沈故渊一大早就推开了她的房门，靠在门口漫不经心地问："你准备好了吗？"

池鱼一脸茫然地看向他："准备什么？"

沈故渊微微眯眼，语气不太好地道："你日日夜夜念的都是回去报仇，现在伤好了，却问我准备什么？"

眨眨眼，池鱼反应过来，微微皱眉："可是……您打算怎么送我回去？"

"送？"沈故渊嗤笑，"谁说我要送你回去？"

池鱼一愣。

沈故渊接着就道："我带你回去。从今以后，你得管我叫师父。"

悲悯王府一场大火，烧死了池鱼郡主，沈弃淮悲痛过度，病了几日，引得朝中重臣纷纷探望慰问，连宫里也送了慰问的东西来。

"瞧瞧他们有多敬重您啊，这些东西都要堆满大半个院子了。"余幼微坐在沈弃淮身边掩唇，"不知道的，还以为送的是新婚贺礼。"

沈弃淮勾唇拉过她的手，低笑道："你放心，三司使已经上奏求陛下赐婚你我，以慰我失未婚妻之痛。婚事也筹备得差不多了，到时候，他们的贺礼，定不会比现在少。"

宁池鱼死是死了，沈弃淮也没提起她半个字，但作为一个女子，余幼微相信自己的直觉，这十年来，沈弃淮未必是没有对宁池鱼动过心的。

"王爷。"外头有家奴来禀告，"宗正大人求见。"

坐直了些身子，沈弃淮道："请他进来。"

余幼微识趣地告退回避，出去的时候微微抬眼，就看见那向来沉着冷静的徐宗正眉头紧皱，额上还有汗水，捏着一本东西急匆匆地跨进门，都没看她一眼。

出了什么大事吗？

"王爷！"到他跟前行礼，徐宗正皱眉道，"先皇有一幼子流落在外已有十余载，朝廷一直派人寻找无果。但半个月之前，孝亲王寻到了蛛丝马迹，查证半个月之后，确认无误，今日已经将人迎进了宫。一众亲王都高兴不已，一大早便进宫去向陛下给他讨身份去了。"

沈弃淮脸色瞬间一变，皱眉："半个月之前？怎么没人来知会本王一声？"

徐宗正拱手低头："王爷府上新丧，沉浸在悲痛之中，孝亲王的意思是，没查证之前不必打扰您。但眼下已经坐实了身份，微臣便赶来禀告。"

先皇有个皇子在南巡途中走失之事算是皇室的秘密，一向只有他们几个王爷和禁军在暗中查访。

老实说，沈弃淮从来没有认真找过这个皇子，他并非皇族血脉，掌权靠的就是天时地利人和，正因为沈氏一族嫡系老的老、幼的幼，他才有机会往上爬。

而那三皇子，乃先皇最后幼子，算算年纪，眼下正是青壮之年。

沈弃淮眯了眯眼，站起了身："人在宫里是吗？本王也正好去看看。"

让人准备了马车，沈弃淮更衣动身，他在人前都是一张和善的笑脸，直到一个人坐进马车里，脸色才沉了下来。

失散多年的皇子，早不回来晚不回来，怎么偏在这个时候回来？

巍峨的玉清殿。

叙旧了一个时辰，朝中四大亲王皆坐在这殿里哭得不能自已，年幼的皇帝坐在软榻上，一双眼盯着沈故渊看，也是泪眼蒙眬。

"在外十几年，真是辛苦你了。"孝亲王感慨地看着他道，"皇弟生前就一直念叨你，说对不起你，一旦你回来，我们定要替他补偿你。"

"无妨。"沈故渊道，"我不在意。"

这几个字说得亲王们眼泪又上来了，连幼主都忍不住奶声奶气地问他："皇叔，你想住在哪里？想吃什么？朕都让人去安排。"

"吃什么无所谓，我还不饿。"沈故渊抬了抬嘴角，"但是住的地方，我倒是有想法。"

"哦？"孝亲王连忙问，"你想住哪里？"

殿门突然打开，外头的太监通传了一声："陛下，悲悯王爷到。"

殿外的人跨步而来，脸上带着平和的笑意，上前便行礼："见过陛下，各位皇叔安好。"

孝亲王抹了眼泪，回他一笑："你来得正好，咱们正在商量故渊该住在何处。"

先皇所失之子本名御德，但因多年寻而不得，先皇病时便将他改名故渊，望他思故而归，早些回来。

沈弃淮笑了笑，很是从容地问："那有结果了吗？"

"正在说呢，故渊自己有想法。"孝亲王连忙转头看向沈故渊，"你方才说，想住哪里？"

顺着孝亲王的目光看过去，沈弃淮表情僵了僵。

旁边的椅子里坐着个红衣白发的男子，察觉到他的目光，便慢慢撩起眼皮回视。

四目相对，沈弃淮终于知道为什么几位皇叔这么笃定他是那失踪的皇子了。

沈氏一族有遗传，嫡系男丁一满十岁，须发尽白，药石无转。这人一头白发通透不说，面容竟也与祠堂里挂着的太皇太后像相似八分，尤其这一双眼睛，美得令人难忘。

若无血缘,断断不可能这般相似。

这人看着他,薄唇微勾,眼里的光忽明忽暗。

沈弃淮突然就觉得背后有点儿发凉。

"我想住悲悯王府。"他道。

殿里的人都是一愣,沈弃淮更是意外:"住本王府上?"

"都说悲悯王府是这京中最好的官邸。"沈故渊道,"多住两个人,不成什么问题吧?"

这话听着没什么不对,但是莫名其妙地,沈弃淮察觉到一股子敌意。

沈弃淮是个八面玲珑的人,他向来不会把喜恶表现在脸上。所以即便心里不太舒坦,他还是笑道:"本王府上半个月前失了火,烧了几处院子,要接待贵人,怕是不妥。"

这算是委婉地拒绝了,一般人听见这话,都会识趣地不住了。

然而,沈故渊却大方地道:"无妨,我不在意这些,能住就行。"

孝亲王哈哈笑道:"故渊竟然这般喜欢悲悯王府,也罢,那就让弃淮去安排吧。"

"池鱼刚死,本王没心思照顾客人,怕是要怠慢他的。"沈弃淮严肃地说道,"您和其他几位皇叔府上也不差,他不能住吗?"

"弃淮啊,"孝亲王叹息,"你也看见了,这孩子怎么看都是我沈氏嫡系血脉,咱们对他有亏欠,哪能不满足他这一点儿要求呢?你就委屈一下,腾个好点儿的院子出来让他住着。等他的王府修好,自然就搬出去了。"

王府?沈弃淮心里一跳:"他要封王?"

"这是自然的。"孝亲王道,"按照辈分,你也得唤他一声三皇叔。"

沈弃淮沉默,心里的不悦像潮水一样翻涌上来。

他辛苦十年才有今日的王位,人家倒是好,什么功绩也没有,光凭一条血脉就能与他一样封王。真是不公。

心里这么想,脸上却还是挂了笑,沈弃淮回头,朝沈故渊拱手:"敢问三皇叔,想住敝府哪个院子?"

"无妨,随意什么院子,能住就行。"沈故渊道,"只是房间得多备一间,我徒儿毕竟是个姑娘家。"

"哦?"沈弃淮有点意外,"还带了徒弟?"

"那正好,本王本还担心没人照顾你,有徒弟在就是好事。"孝亲王笑道,"方才就听人说你带着个姑娘进的宫,咱们忙着叙旧,暂时还没能顾得上她,既然说到了,不如宣她进来行个礼。"

幼帝点头,沈故渊似笑非笑地看了沈弃淮一眼,也点头。

太监通传,没一会儿外面就有人跨了进来。

"民女给皇上请安,吾皇万岁!给各位王爷请安,王爷们万福。"

一听这声音,沈弃淮惊得猛回头,脸色惨白地后退了两步,撞翻旁边的茶杯,落在地上,"啪"的一声脆响。

"宁池鱼?"

殿里众人都被吓了一跳,纷纷看向他。

沈弃淮没心思注意别处,一双眼死死地盯着下边跪着的女子,心跳得又急又快。

跪着的人缓缓抬头,潋滟泛光的眼里满是不解:"唤我?"

对上她的眼睛,沈弃淮眉头紧皱,惊疑不定,忍不住踏近一步,俯下身来看着她。

一身嫩黄裹粉束腰裙,衣襟绣花,肩上拢纱,挽臂轻薄绣纹。额间三点朱红衬花钿,绛唇丰盈,腮染微红,长睫沾了湿露。乌云髻上是梅花五簪,含羞带怯三分端庄,天姿国色七分动人。

眉宇间有些宁池鱼的影子,却不是宁池鱼,宁池鱼没有这般姿色。

错愕片刻,沈弃淮冷静下来,笑道:"本王认错了人,见笑了。"

"这位姑娘长得的确与原先的池鱼郡主有些相似。"忠亲王看了看,道,"难怪弃淮要这么激动,也是丧妻心痛。"

"是吗？"宁池鱼努力笑得事不关己，"王爷真是情深义重。"

"可不是吗，弃淮一向疼池鱼的。"孝亲王叹息，"可惜红颜薄命，弃淮你也别太伤心了，要早些走出来才行。"

沈弃淮垂眸应了一声，脸上却还满是悲痛的表情。

宁池鱼跪在地上，面无表情地看着沈弃淮那张脸，只觉得自己身上的烧伤都在隐隐作痛，喉咙微紧，仿佛又置身火场，差点儿呼吸不上来。

池鱼怒意翻涌，抬起一只脚，差点儿就要直接站起来！

"傻孩子，没让你起身，你就一直跪着？"一袭红袍突然从旁出来，挡住了她的视线。有人伸手，温柔地半抱着她将她扶起来站直。

池鱼抬头，就看见沈故渊一双半阖的眼，清清楚楚地写着四个字：不要冲动！

这是什么地方？有她犯上作乱的机会？外头的禁卫又不是摆着看的，沈弃淮也不是纸糊的，女人一生气，怎么就容易没了脑子呢？

池鱼有些不甘心地看着他，委屈得眼睛都红了，咬唇抓着他的衣襟，半晌才低声道："都听师父的。"

"那便来再给悲悯王爷行个礼。"轻轻推了推她的后腰，沈故渊转身，朝着沈弃淮道，"要麻烦王爷以后多照顾了。"

池鱼拢着袖子，僵硬着身子朝沈弃淮作揖："小女不懂规矩，容易惹事，还请王爷以后多担待。"

袖子里的手指节节发白，池鱼低下头，死死地盯着沈弃淮绣云的鞋面。

沈弃淮颔首，算是应了，目光落在面前这师徒二人身上，有些深沉。

认亲结束，沈弃淮带着沈故渊和池鱼乘马车回府，一路上他一句话也没说，到了地方，下车就叫来云烟，低声问："池鱼的棺木，是你亲自送去下葬的吗？"

云烟一愣，拱手道："是，没有出过任何岔子。主子怎么突然问这个了？"

"随便问问。"沈弃淮垂眸，转头指了指正在下车的两个人，道，"这是王府的客人,你好生招待,莫要失了礼数。"

客人?云烟没敢抬头,拱手行礼:"两位里面请。"

看着这熟悉的大门,池鱼深吸一口气,努力压着心里汹涌的恨意。

十年前,她也是这样站在这王府门口,那时候这王府还叫恭亲王府,沈弃淮一脸温柔地站在恭亲王身侧,好奇地看着她。

七岁的小女孩,刚经历灭门之痛,对周围的一切都充满戒备,抓着仆人的衣袖,怎么也不肯上前一步。

"别怕。"他朝她伸出了手,"哥哥带你去看后院池塘里的鱼,好大一条,鲜红色的,好不好?"

那只手温柔极了,和他的眼睛一样,充满善意,让她下意识地就伸出了手。

他是第一个朝她伸手的人,在她茫然无措、惶恐不安的时候,给了她一个令人安心的家。

而如今,这地方烧焦皮肉的味道仍在,令她几欲呕吐。

沈故渊斜眼扫着旁边这人的模样,眼神微动,抬步就往府里走:"悲悯王府倒是修得不错。"

说是这么说,语气却分明带着点儿不屑,垂眼扫着四周,仿佛这里的雕梁画栋都入不得他的眼,只是勉强来住住罢了。

沈弃淮也瞧见了,当下心里就有些不悦,跟上来便问:"敢问殿下,流落在外这么长时间,都住在哪里啊?朝廷花了那么大的力气,也未曾寻得你半丝踪迹。"

"说来话长。"不耐烦地吐出这四个字,沈故渊嘴唇一合,没有要再张开的意思,径直往前走。

池鱼回神,连忙跟上他的步子。

沈弃淮很尴尬,看了看沈故渊那张冷若冰霜的脸,想发作,又有些顾忌,只能强忍了这口气,笑道:"那如今就请二位将就一番,住在瑶池阁吧。"

瑶池阁离悲悯阁有点儿远，离遗珠阁倒是很近，有温泉池塘，倒也算个舒服的地界儿。

"任凭王爷安排。"

沈故渊嘴上是这么说，但走进那瑶池阁，满脸的嫌弃是盖都盖不住，一双眼往四周扫了好几圈，极为勉强地道："就这儿吧。"

沈弃淮再能忍也是没忍住，沉了脸。

他这府邸可是全京城除了皇宫之外最华丽的地方，他竟然这么看不起？

"委屈三皇叔了。"咬着牙，沈弃淮勉强维持了仪态，"暂且住着吧，本王先去一趟书房，就不多陪了。"

"王爷慢走。"沈故渊淡淡地道。

沈弃淮拂袖而去，步子跨得很大，带着怒气。

池鱼看得暗爽，等他们人都走得没影了，才笑着对沈故渊道："您嘴可真毒。"

沈故渊一脸莫名其妙地看着她，问："我说句实话，也算嘴毒？"

"啥？"池鱼很疑惑，"您不是故意气他的？"

"我故意气他做什么，这地方本来就很差劲儿。"翻了个优雅的白眼，沈故渊很是不悦地道，"什么乱七八糟的温泉也敢冒充瑶池。"

池鱼无语。

认真地看了看四周，她有点儿哭笑不得："您以前是不是住天上的啊？"

这么好的地方都入不了眼？

嫌弃地看她一眼，沈大爷没有开口的欲望，一挥衣袖就进了房间，半躺在贵妃椅上，等着人来收拾这屋子。

窗外有黑影晃动，池鱼察觉到了，目光冷厉地回头，却只看见树影在窗户上斑驳。

"师父？"

"不用管。"沈故渊十分镇定地道，"你继续收拾东西吧。"

池鱼有点儿担忧,在这府上住着,一举一动难免都落在沈弃淮眼里,当真没问题吗?

但看了看沈故渊这镇定的模样,池鱼想,管他呢,天塌下来都还有这位爷顶着。

沈弃淮心情不太好地往悲悯阁走,走到一半又停了下来,侧头往旁边看过去。

不远处是被烧毁了的遗珠阁。

遗珠阁失火已经过去了三个月,他没让人收拾,这一处院落里还是焦木堆积,黑乎乎一片。夕阳之中,显得格外荒芜。

沈弃淮自己也不知道自己是怎么了,打从看见沈故渊那徒儿开始,心里就不太舒坦,堵着一口气,怎么也送不出来。

昔日高台飞檐的遗珠阁,如今什么也不剩了,里头也不会有人扑出来,眼睛亮亮地喊他一声"弃淮哥哥"。

宁池鱼是他杀的,他不会后悔,但……

已经十年了啊,她来这府上,已经十年了。

"弃淮哥哥,任务完成啦!很干净利落,没人发现我!"

"弃淮哥哥,您能帮我上个药吗?我够不着。"

"弃淮哥哥,只要你想做的事情,我都替你去做,你别不开心了啊,有我呢。"

弃淮哥哥……弃淮哥哥……

心尖紧缩了一下,沈弃淮皱眉,猛地挥手,将脑海里那张脸挥散,低咒一声,然后大步往前走。

第❸章 精彩纷呈的婚事

悲悯王府里渐渐开始热闹起来，池鱼不用打听也知道是什么事情。

沈弃淮要迎娶余幼微了。

这桩婚事是在她意料之中的，但当真到了这一天，她还是觉得难受，浑身上下都难受。

一个是她爱了十年的男人，一个是她当作妹妹推心置腹的人，眼下她没了，他们却要心安理得地成亲。

"你还在发什么呆？"屋子的门被人推开，沈故渊站在门口，挑眉道，"时辰不早了，赶紧换身衣裳收拾一番，出来看热闹。"

池鱼苦笑："您觉得我去看这热闹，合适吗？"

"有什么不合适的？"沈故渊嗤笑，"一个是你称为兄长的人，一个是你多年的朋友，按照规矩，你该送大礼的。"

她没有开玩笑的力气，整张脸都黯淡下来，垂头丧气的，看着有点儿可怜。

沈故渊跨进门来，递给她一套衣裙："别发呆了，更衣吧。"

上好的料子，喜庆的胭脂色，池鱼看着就笑了："师父，我穿这一身衣裳，配上您这一身红色袍子，走出去人家会觉得成亲的是我俩。"

"瞎说什么？"沈故渊白她一眼，"好看就行了，在意什么颜色？"

伸手接过衣裙，池鱼有点儿犹豫："有什么好看的呢？"

"我说好看，就一定好看。"沈故渊颇为意味深长地勾了勾唇。

池鱼看着他，也不知道说什么好。深吸一口气，还是换了袍子，梳好了妆，跟着他出门。

这场婚事是三个月之前就开始准备了的，府外极尽奢华，三里地都满是红装，府内更不用说，满目尽是琳琅喜色，充分显示出悲悯王爷对新王妃的喜爱。

池鱼面无表情地看着，站在宾客之中，等着新娘子的到来。

"王爷对余氏可真是情深一片，听闻聘礼价值万金，乐坏了丞相爷。"

"那可不？余家千金貌美如花，性格温顺，的确是良缘。只是……这王府丧事刚过，立马有喜事，瞧着总觉得不妥。"

"有什么不妥的？死的那个是个遗孤，没身份没地位的，这余氏可是丞相千金，谁能说王爷做得不对啊？你看，四大亲王都来了，也没人说个不字啊。"

四大亲王站在庭院里交头接耳地说着话。

"故渊啊，"孝亲王拉着沈故渊来到角落，小声道，"你是我皇族嫡亲血脉，年岁也合适，应当帮陛下分忧。"

沈故渊点头："皇兄尽管吩咐。"

孝亲王赞许地道："秋收正是一年最忙的时候，需要人帮忙，你是个聪明的孩子，等会儿本王引见几位重臣给你认识。"

沈弃淮的喜宴，却成了孝亲王让他在重臣面前混脸熟的机会，沈弃淮若是知道，该气死了。

沈故渊乖顺地应着孝亲王的话，眼角余光瞥见人群里的宁池鱼，瞧见她那双落寞的眼，微微抿唇。

"新娘子到了！"众人都纷纷往王府门口走。

池鱼站在原地没动，被人撞得东倒西歪，正要站不住脚，背突然就抵着了个结实的胸膛。

"不去看热闹？"沈故渊的声音在她身后响起。

池鱼苦笑，抬头遮住了眼："不了吧，没什么好看的。"

"一定会有好看的。"伸手抓了她的手腕，沈故渊扯了她就走，"不去会后悔。"

池鱼无奈，只得跟着他走，瞧着府院四周的同心结，心疼得厉害。

她也曾梦见过这样的场景，天地间满是喜色，她穿着一身嫁衣，满怀喜悦地等沈弃淮来娶她。

然而现在，沈弃淮要娶的，是余幼微。他将把她抱进这悲悯王府的大门，唤她一声"夫人"。

多可笑啊。

门口的人很多，难得的是竟然无人来挤沈故渊，池鱼站在他的身侧，也得了两分轻松，不情不愿地看向那长长的迎亲队。

沈弃淮骑在马上，笑得满面春色，身后八抬的花轿镶金坠银，华丽得很。

"恭喜恭喜啊。"庆贺之声四起，沈弃淮笑着拱手回礼，到了门口，翻身下马，转头就要去抱自己的新娘子。

池鱼不太想看了，正要低头，却听得天上凭空一声雷响。

"轰——"

这雷声实在太大，吓得轿夫们腿一软，纷纷跌倒在地。高高抬起的轿子瞬间砸在地上，传出一声女子的尖叫。

"你们做什么？"沈弃淮慌忙上前将轿帘掀开，就见余幼微跌得盖头掉了，凤冠也歪了，表情分外痛苦。

"伤着了吗？"沈弃淮心疼地看着她问。

"我没事。"余幼微勉强扶好凤冠，"先过礼数要紧，不必担心我。"

沈弃淮满眼怜惜，伸手正要将她抱出来，天上突然就落下一道闪电，正劈中轿顶，瞬间燃起大火。

"着火了！"围观的宾客纷纷惊呼，池鱼也傻眼了，看着那轿子以一种不可思议的速度燃烧起来，连带着烧着了沈弃淮的衣裳。

"救火！救火啊！"四周家奴反应极快，立马去找水。

沈弃淮伸手就扯了自己烧着的外袍，丫鬟连忙将余幼微扯出轿子。

"啊——"余幼微惊慌地尖叫，"我身上，我身上！"

鸾凤和鸣的喜袍烧得实在是欢，就算她脱了外裳，里头的裙子也立马燃了起来。

水井离得远，等家奴来恐怕是来不及，余幼微倒地就翻滚，一边哭一边喊："弃淮救我！"

沈弃淮能有什么办法，再高的功夫也不能救火啊，只能眼睁睁地看着。旁边的丫鬟反应倒是快，立马伸手想把她烧着的裙子也脱了。

"不……不要！"余幼微捂着裙子连连摇头。

丫鬟急道："小姐快松手，烧着了会留疤的！"

一看火势当真大了，余幼微吓得直哭，连忙松了手。

大红绣凤的嫁裙被扯了一地。

王府门口，顿时如死一般寂静。

余幼微哽咽出声，抱着身子遮着脸就哭。沈弃淮愣了愣，脸色十分难看地脱了自己的喜袍，上前给她盖上。

气氛尴尬，众人都不知该说什么好，池鱼在人群里看着，却是忍不住笑出了声。

要过门的新娘子在王府门口出了这般大糗，这婚事哪里还进行得下去？

围观的人看着地上还烧着的喜袍，议论纷纷。

"王爷上一个要娶的人就是被烧死的，这从天而降的火，怕是报应吧？"

"要不是亲眼所见，我都不敢信，就这么烧起来了，你说邪乎不邪乎？"

池鱼也觉得邪乎，想来想去，忍不住看向身旁的沈故渊。

沈故渊勾唇道："这天象可不是我能控制的，你在怀疑什么？"

"可您方才似乎早就知道会出事。"池鱼眼神深深地看着他，"还说我不来看一定会后悔。"

"那也只是怕你错过这热闹的婚事罢了。"沈故渊一本正经地说着,伸手指了指那边轰散的迎亲队伍,"你看,是不是特别热闹?"

天象的确不是人能控制的,今天这场闹剧,怎么也怪不到沈故渊头上来。但是……看了看那边乱成一团的场景,再看看旁边这幸灾乐祸的人,她总觉得哪里不对劲。

不过比起好奇心,当下舒爽的心情自然更甚,这一场婚事沈弃淮花了多少心思啊,竟然是这般狼狈收场,谁能想得到?

京城的流言也迅速扩散开来,说沈弃淮和余幼微八字不合,上天降罚,不允这婚事。

没有什么比天神更让人敬畏的,这花轿和新娘身上的大火,一传十,十传百,闹得沸沸扬扬,就算沈弃淮权势滔天,也堵不住这悠悠众口。

"我不要……我已经是王爷的人了,说什么我都要嫁给您!"余幼微半靠在床头,捏着帕子哭得梨花带雨,"什么天罚,意外而已,怎么就那般邪乎了?"

沈弃淮长长地叹了口气,闭眼摇头:"此事已经惊动徐宗正,他祭祀宗庙,求问先祖,签文也都不吉。"

"那……"余幼微哽咽,"那怎么办啊?王爷是打算不要小女了吗?"

"怎会?"沈弃淮摇头,"既然已经说了要对你负责,本王就不会食言。只是,若非要成亲,恐怕只能等这风波过去,婚事也低调一些。"

要低调,余幼微自然是不乐意的,可眼下这形势,也没别的选择,只能捏着帕子落泪。

"好了,别哭了,有本王在呢。"沈弃淮道,"丞相对本王有恩,本王无论如何都不会辜负你。"

"小女明白。"余幼微难过地道,"可是,小女也担心王爷啊。三皇子找回来了,四大亲王皆有让他掌权之心,您的地位岌岌可危……"

"这些事情,不必你来操心。"沈弃淮起身,轻轻摸了摸她的头发,温柔地道,"你只要乖乖等着本王就好了。"

说是这么说,他心里也是万分着急的,现在的沈故渊虽然没什么异动,但他总觉得这个人是个祸害,一天不除,他就一天不能睡好觉。

安抚好余幼微,他起身回府,一路上都捏着手里的珠串儿在沉思。

到了王府,沈弃淮刚跨进门,抬眼就看见王府最大的水池边站着个人。一身藕粉色丝绸长裙随风飘动,纤腰素裹,青丝半绾,背影很是熟悉,却又有些陌生。

要是宁池鱼,那定然是一身护卫装扮,蹲在这池边的。而这人,却是柔美如水,端庄大方,微微侧过脸来,容色惊人。

沈弃淮眼神微微一动,漫步走上前,笑着问了一句:"姑娘在看什么?"

池鱼顿了顿,没有侧头,屈了屈膝算是行礼:"偶然发现贵府池塘里有一条大鱼,过来看看。"

"姑娘眼力不错啊。"沈弃淮也转头看进那池塘里,"这鱼在王府有二十年了,是京城里最大的锦鲤,以前有个人,也喜欢天天来看它。"

"是吗?"池鱼勉强笑了笑,"这么神奇的鱼,自然引人注目。不过这地方有点儿冷,民女就先告退了。"

"姑娘留步。"沈弃淮伸手抓住了她的手腕。

触电的感觉激得池鱼反手就甩开他,动作大了些,身子没站稳,直接就要摔进那池塘里。

"小心!"沈弃淮蹙眉,伸手就揽住她的腰肢,将她整个人捞回来,护在自己胸前,"这池边地上都是青苔。"

池鱼双手抵着他,差点儿忍不住一拳打过去!

这怀抱太熟悉了,熟悉得她想落泪。

深吸好几口气,勉勉强强把情绪压住,池鱼推开他,屈膝行礼:"多谢王爷提醒。"

"你脸色好像不太好。"沈弃淮道,"府上有很多补身子的东西,晚些

时候,我给你送去。"

转身,池鱼走得头也不回,袖子里的拳头捏得死紧,眼眶也渐渐发红。

沈弃淮,你曾狠心亲自下令杀了我,如今我改了容貌,你倒是温柔体贴得如同见了情人的少年郎。要是你知道我是谁,脸上的表情该有多好看啊?

一把推开瑶池阁的门,刚抬头,额间就被人的食指抵住了。

池鱼一愣,抬眼看去,就看见沈故渊一张俊美无双的脸,居高临下地看着她,嫌弃地道:"戾气太重。"

听得这四个字,池鱼才恍然发现自己的身子一直是紧绷着的,筋骨松下来,蹙着的眉头也跟着松开了。

"遇见沈弃淮了?"沈故渊收回手问。

池鱼哭笑不得:"您怎么什么都知道?"

"能让你这般表情的,除了他也没别人了。"翻了个白眼,沈故渊转身去石桌边坐下,"没露馅吧?"

"没有。"池鱼摇头,"只是,他好像对我动了歪脑筋。"

"嗯?"添了杯清茶,沈故渊伸手放在自己对面。

池鱼会意,乖乖地去他对面坐下,一五一十地交代:"沈弃淮如今认不出我,大概是觉得我长得好看,所以有亲近之意。"

"哦?"沈故渊嗤笑,"他竟然会为美色所动?"

"是啊,我到现在才发现,他也只是个普通的男人罢了。"池鱼垂眸,"是我傻。"

沈故渊抿一口茶,眼里暗波流转:"这样一来,可就简单多了。"

池鱼没细想他这一句话是什么意思,只捏着拳头咬牙。

原来,余幼微三年胜她十年,有一大半的原因是胜在一张脸。

多可笑啊,她这十年,在他眼里,到底算什么?

"三王爷,"外头有悲悯王爷家的家奴通禀,"我家王爷给姑娘送了东西过来。"

那家奴一看见她就笑得春暖花开的，点头哈腰地道："请姑娘收下。"

几个盒子里装的都是补品，她看着，想起方才沈弃淮在池塘边说的话，忍不住又冷笑一声。

"王爷的好意，你总该是要领的。"沈故渊一本正经地道，"明日记得去道谢。"

道谢？池鱼皮笑肉不笑，看着那群家奴退出去，关上门对他道："我去道谢，要是捅出什么娄子怎么办？"

沈故渊捏着自己的白发看着发梢，漫不经心地道："捅了就捅了，有为师在。"

有他在，什么都不用担心。

听着这句话，池鱼觉得很安心，第二天一早就提着裙子在妆台前坐下，认真地梳妆起来。

悲悯阁里，云烟进来通禀："那位姑娘来谢恩了。"

"让她进来。"放下手里的奏折，沈弃淮抬眼看去，就见一袭罗裙扫过门槛，盈盈绣鞋莲步微摇，端庄温柔的佳人缓缓而来，立在他面前三步远的位置，颔首行礼："民女拜见王爷，谢王爷恩典。"

沈弃淮心神微动，前倾了身子，目光深深地看着她："姑娘客气，姑娘照顾三皇叔多年，有功劳，一点儿补品只是小敬意罢了。"

"王爷过奖了。"抬袖掩唇，池鱼笑得羞怯，"民女伺候师父也不过一年而已。当年民女不小心跌落山崖，幸得师父所救。见民女孤苦无依，师父便与我师徒相称，让我跟随其左右。"

才一年？沈弃淮抿唇，细细打量她，只觉得眼前这人相貌生得极好，与宁池鱼有几分相似，却比她美了几倍不止。这样一个人，很容易就能触动他心里最柔软的地方。

"一直还未请教，姑娘芳名？"他问。

池鱼僵了僵，低着头道："小女自幼父母双亡，靠养父母抚养长大。他

们没什么学识,唤民女为无名。"

"哦?无名?"沈弃淮起身,温柔地拉着她坐在旁边的客椅上,亲手给她倒了茶,"一个姑娘家叫这个实在是不好听,本王给你起一个如何?"

"王爷想唤小女什么?"

沈弃淮低头看着她,目光落在她的裙子上,笑道:"姑娘裙摆上的鱼绣得好看,不如唤作'池鱼'如何?"

说不出心里什么感觉,池鱼有点儿想冷笑,却还是生生压住了。这个人着实荒谬啊,找这种荒谬的借口来唤她池鱼,是存着什么心思?

然而眼下,她不能拆穿,努力平复了心境,倒是微笑着点头:"池鱼是个好名字,多谢王爷赐名。"

看着她笑,沈弃淮又晃了晃神,目光迷离。

"王爷?"池鱼挑眉。

"本王失态了。"轻咳一声回神,沈弃淮笑道,"你有些神态,实在与本王的一个故人太相似。"

池鱼不敢抬眼,怕泄露情绪,就垂着眸子故作好奇地问:"故人?"

"是啊,故人。"想起宁池鱼,沈弃淮心里仍旧有些恼恨,可想着要与面前的美人儿多说两句,他也就深情款款地补充,"她是本王未过门的妻子。"

池鱼握了握拳头,心里只觉得悲戚,却还得装作好奇。

"未过门的妻子?王爷要娶的不是那位没能进门的丞相千金吗?小女与她很像?"

"你不知道。"沈弃淮摇头,低声道,"之前王府不小心起了一场大火,烧死了那个和你长得有些相似的女子,那才是本王原本想娶的人。"

这大戏唱得一点儿也不心虚,池鱼眯了眯眼,轻笑一声也陪他"唱":"原来如此,怪不得初见时,王爷看见民女,会那般激动。"

"是啊,本王还以为她活过来了。"眼神暗了暗,沈弃淮声音微哑,"结果却是本王的奢望了。"

"王爷节哀。"池鱼叹息,"自古红颜多薄命。"

沈弃淮抬眼看向她的眼睛,满眼眷恋:"你有空……能多来看看本王吗?"

池鱼"感动"地看着他,点头:"王爷只要想见民女了,差人去瑶池阁唤一声就是。"

"你师父……"沈弃淮有些顾忌,"不介意吗?"

"师父最近很忙。"池鱼状似随口地道,"每天都要关在屋子里看很多信,没空搭理我。"

"哦?"沈弃淮颔首,笑道,"那便……"

"王爷!"话没说完,外头突然传来云烟的声音,听着有点儿焦急:"余小姐来访。"

什么?沈弃淮当即站了起来:"胡闹,不好好卧床养伤,这个时辰过来做什么?"

余幼微听见了沈弃淮的声音,不满地道:"小女想过来看看王爷,怎么就关着门不让进了?"

昨日沈弃淮一走她就觉得不安心,怕横生什么变数,于是决定来看看,结果这往日里对她大开的门,今日不仅紧闭,还有云烟拦路。

狐疑之心顿起,余幼微立马要推开云烟往里进。

沈弃淮有些慌张,反应却是不慢,一把抱起池鱼就飞上那厚重的房梁,低声道:"你在这里躲着,千万别出声。"

池鱼挑眉,就见他说完便飞身下去,带落一片灰尘。

看看自己所处的这地方,她真是有点儿哭笑不得。什么都没做呢,沈弃淮这么心虚做什么?当真是爱惨了余幼微,舍不得她吃半点儿醋不成?

眼角不经意地一瞥,就见这满是灰尘的房梁上,好像落着个什么东西。

彩色的圆石,蓝色的丝穗,上头还有她亲手编的花结。

五个月前,她将这东西放在了余幼微的手心,当时的余幼微说,定然会

贴身戴着，决不落下。

而现在，这东西却在这个地方。

心思一转，池鱼已经不知道自己该用什么表情来哭了。

怪不得……怪不得那天她来找沈弃淮的时候，这里的大门也是紧闭的，沈弃淮打开门让她进去的时候，向来纤尘不染的衣裳上沾了不少灰。

她当时还疑惑这屋子里天天清扫，何处能沾灰？现在明白了，那时候的沈弃淮，一定也是抱了余幼微上房梁躲着，而她，像个傻子似的什么也不知道，还替他端了补品来。

真是傻啊，原来他们一直都在私下交往，只有她会天真地觉得他不喜欢幼微，还替她说好话。

愚蠢至极！

"王爷。"余幼微进门来，往屋子里扫了一圈，没见着别人，才娇嗔道，"您一个人关在房里做什么？"

"在休息。"沈弃淮别开头轻咳一声，"谁知道你会突然过来。"

瞧着这里没别人，余幼微本来都觉得是自己多想了，但一看他这神态，她的眉头就又皱了起来："您当真只是在休息？"

"不然还能在做什么？"听着她这质疑的语气，沈弃淮也不悦了，"你有事找本王？"

察觉到他的不悦，余幼微连忙软了态度，跺脚道："人家只是关心王爷，您这样恼怒做什么？"

池鱼趴在房梁上，忍不住腹诽，余幼微就是书读少了，不知道有个词叫恼羞成怒。沈弃淮这摆明是心虚，为了不让她继续怀疑，就在气势上压倒她。

"本王心情不太好，"沈弃淮道，"你陪本王去外头看看鱼可好？"

他给了台阶，余幼微这样灵巧的人儿，自然顺阶就下："好啊。"

池鱼冷笑，她能让这两人就这么相安无事？

做梦！

看了一眼那坠子，她抬手就拂了下去。

沈弃淮说服了余幼微，带着她一起往外走，正要松口气呢，就听得背后"咚"的一声响。

"什么声音？"

余幼微立马回头，就见房梁上有灰落下来，地毯上躺着个石头坠子。

愕然抬头，余幼微拽着沈弃淮道："王爷！房梁上有人！"

沈弃淮脸色僵了僵，含糊道："兴许是猫吧。"

"这府里除了遗珠阁，哪儿来的猫！"余幼微抬头就看向房梁，"说不定是刺客！"

池鱼冷笑连连，想了想，装作身子不稳，直接往下一跌。

"啊！"

听见这声女子的惊叫，余幼微傻了眼。

沈弃淮的反应却是极快，飞身上去就将池鱼接住，抱在了怀里。

两人四目相对，缓缓下落，池鱼双目带怯，伸手搂着沈弃淮的脖子，憋出了点儿泪光来，煞是楚楚可怜。

沈弃淮只觉得把佳人放在上头是唐突了，人家没趴稳落下来，也不是故意的，要怪就怪余幼微突然过来。

于是抱着人落地，他伸手替池鱼拂了拂身上的灰，颇为心疼地道："委屈你了。"

房梁上藏着个女人，瞒着她不说，现在还说委屈人家了？余幼微气不打一处来，恼恨地喊了一声："王爷！"

"这是三皇叔的徒儿，王府的客人。"沈弃淮皱眉解释了一句，不悦地道，"你大呼小叫做什么？"

"客人？"余幼微气得发抖，"什么客人要藏在房梁上头？您若是大大方方让我见了，我就把她当客人。眼下这情形，您让我怎么把她当客人？"

沈弃淮有点儿后悔，他也不知道自己为什么要把人藏起来，但已经这样

了，也没别的办法。他好歹是个王爷，难不成要在这美人面前，让个女人把自己压住？

那肯定不成。

男人的自尊心和面子让他沉了脸色，斥责道："本王做什么，要与你交代吗？本王的客人，也轮不到你来指指点点！"

说罢，又转头对池鱼低声道："今日让你受苦了，本王改日赔罪，你先回去吧。"

池鱼在旁边闷头看了半晌好戏，还有点儿意犹未尽，不过余幼微疯起来可是会打人的，她也不便久留，于是便笑着朝沈弃淮行礼："池鱼告退。"

池鱼？

"你站住！"余幼微方才是气糊涂了，回过神来才发现，这女子的声音怎么和宁池鱼那么像？

"你怎么也叫池鱼？抬起头来！"

"幼微！"沈弃淮挡在池鱼前头，微怒道，"你这是什么态度，人家是客人，又不是府里的下人！"

"您还这样护着她？"余幼微当真是恼了，"客人怎么了？她什么身份？在我面前还不是得行礼？我就是想看看她的脸而已，您紧张什么？"

沈弃淮皱眉，他以前怎么没发现余幼微这般难缠？原先还觉得她的小女孩脾气很可爱，眼下倒是有些烦人。

"王爷不必为小女争执。"池鱼闷笑，开口却是大方得体，"行见面礼罢了，不是什么难事。"

听她这样说，沈弃淮微微侧过身来，很是意外又赞赏地看了看她。

平民出身的姑娘，竟然比大家闺秀还懂礼数。

"小女池鱼，这厢有礼了。"抬起头，池鱼笑吟吟地迎上余幼微的目光。

眼波潋滟，容色摄人，余幼微没有想到，这女子竟然这般美艳，而且眉目之间，与宁池鱼有几分相似。

怪不得……怪不得王爷要将她藏起来。

"你……为什么也叫池鱼？"余幼微嗓子发紧。

面前的女子从容笑道："这是王爷方才给小女起的名字，小女觉得好听，便用了。"

余幼微神色复杂地看向沈弃淮，碍着外人在场，咬了牙没发作。

池鱼自然知道她快气死了，心里暗笑，面上镇定地行礼："二位慢聊，小女先告退了。"

这回余幼微没有阻拦，池鱼很顺利地出了屋子，没走多远，就听见关门的声音从后头传来，接着就是女子尖锐的质问声。

"王爷这是什么意思？"

听语气也是要迎来一场大吵了，余幼微和沈弃淮暗中交往了这么久，可还从没闹急过呢。

池鱼心情大好，一蹦一跳地就回了瑶池阁。

沈弃淮和余幼微吵得好像挺厉害的，府里的家奴个个都踮着脚走路，生怕哪里惹着主子不高兴，要被殃及。

第④章 谢谢你护着我

回到瑶池阁,想起余幼微那如鲠在喉的表情,池鱼还是忍不住笑。

沈故渊依旧躺在屋檐下的椅子上,闻声瞥她一眼:"怎么这般高兴?"

"师父,谢谢您。"池鱼二话没说先上前朝他行了个礼,"若是没有您,我一定就冲动送死了,哪能像如今这般有报仇的机会。"

轻哼一声,沈故渊道:"你命好。"

的确是命好,要不然也不会在死到临头的时候被这么个人救下了。

不过,说起这个,池鱼还是忍不住有点儿好奇:"师父,您先前,到底为什么会在悲悯王府出现?"

沈故渊顿了顿,白她一眼:"机缘巧合,不行吗?"

什么样的巧合能让一个流落在外的王爷突然出现在别人的王府?池鱼想不明白,可念着这人对自己有恩,她也没强行追问,只道:"师父有用得着徒儿的地方,一定要说出来啊,徒儿一定尽力相帮。"

用得着她的地方吗?沈故渊摸着下巴想了想:"还真没有。"

池鱼脸一垮,沮丧地道:"您再仔细想想?"

"想了也没有。"沈故渊摇头,"你能做什么?"

池鱼气得嘴巴都鼓了,愤怒地道:"您回来认亲,难道不是想从沈弃淮手里夺权吗?"

睨着面前这条"金鱼",沈故渊饶有兴致地伸手戳了戳她的腮帮子:"啊,好像是的。"

被他戳着，她突然有点儿茫然，面前这个看起来风华绝代的男人，到底是来做什么的？她不相信她会有这么好的运气，得人别无所求地相帮，沈故渊帮他，一定也有他的目的吧。

想来想去，也只有夺权这一条跟她有关，她能帮上忙。可面前这个人，怎么就显得这样无所谓？

"马上就是秋收了。"收回手，沈故渊问她，"你看过秋收的麦田吗？"

池鱼一愣，摇了摇头。她出生在边关，七岁之后更是在京城，除了办事的时候看过郊外的月夜，其余的，什么也没看过。

"那正好。"沈故渊转身往瑶池阁的方向走，"今晚你保住小命，明日我便带你去看。"

明日？池鱼眼睛一亮，连忙提着裙子跟上他："好啊好啊！"

一想到可以看看外头的世界，池鱼很兴奋，都没有注意沈故渊前半句话。

夜幕降临，池鱼盯着桌上的烛台，竟然觉得很困，忍不住就伸手撑开自己的眼皮。

"你做什么？"沈故渊白她一眼，"困了就去睡觉。"

"不是啊，我是觉得很奇怪。"池鱼嘟囔道，"以往我都是天色越晚越精神的，最近怎么一过黄昏就特别困啊？"

沈故渊翻看着亲王送来的书信，漫不经心地道："都说了如今的你与之前不同，武功也基本是废了，晚上就老老实实歇着吧。"

池鱼微微一顿，苦笑："一身功夫都没了，那可真是半点儿不亏欠了。"

她的功夫本就是沈弃淮教的，少年时候的沈弃淮武艺高强，天天在院子里练剑。她蹲在旁边看得口水直流，忍不住就扑过去抱住了人家的大腿。

"弃淮哥哥，教我武功吧？"

沈弃淮皱眉看着她，直摇头："女儿家学什么武，绣花就好了。"

"可是你练剑的样子实在太好看了啊！"

沈弃淮被她这句话给逗笑了，将她扶着站直，反手就将宝剑塞进她手里，

然后握住她的手:"那你可看好了啊。"

那时候的沈弃淮很温柔,身上半点儿戾气也没有,笑起来露出尖尖的虎牙,可爱得紧。她是看好了,看着看着,就入了迷。

池鱼眼眶微红,摇摇头回过神,长叹一口气道:"罢了,睡觉睡觉。"

斜她一眼,沈故渊没吭声,放了手里的东西,也躺下就寝。整个瑶池阁都安静下来,黑夜无月,虫鸣也没有,四周都一片死寂。

子时一刻,有人悄无声息地潜入了主屋,点燃了迷香。

软榻上有人睡着,床上也有人睡着,黑衣人看了看,先去床上探了探,确定那人没醒,便放心地往软榻而去。

锃亮的刀子在黑暗里划过一道光,软榻上的人浑然不觉,黑衣人气沉丹田,朝着她心口用力一刺——

"刺下去,你可就得下地狱了。"清冷的声音冷不防地在耳边响起,黑衣人背后一凉,动作却没停,先杀人再说!

然而,这一刀刺到半路,手腕仿佛撞上了石头,疼得他冷汗涔涔。低头看看,刀尖就停在了宁池鱼的心口上,再难近半寸。

背后也冒出了冷汗,黑衣人微微侧头,就对上一张俊美无比的脸,朝他一勾唇,露出个嘲讽无比的笑容:"动手啊?"

"你……"黑衣人飞身后退,很是不能理解,明明已经中了迷药,怎么转眼就醒了?

"去哪里啊?"刚退到门口,背后又响起那清冷的声音,黑衣人瞳孔微缩,感觉有雪白的发丝从自己身后飘过来,一缕缕的,如雪如雾。

"你当这是什么地方,想来就来,想走就走?"沈故渊轻笑,伸手搭在他的肩上,狠狠一捏。

"呃——"痛苦地闷哼,黑衣人反手一掌,挣脱他的钳制,狼狈地想跳窗而走。

然而,不等他跳上那窗台,背后就有红线飞过来,缠住了他的双手双脚。

黑衣人瞪大眼，感觉瞬间天旋地转——自己被那红线扯着，吊在了房梁上。

"听不懂我说话？"沈故渊捏着红线，走到他面前伸脚一踢。

黑衣人闷哼一声，像一只倒挂的蝙蝠，左右晃荡了好一会儿。看着面前这人，他有些绝望地开口："要杀要剐，随你的便。"

嫌弃地把红线系好，沈故渊打了个呵欠，转头就回到床上，盖好被子，闭上了眼。

屋子里安静了一会儿，黑衣人茫然地被吊在房梁上晃荡："喂？要杀还是要剐？"

池鱼一夜好眠，醒来的时候觉得哪里不太对劲儿，抬头一看，就看见了窗口边吊着的人。

"师父！"池鱼大惊失色，连忙穿了外裳去摇沈故渊，"这儿怎么吊着个人啊？"

不情不愿地睁开眼，沈故渊哑着嗓子道："刺客而已，你慌什么？交给沈弃淮就是。"

啊？池鱼看了看他，又看了看吊着的那个不知是死是活的黑衣人："交给沈弃淮？"

能在这王府里着黑衣行走，没有惊动守卫的，只能是沈弃淮自己的人，交给他，跟放走有什么区别啊？

"别乱想了。"翻了个身，沈故渊闭着眼道，"让你去你就去。"

"哦。"收拾一番，池鱼乖乖地把房梁上的红线扯开，叫来几个人，拖着刺客就往悲悯阁走。

等看见沈弃淮的时候，池鱼终于明白了沈故渊的意思。

"有劳了。"沈弃淮脸色很难看，挥手就让人把那刺客押住。

在他府上遇刺，守卫没一个知晓的，反倒是客人自己把刺客抓住了送来，他这个当主人的，怎么都尴尬得很。

"姑娘受惊了，本王一定加强瑶池阁四周的防护。"

这些场面话池鱼都懒得听了,点点头算是礼貌,转身就走。

看着她的背影消失在门口,沈弃淮才侧头,一把扯下了那黑衣人的面巾。

"王爷。"云烟的脸露出来,苍白泛青。

"好,好得很!"沈弃淮气极反笑,"你现在都不用听本王的话了!"

双膝跪地,云烟难堪地道:"是卑职自作主张,请王爷恕罪。"

自作主张?沈弃淮深深地看他一眼:"云烟,你跟了本王二十年,你是什么样的人,本王能不清楚吗?没有别人的指使,你能做这种事?"

云烟一惊,低头不语。

谁都无法承受沈弃淮的怒火,哪怕是跟了他这么久的他也一样。

"来人,把他给我拖下去,打八十大棍,活着就留在府里,死了就扔出去埋了!"沈弃淮低喝。

旁边的奴仆连忙扶起云烟就往外退,大门关上,沈弃淮扭头就朝内室走,一身怒火难消,伸手扯开隔断处的纱帘,差点儿将帘子扯碎。

"王爷。"余幼微坐在内室颤颤巍巍地看着他,楚楚可怜地道,"您这么凶做什么?"

"你指使云烟对瑶池阁下手?"沈弃淮怒气冲冲。

余幼微缩了缩脖子,伸出玉臂,扯了扯他的衣袖,双目含泪:"您听我解释啊,我只是想让那姑娘吃点儿苦头,谁知道……"

"不都说了是你误会了,本王与那姑娘没有关系。"瞧着她这模样,沈弃淮的语气也缓和了些,却依旧有气,"信不过本王?"

"幼微都明白。"余幼微抬手拉住他的手掌,娇软地道,"您对宁池鱼的死,也不是完全无动于衷的,是不是?"

沈弃淮沉默,别开了头。

"幼微不是那种不解人意的女子。"她笑道,"幼微能理解您的心情,所以也不指望您能远离那姑娘了。"

他不能远离,就只能让那女人远离。

心里有愧，沈弃淮消了气，转移了话头道："你不该动云烟，他是本王的人，向来只听本王的话。"

男人嘛，哪有一辈子只听主人话的？只要遇见个令人心动的女人，哪有不变心的？余幼微心里暗笑，面上却是无辜："王爷还不明白？幼微是王爷的心上人，云烟忠于王爷，自然也肯听幼微的话，幼微让他帮忙而已，也算不得命令。"

巧言善辩，这才是一个女人的立身之本，要是嘴像宁池鱼那么笨，早不知道死几万次了。

看着沈弃淮完全冷静下来的脸，余幼微一笑，伸手就勾住他的腰带，温柔地说："好了嘛，不要生人家的气了，嗯？"

沈弃淮轻哼一声，抚了抚余幼微耳边的碎发，算作是默许。

烛光盈盈，沈故渊撑着下巴盯着烛台，啧啧摇头："你真该学学人家是怎么哄人开心的。"

"嗯？"正在用早膳的池鱼一脸茫然地看向他，"学谁？"

"余幼微。"收回目光，沈故渊嫌弃地看她一眼，"人家犯天大的错，都能把人哄得服服帖帖，倒是你，一次被误会，竟然就差点儿没命。"

池鱼眼神黯了黯，继续低头用膳："是我傻。"

她见识过余幼微哄人的本事，任是谁，再生气都不会怪她。可她不会，哄起人来笨拙得很，用余幼微的话说，全是些老掉牙的套路，不招人喜欢。

两年前，她出去做事的时候，为了救落白和流花，身负重伤，沈弃淮就因此大怒，闭门不见她。她能下床了就去跪在悲悯阁门口，一声声地道歉，哄他出来。

然而，跪了半个月，伤口都结痂了，沈弃淮都没理她。

想想也真是笨啊，她要是学余幼微，直接翻墙进去，一把将人抱住，撒个娇，兴许就什么事也没了。

苦笑摇头，池鱼垂了眼眸，看着碗里的粥，突然就喝不下了。

"走吧。"睨她一眼,沈故渊起身,拂了拂崭新的红袍,潇洒地往外走。

"咦?"池鱼回神,不明所以地跟上去,"上哪儿去?"

"忘记了?"沈故渊皱眉,"昨日才说的去看麦田。"

啊,对哦!表情瞬间明亮起来,要是有兔子耳朵,这时候也一定竖起来了,池鱼高兴地道:"走!"

闷得快,乐得也快,沈故渊看着已经跑到他前头去的人,笑着摇了摇头,跟着跨出门,轻轻往旁边扫了一眼。

暗处躲着的暗影一惊,连忙隐了身形,等片刻之后再探头出去,前头已经没了人影。

"哇,好大啊——"站在马车车辕上,池鱼一手拽着车厢,一手使劲儿往前伸,"这风比晚上的风舒服多了。"

沈故渊优雅地坐在马车里,嫌弃地看着她伸出马车的一只脚:"你也不怕摔死?"

"能看见这么大块大块的麦田,摔死我也行啊!"池鱼把脑袋缩回车厢,兴奋地道,"这么多麦子,能收获多少粮食啊?"

"一亩之地,产粮三石八斗四升。"沈故渊道,"一般的农户,家里有十亩地,就能养活全家。"

池鱼似懂非懂地点头,继续看向外头。有的麦田已经收割,农户全家都聚在一起忙活,有的已经忙活过了,挑着粮食去村口交税。

"十亩良田,你交十石粮食,是在糊弄谁?"一声怒喝打破整个村庄的宁静,池鱼一愣,扭头看过去。

村民们围在交税处,手足无措道:"官老爷,这向来十亩地十石税,怎么就糊弄了呢?"

"今年雨水好,收成好,朝廷要修建新的宫殿,赋税加了,现在十亩地要交二十五石粮食,回家去挑来!"

众人哗然,池鱼听着,回去车厢里掰着指头就算:"十亩产量三十八石,交税交掉二十五石，还剩十三石，要养活一家。"

沈故渊摇头："养不活。"

"那怎么办啊？"池鱼瞪眼，"百姓辛辛苦苦耕种一年，到头来自己都吃不饱？"

"这就是三司使的问题了。"掀开车帘，沈故渊下了马车，池鱼跟着下去，往人多的地方走。

有农户已经不满了："从未听闻交税要交这么多的，莫不是官府贪赃……"

"你有意见，可以去跟皇室提呀，是他们要修宫殿。"收税的官差咬着根草剔牙，哼声道，"咱们就是办事的而已。"

"既然只是办事的，那谁给你的胆子，私自提高赋税？"

清冷的声音插进来，听得众人都是一惊。回头一看，就见个红衣白发的男子漫步而来，衣袍精致华贵，眉目恍若天人，脚步所踏之处，杂物皆散。衣袖轻拂之下，烟灰顿消。

池鱼低眉顺目地跟在他身侧，感觉自家师父这个出场真是太霸气了，瞧瞧给这些狗官吓的，立马不敢说话了。

沈故渊突然暴怒，一把捏住了面前收税官差的脖子，将他扯出收税桌，狠戾地道："是不是觉得命太长了？"

收税官吓得回过神，慌张地道："大人饶命！小的……小的只是……"

旁边的官差下意识地纷纷拔刀，刀剑磕鸣之下，四周村民连忙退散。

"住手！"被捏住脖子的收税官声音嘶哑地道，"这位大人不可得罪，你们是不带脑子出来的吗？"

世人皆知沈族皇室一头白发世代遗传，哪来的胆子朝白发之人拔刀的？

嫌弃地将夺过来的刀扔到地上，沈故渊皱眉，正觉得手有些脏，就见旁边的池鱼殷勤地递了手帕过来。

难得赞赏地看她一眼，沈故渊接了帕子擦手，冷声问："十亩地二十五

石税收,是你们定的?"

"小的们哪里敢!"收税官连忙跪地,"这是三司使定的,小的只是奉命行事。这方圆千里,都是如此啊!"

池鱼皱眉,小声在他身后道:"三司使钟无神掌管税收,是沈弃淮的左膀右臂,怕是不会给咱们颜面。此事,师父要管吗?"

"为什么不呢?"沈故渊轻笑,"多有意思的事情啊。"

池鱼没有多说,转头就道:"那咱们去三司府邸。"

"站住。"沈故渊侧头看她一眼,仿佛在看一个智力障碍者,"我们两个去?"

不然呢?池鱼疑惑地看着他。

半个时辰之后,整个村庄的人坐着十辆牛车,跟在一辆华丽的马车之后,缓缓往主城而去。

池鱼呆呆地跪坐在沈故渊身边,已经震惊到没有话说了。

为什么这个人一句话,那些村民就跟见了救世主一样跟他走啊?也不怕被他坑,就算这人一头白发,那也不至于这么相信他吧?

一定还是这张脸的缘故,宁池鱼痛心疾首地想,长得好看也是一种资本啊!

"不好奇我想做什么吗?"沈故渊双眼平视前头,淡淡地问了一句。

"不好奇。"池鱼忙着痛心疾首,很是敷衍地摆手,"师父想做什么,徒儿就跟着您做什么。"

这句话听着没什么,可扫一眼她的眼睛,沈故渊挑眉,突然轻笑:"你这个人,倒是会打算盘。"

嗯?池鱼两眼无辜地看着他,很是不解地问:"师父这话是什么意思?"

"没什么。"哼笑一声,沈故渊睨着她道,"觉得你聪明而已。"

她有血海深仇,竟然一点儿也不冲动,更不冒进,就这么躲在他身后,一切跟着他来做。宁池鱼,哪里是看起来这么呆呆傻傻、老老实实的人?

不过，看破不说破，沈故渊收回目光，瞧着马车停了，起身掀开了车帘。

池鱼跟在他后头，觉得背后微微发凉。

有那么一瞬间，她好像……被他看穿了似的。但看看他的背影，又觉得应该没有。

要是被看穿了，他哪还会留她活口？

深吸一口气，池鱼敛了心神，抬头看向前面门楣上的匾额——三司府衙。

虽然沈故渊是皇族，但封王旨意尚未下达，就权力而言，远不及这三司使钟无神。就算带这么多人来了这里，又能怎么办呢？

正想着，池鱼就听见"咚"的一声，放在府衙门口的启事鼓被敲响了。

沈故渊面无表情地捏着鼓槌，一下又一下地敲，声震八方，惊得临近的百姓都纷纷围了过来，府衙里的人更是连忙出来怒斥："何人造次！"

放了鼓槌，沈故渊负手而立，侧头看向出来的人："启事鼓设而为民启事，何来造次？"

官差一顿，上下打量他一番，心里没底，立马进去禀告。没一会儿，府衙门大开，一个内吏迎了出来。

"不知殿下驾到，失礼。"一揖到地，文泽彰十分恭敬地道，"殿下先里头请。"

池鱼挑眉，忍不住道："三司使大人是不在府衙吗？"

"大人他……"

"今日非休假，又正值秋收繁忙之际，三司使要是不在府衙，岂非玩忽职守？"不等文泽彰说完，沈故渊径直开口道，"大人莫怪，我家徒儿没什么脑子，不是故意给钟大人扣罪。"

文内吏嘴巴都没来得及合上就被这话堵得僵住了，干笑两声，道："殿下所言甚是，不过大人就是因为忙，所以没空……"

"要是我没记错，启事鼓乃太祖皇帝所设，三公九卿府衙门口皆有，一旦鸣起，则三公九卿必出而问情。可有错？"沈故渊问。

"是。"

"那就得了。"抬脚跨进府衙,沈故渊带着村民就往里头走,"升堂吧。"

文内吏脸色发青,额头也出了些冷汗,跟着他们往里头走,甚是为难。

这启事鼓,一般人来敲,他们都是不会理会的,但今日来敲的,偏是这刚回来的三皇子。他要是用身份来压,强行要见三司使,那还有很多种方法可以拦着,可他偏知道这启事鼓的来历,要是三司使不出来,那可是大不敬。

他一向以口齿伶俐著称,没想到今日,竟然一句话也说不出来!

一众村民本是很胆怯的,毕竟民不与官斗,但一看前头那风华绝代的公子,他们胆子也大了起来,拥上鸣冤堂就纷纷拿出了税收契。

然而,等了半个时辰,也不见钟无神出来。

池鱼小声道:"我说吧!钟无神这个人难说话得很,脾气也大,有沈弃淮撑腰,谁的面子也不会给。"

沈故渊慢条斯理地道:"你以为我今日是来找他讲道理的?"

嗯?池鱼眨眨眼:"不然呢?"

轻笑一声,沈故渊拂袖起身,看了看时辰,道:"差不多了,咱们换个地方要说法吧。"

瞧着他们要走,文泽彰立马让人来拦,赔着笑道:"大人马上就回来了。"

"他回来,让他来找我们便是。"沈故渊看也不看他,淡淡地道,"让开。"

这哪能让啊?让出去了指不定成什么大祸患。文泽彰知道,这闲事三皇子既然管了,那就一定会闹大,与其放他们出去,不如……

"我说的话,你是不是听不懂?"沈故渊沉了眉目,一把抓过他的衣襟拎到自己面前,眼神森冷恐怖,"脑子里的想法可真是够胆大的,你以为你留得住我?"

文泽彰心里一凉,瞪大了眼,很是意外地看着他:"您……"

怎么会知道他在想什么?

"不想死就让开。"沈故渊没耐心了,眉头都皱了起来,"不然你身上的三桩命案五十万两银子的贪污,我可都给你一并告上去。"

瞳孔微缩,文内吏惊慌又讶然:"您在说什么?"

这些事情,他怎么可能都知道啊?知情人分明都……

"滚!"扔开他,沈故渊大步往外走,周身都是不耐烦的气息,冷得后头跟着的池鱼都是一寒。

沈故渊耐心用尽的时候,真的好可怕啊!

府衙里无人敢再拦,沈故渊带着这群人,直接进了皇宫。

"王爷!"钟无神急急忙忙冲进悲悯王府,着急地喊,"出大事了啊,王爷!"

"你说什么?"瞪眼看着跪在自己面前的钟无神,沈弃淮大怒,"怎么就会让人告了御状?"

"微臣也不想啊,王爷。"钟无神恼恨地道,"今日三皇子带人来敲启事鼓,微臣避而不见,谁知他就趁着宫中朝会,四大亲王皆在,告微臣一个藐视太祖之罪!告完还不算,还将秋收赋税一并摆在重臣面前,告微臣中饱私囊!现在……怕是都要降下罪来了。"

沈弃淮闭眼,捻着手指沉思片刻,果断地道:"随便找个你手下的人顶罪,你就当什么都不知道,其余的,交给本王。"

"好!"钟无神连忙点头,"可藐视太祖的罪名怎么办?"

沈弃淮看他一眼,轻笑一声:"这还不简单?"

钟无神睁大眼,感觉心口猛地一痛,忍不住惨叫一声:"啊——"

这声音传了老远,听得刚踏进瑶池阁的池鱼打了个寒战:"什么声音?"

"无聊的声音。"沈故渊慵懒地躺在屋檐下的摇椅上,眯着眼睛道,"沈弃淮可真是狠哪。"

池鱼听不懂,也不想去深究,蹦蹦跳跳地跑到沈故渊身边,帮他摇着摇椅,兴奋地道:"师父今天好厉害才是真的,这一状告得满朝文武哑口无言,

连那余丞相都没再敢多言。"

沈故渊轻笑:"他们是最懂审时度势、明哲保身的人,自然不会多言。不过……这状告了之后,我封王的旨意怕是该下来了。"

池鱼一顿,仔细一想倒也是,先前宗正衙门迟迟没下发封王的旨意,多半是看沈故渊凭空出现,不牢靠,想再观察一段时间。然而今日的沈故渊尽显皇室风范,气势压人又有理有据,谁再要说他流落于外多年,不懂朝政,那就说不通了。

轻笑两声,她问:"师父早料到的?"

"你不是一直想知道,我想做什么吗?"半睁眼睨着她,沈故渊伸手抵了抵她的眉心,"那我要做什么,你可看好了。"

池鱼眉心一烫,后退半步,捂着额头傻傻地看着他。

她的确是想试探自家师父目的为何,但还没付诸行动呢,怎么就又被看穿了?这个人,到底是什么来头啊?

"咕——"想着想着,肚子饿了,池鱼回过神,心虚地转移话头,"奇怪,今日送午膳的人,怎么没来?"

"在人家的屋檐下跟人作对,你还想要人家以客相待?"沈故渊白她一眼,"做梦。"

"那不然,他还想饿死咱们?"池鱼挑眉,"您好歹也是王爷啊!"

"饿死不至于,饭菜刻薄是会的。"沈故渊道,"所以今日的饭,你来做。"

啥?池鱼指了指自己的鼻子:"我?我不会做饭。"

着实不能怪她啊,原先在遗珠阁的时候,三顿饭都是别人送来,她是压根没下过厨房的。沈弃淮哪里要她做饭?全京城最好的厨子都在这悲悯王府了。只是,在很久很久之前,她给他送过一次饭。

那时候的沈弃淮只有十三岁,因为是王府养子,一直过得小心翼翼,稍微犯错就会被王妃惩罚。有一次沈弃淮不小心摔倒了,压到花园里的花,他就被关在柴房里，不给饭吃。

　　池鱼机灵，跑去厨房偷了五个包子，从窗口翻进去，递给了他。

　　"你要是被发现，也会受罚的。"沈弃淮没吃，皱眉看着她，"傻不傻啊？快走！"

　　池鱼笑眯眯地看着他，捏着包子塞到他嘴里："你把它们都吃掉，我就不会被发现啦！"

　　然而，她还是被发现了，看守的人打开柴房的门将她往外拽，吓得她尖叫连连："弃淮哥哥！"

　　"你放开她！"沈弃淮慌了，连忙上来想救她，却被几个看守一起按倒在地，眼睁睁地看着她被带走。

　　池鱼挣扎着回头看他，就看见他那双眼里满是恨意和不甘，眼瞳都微微发红。

　　"我一定会救你的。"他咬牙道，"总有一天，他们谁都不能欺负你！"

　　那时候的沈弃淮，心里还没有权力，想的只是要怎么样才能保护她。

　　池鱼眼眶微红，吸吸鼻子回过神，就看见面前的沈故渊撑着下巴若有所思地看着她。

　　"不好意思。"她傻笑，"我……容易走神。"

　　"我有个问题，一直想不通。"沈故渊挑眉，"你最恨的若是沈弃淮，那有我在，你完全可以求我替你杀了他，为什么你没有？"

　　"为什么？"池鱼反过来问他。

　　沈故渊嗤笑："因为你脑子有问题，人家给过你甜头，你一辈子都记得，所以就算恨现在这个要杀你的沈弃淮，你也忘不掉曾经对你好的沈弃淮。"

　　池鱼干笑，声音有点儿嘶哑："我也不想的，但是十年了，和他一起经历过的事情，真的是太多了，就算他能狠心忘怀，我……"

　　"活该你被他烧。"沈故渊翻了个白眼，"没救了。"

　　"我需要时间。"深吸一口气，池鱼闭眼道，"我不会对他心软，也不

会想跟他破镜重圆,我要的只是报仇。但……要完全释怀,怕是还得十年。"

"我可没那么多时间陪你耗!"沈故渊皱了眉毛,"等你报了仇,立马给我嫁人!"

嗯?池鱼一愣,睁眼看他:"嫁给谁?"

"随便嫁给谁,只要你成亲就行。"沈故渊道,"这算是对我的报答。"

一般对人有恩,不是要求人以身相许吗?这人倒好,要求她嫁给别人?池鱼觉得莫名其妙,却也点了点头:"既然是师父开口,那徒儿莫敢不从。"

"那就好。"沈故渊火气顿消,拎着她就往外走。

"去哪儿啊?"

"吃饭。"

王府里不给饭吃,那外头有的是山珍海味,反正谁也拦不住沈故渊,他来去自如,潇洒得很。

池鱼放心地被他拎着走,到了一家饭馆就坐下来点菜。

税收出了大问题,皇城之外百姓尚且被剥削,更何况千里之外?皇帝年幼不懂,四大亲王却是明白,国之蛀虫不除,国库难盈。

"秋收是朝廷里最忙的时候。"孝亲王板着脸道,"眼下管事的人不够,不如就让故渊锻炼锻炼。"

"三王爷刚回来。"沈弃淮摇头,"什么也不懂,如何担当此大任?"

"弃淮此言差矣。"静亲王摆手道,"三司府衙暗中加税一案,若是没有故渊,谁能捅上来?他可不是什么也不懂。"

沈弃淮眯眼:"就算他懂皮毛,贸然把大事交给他,怕是要出问题。"

"国仓如今余粮已空,军饷欠缺,国库的银子也只剩一百五十万两,都不够撑到秋收结束。"孝亲王道,"但故渊跟本王保证,若是他来督管这秋收之事,秋收之后,国库存粮必足一年之军需。"

"空话谁不会说?"沈弃淮皱眉,"但他做不到又该如何?"

静亲王笑道:"故渊说了,做不到,他便自贬为民,再不沾皇族富贵。"

自贬为民？沈弃淮眼神微暗，思忖起来。

按道理来说，一年收上来的粮食，的确是够一年军需的。但是各层剥削，到国库里的只有十分之一，这种暗地里操作的事情是无法避免的，就算沈故渊有三头六臂，也不可能处处监管，让每个人都心甘情愿地把粮食吐出来，所以，这海口怕是夸大了。

敛了心神，沈弃淮道："本王也不是不愿意给他机会，既然他都这般说了，那本王也无异议。只是，当真做不到的时候，各位皇叔别心软才好。"

"我沈家男儿，敢做敢当，他有这般魄力，咱们当皇兄的都欣慰。"孝亲王道，"但若是做不到，咱们也断然不会心软。"

"好。"沈弃淮起身拂袖，"那就让本王看看他的本事吧。"

钟无神因伤总算糊弄了藐视先祖之罪，但兴许是他下手太重，钟无神竟然一病不起，诸事皆难管，焦头烂额之下，竟然让沈故渊乘虚而入了。

这朝中关系有多复杂，上下该如何打点，都是沈故渊无法知道的，想接这摊子，怕是要倒大霉啊。

"这朝中，三司使与沈弃淮来往多，每年秋收，也是他们两个吃得最肥。"池鱼蹲在地上，将两颗石头放在一边，认真地道，"他们下头，参与的官差有数百人。税收需要的帮手很多，师父您无法不让这些人帮忙，但一旦他们帮忙，就难免雁过拔毛、兽走留皮。"

"但除了他们之外，京城里有两个人，是清流之辈。一个是静亲王府的小侯爷沈知白，一个是护城军副统领赵饮马。每年他们会参与秋收，但毫厘不沾，常被人背后排挤。"

沈故渊听着，点了点头："你知道的倒是不少。"

"在他身边那么多年，他什么都不避讳我。"池鱼笑了笑，"所以他知道的东西，我都知道。"

这也是沈弃淮必须杀了她的原因。

"那你还真是能帮上我的忙了。"沈故渊哼笑，"这些乱七八糟的东西，

很烦。"

"我能帮的也有限。"池鱼很是担忧地看着他,"师父,您那赌下得也太绝了些,万一真达不到……"

"放心。"沈故渊胸有成竹,"这世上没有你师父办不成的事情。"

池鱼似懂非懂地点头:"那小侯爷那边,师父需要我去找他帮忙吗?"

"沈知白?"沈故渊看她一眼,"你认识?"

"机缘巧合,相识一场。"池鱼道,"他人很好的,唯一的毛病就是不太认识路。"

之所以跟她认识,也是因为有一次他来悲悯王府,迷路走进了遗珠阁。她给他指了十次方向,他最后都一脸茫然地绕了回来,最后只得她亲自把他送去悲悯阁。

沈故渊眼波流转,点了点头:"那好,你去找他。"

"好。"起身拍拍手上的灰,池鱼立马就想走。

"等会儿。"沈故渊伸手拎住她,想了想,拽着人往街边的成衣店里走。

"嗯?师父?"池鱼不解地看着他,"您做什么?"

沈故渊没回答她,跨进成衣店就将她扔在一边,然后径直朝一个姑娘走过去。

乍出现这么个白发红衣的俊美男子,成衣店里的姑娘们都傻了眼,站在角落里的姑娘看着他直直地朝自己走过来,手足无措,脸都红透了。

"啊,这个……这个是这家店刚出的百花裙。"那姑娘慌忙把裙子递给他,结结巴巴地说,"您要是看中,就……就先……"

"多谢。"沈故渊领首,拿了裙子转身就拎着池鱼上二楼更衣。

"师父。"池鱼身上挂着百花裙,哭笑不得地问,"您做什么?"

"让你好看点儿再去。"沈故渊一本正经地道。

"这个徒儿懂,但是……"转头看了看这狭小的厢房,又看了看那紧闭的门,池鱼咽了口唾沫,"您要在这儿站着看我更衣吗?"

沈故渊一顿，回头嫌弃地看她一眼，立马站远了两步："谁要看你？"

"那……"指了指关着的门，池鱼眨眼，"您出去？"

外头挤着的人已经压到了门上，莺莺燕燕的声音此起彼伏。

"那位公子，是白头发啊……"

"那就更得好好看看了，快去把楼下的三少爷叫上来，瞧瞧什么才叫真正的相貌堂堂。"

沈故渊听得嘴角抽了抽，"哐"的一声，把门闩也扣上了。

"你自己更衣，我不看你。"沈故渊背对着她，烦躁地道，"动作麻利点儿。"

池鱼僵了僵身子，认真地思考了一会儿，红着脸开始褪衣裳。

沈故渊当真是君子，听着她更衣的动静，头都不带偏一下的，只有些恼怒地瞪着闹哄哄的门，被吵得烦了，一脚踹上去："闭嘴！"

怒气透过门扉，震得外头瞬间鸦雀无声。

"咔。"

窗台外头的屋瓦响了一声，池鱼衣裳刚褪完，闻声一惊，还没来得及反应，就被人一把抱进了怀里。

沈故渊眼神冰冷如箭，用自己的身子挡了她，回头看向窗台上爬上来的人，袖袍一抬就是三道红线凌空而去。

"哎哎哎！"窗台上的人反应也快，立马一个飞身落回下面的院子里，哭笑不得地道，"在下并非有意冒犯，是我的二姐姐让我上去看人的！"

沈故渊压根不听，放下池鱼，跟着纵跃下窗口，拎起那人就一拳搂向他的小腹。

动作太快，那人来不及躲避，硬生生吃下这一拳，脸色瞬间发青："呃。"

"师父！"池鱼顾不得其他，慌乱套好裙子，趴在窗口喊，"别伤他！"

沈故渊一把将那登徒子拎了过来："认不认识？"

听这语气，大有她不认识他可就一把掐死了的意思，池鱼连忙抱住他的

手点头:"认识啊!护城军副统领赵大人!"

啥?沈故渊挑了挑眉,觉得这个名字有点儿耳熟。

"师父。"池鱼扯着他的袖子将他拉下来,凑在他耳边轻声道,"本打算找他帮忙的,您这把人揍一顿,咱们怎么开口啊?"

赵饮马很是痛苦,被松开了就蹲在地上,半晌都没能直起腰,不过还是艰难地在解释:"方才……二姐姐说楼上有公子比我英俊,在下一时好奇,所以才上去一观……"

池鱼眼珠子一转,立马委屈地捂着衣襟:"大人到底观了什么?"

"我……"

"别说了。"池鱼一把将他拉起来,严肃地道,"女儿家名节重于泰山,既然事情已经发生了,大人就与小女子交个朋友,保守秘密,如何?"

赵饮马一脸茫然,他很想说,刚刚那位红衣公子的动作太快,他压根什么都没看见,只是意识到了有姑娘在更衣而已啊!

然而,池鱼压根没给他提出异议的机会,自个儿跪在院子里,拽着他一并跪下,一本正经地就开始念:"皇天在上,厚土为证,今日我池鱼与赵大人机缘巧合,结为金兰,从此有福同享,有难同当,若有背叛,天打雷劈!"

赵饮马目瞪口呆:"金兰?"

"怎么?当我徒儿的金兰,委屈你了?"身后一袭红袍,阴森森地问了一句。

赵饮马立马"哐哐哐"朝天磕三个响头:"若有背叛,天打雷劈!"

"好了,那我就不计较了。"池鱼拍拍衣裳起身,笑眯眯地道,"赵大人,久仰大名啊。"

"幸会幸会……"总觉得自己是掉进了什么坑里,赵饮马有点儿回不过神。但仔细看了看这位公子那一头白发,他突然严肃起来:"三皇子?"

被认出来了,沈故渊侧眼看他:"怎么?"

竟然当真是三皇子?赵饮马很意外,也很欣喜:"殿下怎么会来这里?"

"给我徒儿买衣裳。"伸手指了指池鱼，沈故渊道，"也没想到会遇见朝廷中人。"

"哈哈。"赵饮马又高兴又尴尬，挠挠后脑勺，很是耿直地道："卑职一早听人说三皇子武功高强，早想领教，没想到今日是以这样的方式……"

"算是不打不相识啊。"池鱼连忙道，"大人要是实在觉得不好意思，那不如咱们去旁边的茶楼上坐坐？"

"好。"赵饮马也直爽，朝沈故渊抱拳道，"卑职无以赎罪，就请殿下和池鱼姑娘喝两盏茶吧。"

沈故渊轻轻颔首，大步就往外走，赵饮马跟在后头，心里还是忐忑。

去茶楼上坐下，赵饮马亲手给沈故渊倒茶："今日是饮马冒失，殿下若有什么吩咐，饮马必定全力去办。"

一手撑着下巴，一手捏起茶盏，沈故渊双眼探究地盯着他，不吭声。

赵饮马背后发毛，小声道："听闻殿下最近忙于秋收之事，若有卑职能帮上忙的地方，也请殿下尽管开口。"

"你不是被调去巡城了吗？"沈故渊淡淡地道，"今年的秋收，悲悯王爷似乎是安排了护城军统领雷霆钧去维护秩序。"

说起这件事，赵饮马就有点儿沮丧："去年卑职带人去维持过秋收的秩序，自以为是办得不错的。但不知为何，今年悲悯王爷就不让卑职去了。"

"这还不好想吗？"池鱼耸肩，"大人妨碍了王爷的利益，自然会被替换掉。"

"王爷的利益？"赵饮马一愣，继而摇头，"世人都知道，悲悯王爷慈悲为怀，怜悯苍生，怎么会从百姓的身上获取利益呢？"

沈故渊和池鱼都用一种复杂的眼神看着他。

"怎么？卑职说得不对吗？"赵饮马疑惑地道，"大家都这么说啊。"

沈弃淮表面功夫一向做得很好，这不能怪人蠢，就连她，不也是这么多年才看清吗？池鱼苦笑，摇了摇头："罢了，赵大人若是真心要帮殿下，殿

下倒是可以安排调度,让你今年也继续惩恶扬善。"

"真的?"赵饮马一喜,起身抱拳,"多谢殿下!"

"我丑话说在前头。"沈故渊微微皱眉看着他,"你要是放过一个贪污的官差,那我会先拿你开刀。"

"卑职明白。"赵饮马颔首,"不过……有些官职比卑职高的人,卑职无能为力。"

"你做好你该做的,我自然会做好我该做的。"沈故渊的神色总算是温和了些,看着他道,"你且回家等着,晚些时候,我让人送东西过去。"

"是!"赵饮马行了军礼,高高兴兴地就要告退,走到半路,又觉得今日的事情实在太神奇,忍不住把池鱼拉到角落里,一脸认真地问,"池鱼,你我可是金兰了,你不会坑我的,对不对?"

池鱼哭笑不得地看着他:"我能怎么坑你啊?既然义结金兰,池鱼定然会护大哥周全。"

"那可说好了!"吃了定心丸,赵饮马一溜烟地就跑走了。

第❺章 不识路但识人心

池鱼老老实实打扮好，跟着沈故渊离开茶楼。

快走到静亲王府时，池鱼才想起来，一脸茫然地问了一句："我为什么要打扮啊？"

前头的沈故渊停下步子，回头睨她："沈知白人品上乘，用情专一，以后可以给你成亲用。"

池鱼瞪大眼看着他。

"怎么？"沈故渊皱眉，"你答应我的事情，忘记了？"

"没有。"池鱼摇头，"徒儿记得大仇得报之后要成亲来报答师父，但是师父，我随便嫁个平民百姓都可以，静亲王家的侯爷，以我这样的身份，高攀不起。"

"我沈故渊的徒儿，只有别人高攀的分儿。"轻哼一声，他扭头就往前走。

池鱼觉得这句话真的太不要脸了，正低头腹诽呢，冷不防地就撞了个人。

"抱歉。"知道是自己走路没看路，池鱼连忙先行礼。

旁边的人一袭青白拢烟织锦袍，被她撞得微微一晃，站稳之后，倒是没责难她，反而开口问了一句："你知道静亲王府怎么走吗？"

嗯？一听这话，池鱼猛地抬头："小侯爷？"

前头不管不顾走了半晌的沈故渊，在听见这三个字的时候，脚步一顿，回头看了过来。

玉冠高束，墨发如瀑，沈知白长了一张秀美的脸，窄腰系玉，香囊垂带，

瞧着就是个翩翩贵公子,只是这脸上的表情总是一片冷淡,有点儿不近人情。

池鱼失笑,下意识地就道:"您还是找不到路?"

一听这话,沈知白皱眉仔细看了看她的脸,微微一惊:"你可是池鱼?"

"侯爷安好。"朝他行礼,宁池鱼笑了笑,"久违了。"

沈知白愕然,定定地看了她好一会儿,拉着她的手腕就往前走:"先跟我回王府。"

"侯爷……"

"全京城都以为你死了,你怎么会还活着?不管怎么样,这里不是说话的地方,跟我走。"

话刚落音,就觉得有人拉着池鱼一扯,连带着扯着他不能再前行,沈知白微愣停步,就听得人道:"她想说的是,你走错方向了。"

修长的手拉着池鱼另一只手的手腕,沈故渊袖袍轻扬,脸上没有表情:"王府在后面。"

看着他那一头白发,沈知白一惊,更加拽紧了池鱼,皱眉戒备地看着他:"你是?"

池鱼被这两人扯得快成一条绳子了,艰难地开口道:"侯爷,先松开我。"

闻言,沈知白只往他们的方向走了两步,神色严肃地道:"为什么是我松?"

"难不成要我松?"头一次遇见敢跟自己呛声的,沈故渊冷笑一声,"我是她师父,敢问阁下是?"

"我是她兄长。"沈知白皱眉,盯着这男人的白发想了一会儿:"你是……三皇叔?"

倏地就长了一个辈分,池鱼听着,忍不住"扑哧"一声笑了出来。

沈故渊狠狠地掐了掐她的手腕,不高兴了:"我有那么老?"

"这跟老没关系啊,师父。"池鱼连忙挣扎,"这是辈分,辈分啊!"

冷哼一声,沈故渊突然就看沈知白不顺眼了:"静亲王和宁王爷可没什么血缘关系，你这个兄长哪里来的？"

"长她一岁，自然是兄长。"沈知白也看他不太顺眼，"倒是您与池鱼，分明是叔侄，叫什么师父？"

"这个说来话长。"瞧着都快掐起来了，池鱼连忙拉着这两个人一起往王府里头走，"找地方坐下慢慢说啊！"

终于看见了静亲王府大门，沈知白也不犟了，先进去让管家知会父亲一声，然后就领着他们往自己的院落走。

"三个月前悲悯王府就说，池鱼被烧死了。"走在无人的小路上，沈知白忍不住先开口问，"既然没死，沈弃淮怎么就要娶别人了？"

池鱼垂眸，忍着心里重新泛上来的悲愤，用轻松的语气道："没什么，我没用了，所以他想杀了我娶别人。"

沈知白回头震惊地看着她，脸色都白了："他想杀你？"

简单地说了一下事情经过，池鱼勉强笑道："你是除了师父之外第一个知道真相的人，可一定要替我瞒好才是。"

"你放心。"沈知白沉声道，"我不识路，但我识人心。你的心，比沈弃淮好千万倍。"

池鱼有些感动地看他一眼，正要开口，就听得背后的沈故渊凉凉地道："这并不是你带错路的借口。"

啥？回过神，池鱼往前头一看，嚯，竟然已经到王府后门了。

沈知白沉默地盯着那扇大门，许久之后才认真地开口："我记得我的院子，上次是在这里的。"

池鱼无语。

半个时辰之后，他们总算是坐在了沈知白的院子里，沈知白给他们倒茶，低声问池鱼："那你今后打算怎么办？"

"这个先不论，今日来访，是有事想请你帮忙。"收拾好心情，池鱼笑道，"秋收大事，想必你一定有兴趣。"

"是因为三皇叔立的军令状吗?"沈知白挑眉,看了沈故渊一眼,"我听父亲说过了,三皇叔真是胆识过人。"

或者说,是不长脑子。刚管事就下这么大的赌注,赢了就会得罪一大片人,输了自己就贬为平民,所以不管输赢,日子都不会好过。

"别在心里骂我,我很记仇。"沈故渊睨着他,冷声开口,"你就说帮还是不帮。"

沈知白心里一跳,皱眉看着他:"就算您是长辈,让人做事的态度也不该是这般。"

"乳臭未干的小子,能做什么事?"沈故渊眼含讥诮地看着他,"要不是池鱼举荐,我今日不会来这一趟,你倒还端上架子了。"

"谁乳臭未干?"沈知白微怒,"论辈分我不如你,但在朝中做事,我可是比你做得多!"

"有什么用?"沈故渊慢条斯理地道,"朝廷库收还是一年不如一年。"

"你……"

"好啦!"池鱼头都大了,"你们两个就不能心平气和些吗?"

壮着胆子瞪了沈故渊一眼,池鱼立马转头温柔地对沈知白道:"你别往心里去,我师父说话向来不太中听。"

沈知白冷静了些,看着她道:"你来开口,我定然是要帮忙的,只是我是帮你,不是帮别人。"

"那就好。"池鱼松了口气,"我还以为你一气之下要拒绝了。"

沈故渊嗤笑一声,拎起池鱼就走。

"欸?"池鱼挣扎,"师父,还没谈完呢。"

"还谈什么谈?"沈故渊眯眼,"他该帮的都会帮,那就不跟他废话了。"

沈知白站在原地,看着那两个人的背影,眉心微皱。

天色渐沉,瞧着是要下雨了,沈弃淮从外头回府,刚跨上大门的台阶,就听得远处有叽叽喳喳的声音。

池鱼思故渊

白发红衣的公子走得大步流星，雪白的发丝扬在空中，看起来仙气十足。旁边跟了个粉色裙子的姑娘，揪着他的袖子一蹦一跳的。

有那么一瞬间，沈弃淮恍然觉得看见了很久以前的宁池鱼和自己。宁池鱼跟他在一起的时候也总是蹦蹦跳跳的，拉着他的袖子问这问那，一问就是七八年。直到有一年，他不耐烦地甩开了她，之后，池鱼就再也不抓他袖子了。

心口莫名地就有点儿疼，沈弃淮闭眼，再睁开的时候，那两人已经走到了台阶下头。

"王爷。"看见他，池鱼不蹦了，身子僵了僵就挂上了微笑，"您也刚回来？"

沈故渊颔了颔首，算是打招呼。

沈弃淮多看了她两眼，笑道："池鱼姑娘这一身打扮真是好看。"

"王爷过奖。"池鱼微微低头，心想以前怎么就没听得他这句话呢？

"我先进去更衣。"沈故渊道，"池鱼陪王爷说会儿话吧。"

嗯？池鱼不明所以地看向他，这怎么突然就把她和沈弃淮留这儿了？

然而，沈故渊说完就走了，头都没回一下，连一个默契的眼神都没给她。

池鱼暗暗咬牙，握着拳头挤出微笑对上沈弃淮："王爷要是没什么事，那池鱼也……"

"你等等。"沈弃淮道，"有个地方，想带姑娘去一下。"

池鱼深吸一口气，努力让自己忽略这人是谁，说服了自己良久，才笑着应道："好。"

"到了。"推开面前厢房的门，沈弃淮让开了身子，示意她先进去。

池鱼站在门口傻笑："这是哪儿啊？"

瞧她不肯进去，沈弃淮低笑一声，先跨进门："池鱼姑娘喜欢刀剑吗？"

"不喜欢。"看了看没什么问题，池鱼才跟着小心翼翼跨进去，戒备地道，"小女子一向只抚琴。"

"那就可惜了。"伸手拿下墙上挂着的佩剑，沈弃淮拔剑出鞘，寒光凛凛。

池鱼立马后退了三步。

"姑娘别慌。"沈弃淮看着她道,"这剑,是原来想赠予故人的,是把难得的好剑,削铁如泥。"

定了定心神,池鱼抬眼看过去,微微一顿。

"弃淮哥哥,我的剑坏了,你给我寻一把削铁如泥的好剑,好不好?"

"我很忙,让管家替你寻。"

她盼了很久的剑,到死也没能拿到,而今,他却说,这把剑是准备送给故人的。

"哈哈哈!"池鱼忍不住笑了出来,捂着肚子,越笑越开心。

沈弃淮一愣,皱眉看着她:"姑娘笑什么?"

"我笑……我笑王爷的故人何其不幸,王爷收了宝剑在此要赠,她却没福气来拿。"

沈弃淮心里一跳,收了剑就抓住了她的手腕,眼神灼灼:"你怎么知道她没福气来拿?"

"王爷忘记了?"池鱼笑眯眯地道,"您上次同池鱼说过的,那个跟池鱼长得很像的人,不就是已经故去的、会武功的池鱼郡主吗?"

这么多天跟在沈故渊身边,知道宁池鱼也不奇怪,沈弃淮凝视她片刻,松开了手:"是本王冒昧了。"

"王爷带池鱼来这儿,莫不是又怀念故人了?"池鱼睨着他笑道,"听闻余小姐今日还在府上,王爷这般举动,怕是要伤了她的心。"

"本王也不知道是怎么了。"沈弃淮苦笑,"这两日,常常梦见她。"

他不是对宁池鱼半分感情没有,只是那份感情,远比不上他的大业。

然而现在,他看着这满屋子的东西,突然有点儿茫然。

"池鱼问本王要过很多东西,糖葫芦、宝剑、腰间的玉佩、悲悯阁外的小花……本王没一次允她的。"伸手摸了摸放在花几上的花,沈弃淮语气古怪地道,"可不知怎么,这些东西,就都放在这间屋子里了。"

池鱼笑着听他絮叨，拳头死死握着，指甲全掐进了肉里。

她不能在这人面前暴露情绪，否则沈弃淮就会让她再死一次。她知道的，他这只是在借着她的死演博同情的戏码，好让自己与他更亲近些，无非就是看重她这张脸。

这满屋子的东西，的确都是她曾经最想要的，然而现在，她不需要了。

"王爷要是没别的事，池鱼就得先回去伺候师父了。"

"池鱼。"吐出这两个字，沈弃淮眼神里的痛意突然就铺天盖地，伸手拉住她，微微一用力，就将她拥进了怀里，"你别走了，好不好？"

心里一痛，恨意压不住地涌上来，池鱼浑身发抖，几乎是忍不住要一拳往他腹部猛揍。

然而，还不等她动作，厢房外头突然就响起一声冷嘲："她不走，我走行了吧？"

沈弃淮一僵，抬眼看过去，就见余幼微满脸恼恨："有人眼巴巴在悲悯阁等着王爷忙完回来，有人却在这厢房里你侬我侬！"

如一桶冷水淋下，池鱼瞬间清醒了，推开沈弃淮，连忙解释："不是你看见的那样……"

"那是怎样？"跨进门，余幼微走到她面前，扬手就是一巴掌，"你这个狐媚子！"

池鱼想躲，然而突然觉得这场景有点儿眼熟，定了定身子看着她那落下来的巴掌，果然，半路就被沈弃淮给抓住了。

"幼微，"沈弃淮眉头紧皱，"你以前没有这么无理取闹。"

可不是吗？以前的余幼微，分明是楚楚可怜，一把推开抱着她的沈弃淮，委屈地朝进门的她解释："池鱼姐姐，不是你看见的那样。"

同样的场景，同样的对话，只是她们两个的立场换了。池鱼突然觉得很好笑，嘴角忍不住上扬。

"你看她，你看她！"余幼微激动地道，"她在嘲笑我，她分明就是故

意的,故意勾引你,要拆散我们!"

"幼微!"沈弃淮当真是怒了,"你若是冷静不下来,那本王便让管家立马送你回丞相府。"

余幼微身子一僵,不敢置信地看着他,眼里渐渐有泪泛上来:"你当真为了她,要我走?"

沈弃淮有些恼:"你现在这模样,跟泼妇没什么区别!"

余幼微后退两步,哽咽着道:"我没有想到,当真没有想到,有一天你也会这样骂我!"

"是本王要骂你,还是你咎由自取?"

池鱼淡定地看着这两个人争吵,心里忍不住鼓掌!

先前她还什么都没做呢,因为余幼微的小把戏,沈弃淮就骂她泼妇。现在好啦,轮到她来尝尝这诛心的滋味儿了。

余幼微委屈地哭着,扭头看见她,眼里恨意铺天盖地:"你满意了?高兴了?"

"余小姐在说什么,池鱼听不懂。"微微一笑,她颔首,"不过既然是王府的家务事,池鱼也不便在场,就先告退了。"

"看戏看得很开心?"

刚跨进瑶池阁,就听见沈故渊的问话,池鱼挑眉,抬眼看向那躺在屋檐下太师椅上的人,忍不住轻笑,走过去将他四散垂落在地上的白发抱起来。

"师父怎么什么都知道?"

"你的情绪都写脸上了,我又不是盲人。"沈故渊冷哼一声,任由她梳理自己的白发,微微眯了眯眼。

池鱼心情很好地拿篦子一下下顺着他的头发,低声问:"那师父知不知道发生了什么事啊?"

"你说。"

"沈弃淮说要娶我为侧妃。"

意料之中的事情，但沈故渊还是皱了眉："别答应。"

"嗯？"池鱼有点儿意外，"不是说好，要诱敌深入吗？"

"用别的诱敌都可以。"沈故渊道，"你的姻缘不行。"

有些感动地看着他，池鱼拿脸蹭了蹭他的白发："还是师父心疼我。"

"心疼你？"沈故渊用难以言喻的表情看她一眼，"这么想你能开心的话，那且这么想吧。"

池鱼脸一垮，撇嘴说："您就不能说点儿好听的？"

"好听的话没用。"沈故渊闭上眼，"天下姻缘之中，多少姑娘是光顾着听好听的，错付了一生。"

池鱼鼓嘴，气愤地替他绾发。

下雨了，一场秋雨一场凉，沈故渊觉得冷了，睁眼打算进屋，却发现头有点儿重。

"池鱼？"他喊了一声，旁边的人却已经不见了。摸了摸头上，沈故渊觉得不太对劲儿，起身进屋照了照：池鱼竟然给他绾了个女人的发髻！

片刻之后，一声咆哮穿透整个悲悯王府。这声音凶狠带杀气，吓得外头盯梢的暗影腿一软，就连已经跑到前庭附近的池鱼也是背后一寒。

太可怕了太可怕了，幸好她跑得快！

悲悯阁里，云烟皱眉在沈弃淮耳边低声道："瑶池阁不知道发生了什么，那位发了很大的火，池鱼姑娘逃出来了，看起来正要往府外跑。"

本还正在想要怎么安抚余幼微，一听这话，沈弃淮立马站起来，拿了伞就往外走。

"池鱼！"喊着这名字，沈弃淮自己都有些恍惚，远远看见雨幕里那小跑着的人，连忙追上去抓住她的手腕："你要去哪里？"

池鱼浑身都湿透了，冻得嘴唇发青，抱着胳膊颤颤巍巍地道："王府容不下我了……我得走。"

"怎么会容不下？"沈弃淮皱眉，"你师父怎么了？"

没法儿解释，池鱼咬唇，不管三七二十一，学余幼微的，先哭为敬！

"王爷别问了……让我走吧。"

沈弃淮就喜欢女人楚楚可怜朝他哭的样子，替她撑着伞，拉着她就往悲悯阁走："有什么话都跟本王说，本王替你做主！"

悲悯阁里暖和得很，沈弃淮神色凝重地看着她，"你师父为什么要赶你走？"

"因为……"看他一眼，又垂眸，池鱼苦笑，"师父不喜欢我与王爷亲近，但池鱼……喜欢和王爷说话，所以师父不高兴了。"

沈弃淮微微一顿，深深地看她一眼："巧了，本王也喜欢和你说话。"

"真的吗？"雀跃之意上了眉梢，池鱼高兴又害羞地看着他，"我以为……王爷会讨厌我呢，毕竟我身份低微，什么也不是……"

"身份不身份的，有什么关系？"沈弃淮认真地道，"本王有身份就够了，能护你一世周全。"

好个一世周全啊，池鱼笑着握紧了拳头："那……那我可以留在这里？"

"有什么事，本王都替你担着。"沈弃淮笑了笑，"只要你陪在本王身边，多和本王说说话。"

"多谢王爷！"池鱼感激涕零。

"别叫我王爷。"沈弃淮抿唇，"能不能……叫我一声'弃淮哥哥'？"

此话一出，池鱼心如针扎一般地疼，无数情绪翻涌上来，差点儿就要绷不住。

深吸一口气，池鱼硬生生将所有思绪压住，调整了一下表情，乖巧地朝他笑，听话地改口："弃淮哥哥。"

晚上，沈弃淮让她在悲悯阁的厢房住下了，池鱼躺在软乎乎的大床上，无法入睡，眼睁睁地等到了天亮。

雨停了，沈弃淮起身一打开门，就看见了沈故渊。

"把我的人交出来。"沈故渊看起来心情很不好，"不然别怪我拆了你这王府!"

微微一笑,沈弃淮道:"殿下息怒,池鱼只是换个地方住,依旧在王府,您着急什么?"

"我不想说第二遍。"沈故渊皱眉。

沈弃淮跨出房门,不紧不慢地道:"殿下不忙着秋收了吗?今日是各地第一收的日子,若是不去看好,怕是要出问题。"

沈故渊一僵,仿佛刚刚才想起这件事,不甘心地看他一眼,转头就走。

看着他的背影,沈弃淮若有所思,扭头就去敲了池鱼的房门。

"弃淮哥哥。"池鱼已经收拾妥当,打开门看见他,微微颔首,"师父……不,沈故渊来过了?"

听见这句话,沈弃淮跨进了房门,一边点头一边找椅子坐下:"他来问我要人。"

"我就知道,秘密是带不走的。"池鱼苦笑,"我跟在他身边这么久,他的事情,别人不知道,我却都知道。正因如此,他怕我背叛他,所以哪怕是杀了我,也不能让我离开他。"

沈弃淮认真地听着,不觉得有哪里不对,试探性地问:"他有什么秘密?"

第6章 秋收计划

"他……"池鱼欲言又止,看了看他,略带戒备地笑了笑,"也没什么好说的,到底是照顾过我的人。"

沈弃淮点头,眼里暗光流转,再抬头脸上便满是怜爱:"那从今日开始,便由本王来照顾你。"

"这……弃淮哥哥。"池鱼苦笑,"您身边的余小姐可不是好说话的人,以前尚且有师父护着我,而现在,若池鱼再留在您这里,怕是性命难保。"

"你放心。"他拉起她的手,温柔地道,"从今日起,你与本王同进同出,不离开本王半步。任凭是谁,也无法在本王的眼皮子底下伤了你。"

人家诚意都这么足了,她扭捏两下,还是应下来:"小女子无依无靠,眼下,就只能听王爷吩咐了。"

"王爷?"沈弃淮挑眉。

"啊不,弃淮哥哥。"池鱼害羞地低头。

沈弃淮总算满意地笑了,带着她出门,去往书房。

不得不说,此人心机深沉,若非宁池鱼,旁人断断分辨不出他是真心还是假意。因为他在想取得一个人的信任和真心的时候,总是拼尽全力。

比如现在,他就在她面前,毫不避讳地翻阅各种公文。

"池鱼识字吗?"沈弃淮笑道,"要是识字,可以替我念念这些文书,我一个人,看不过来呢。"

池鱼惶恐地摇头:"小女子虽没见过什么世面,但也知道这些东西不是寻常人能看的。"

"本王说你能，你就能。"伸手塞给她一本文书，沈弃淮道，"念吧，本王可以一边听一边批阅其他的，省事许多。"

这是想告诉她，他对她是完全信任的，池鱼配合地露出受宠若惊、欣喜若狂的表情，帮他一本本地念。

沈弃淮看着，很是满意，念完文书就带她进宫议事。议完事晚上就在池鱼卧房的隔壁厢房歇息。如他所说，当真是同进同出。

两天下来，池鱼在王府中的地位直线上升，连云烟看见她都会颔首行礼。

感觉池鱼已经对自己感激涕零了，沈弃淮觉得时机已到，就在书房里再次开口道："三皇子不知用了什么法子，请得众多人为他做事，秋收被他弄得乱七八糟，本王甚是担心啊。"

"王爷有什么好担心的？"池鱼轻笑，胸有成竹地道，"三皇子立下的军令状，是完不成的。"

"哦？"沈弃淮挑眉，"何出此言？本王看他很是用心呢。"

"都是假象罢了。"池鱼眯眼，"他压根没打算完成自己定的目标，只是想卷钱跑路罢了。"

沈弃淮微微一惊，皱眉看着她："此话怎讲？"

"沈故渊压根不是皇族中人，他那一头白发，是特意用药水浸泡七七四十九天而成。然后买通孝亲王的人，假装是皇子，就为了等这一场秋收敛财。"池鱼道，"王爷若是不信，大可以让人去仔细看看他的头发，那白色，遇水就掉。"

沈弃淮心猛地一跳，激动又带着顾虑地问："那本王该如何是好？如今四大亲王分外信任他，若没有实打实的证据，他们断然不会站在本王这边。"

"这些小女子哪里知道啊？"池鱼皱眉，"我也只是知道他这个秘密而已，所以我一离开他，他就想杀了我。幸亏王爷这般护着，不然小女子早不知死了多少次。"

看着她这单纯的脸,沈弃淮下意识地就选择了相信,这个人不会骗他的,就好像宁池鱼从来不会对他撒谎一样。长得相似的人,性格定也有相通之处。

只是,为了稳妥起见,他还是招来暗影,吩咐了几句。

于是,沈故渊在太师椅上躺得好好的时候,突然就有一桶水从天而降!

"哗——"

暗影潜伏了半个时辰才寻到这一个泼水的机会,本以为是万无一失的,谁知道水泼下去,椅子上的人没了。

他微微愣了愣,左右看了看,正觉得奇怪呢,冷不防就听得有人在背后道:"你找死?"

凉意从脚底板升到天灵盖,暗影不敢回头,立马一个飞身想走。然而,脚还没离地,人就被抓住了。

沈故渊心情很不好,一张脸臭着,浑身都是杀气,压根不听人说话,拎着他就去了瑶池阁里的水池边,一把将暗影的脑袋按进水里。

半个时辰之后,暗影被抬到了悲悯阁。

"主子,嗝。"满肚子是水,暗影委屈极了,"三皇子最近心情很不好,卑职……卑职失败了,被他罚了一顿。"

沈弃淮皱眉看着他:"连你都会失败,那谁能来完成这项任务?"

"小女子有一法子。"旁边的池鱼低声开口,"弃淮哥哥可愿一听?"

"哦?"眼睛一亮,沈弃淮连忙看着她道,"你说。"

"沈故渊精心布局,绝对不会轻易收手。"池鱼道,"所以他会卷最多的钱,才肯跑路。之前跟我说是在秋收之后动手,然而现在,因为我在你这里,他定会提前打算。"

"想提前收网?"沈弃淮轻笑,"那本王就留住他。"

留住一个想捞钱的人,要用什么手段呢?

很简单,让他觉得有更多的钱可以捞,就不会那么快走。

沈弃淮下达了命令,各处开始配合秋收之事,剥削减少,入库的税收增多。同时，沈弃淮一一去四大亲王府上游说，让他们答应去观秋收入库。

他把握的度很好，一来，暗中控制各地缴纳的粮食，沈故渊绝不可能达到他军令状里承诺的秋收数量；二来，他在最后入库的时候，能卷走的钱非常多。沈弃淮笃定，如此一来，沈故渊定然会在最后一天动手。

"此番功成，你便是本王的侧妃。"看着池鱼，沈弃淮深情款款地道，"没有你，本王便破不了他的局。"

池鱼害羞地看着他："能为弃淮哥哥做事，池鱼很高兴。"

沈弃淮微微一愣，有点儿恍惚，仿佛回到了遗珠阁失火的那一天。

那日，遗珠阁失火之前，烛光盈盈，他坐在宁池鱼的对面，看着她满脸喜悦，温柔地哄她："此番你立了大功，再过两日，你就是本王的正妃了。"

"能帮到弃淮哥哥，池鱼很高兴。"宁池鱼脸上满是小女儿的娇羞，眼里的欣喜藏不住地飞出来，一点儿也没防备地端起他倒的酒，"弃淮哥哥，这杯酒池鱼敬你。"

"你我之间，谈何敬字？"他拉过她的手腕，与自己交杯，"这样喝才最舒坦。"

宁池鱼感动地看着他，眼波盈盈，毫不犹豫地把杯里的酒一饮而尽。

之后，她便昏迷了。原来沈弃淮在她的那杯酒中下了迷药。

把她手脚捆上的时候，沈弃淮觉得自己的心里是一片轻松的，毕竟这个女人知道自己太多的秘密，又背叛了他。若是继续留下，他压根睡不安稳。

之后，他便让云烟在遗珠阁放了火。

只是，现在再想起来，心怎么就隐隐作痛呢？

沈弃淮摇头，指节抵了抵自己的额角，恢复了正常："池鱼，你知道三皇子喜欢吃什么吗？"

喜欢吃的东西？池鱼想了想："民间的糖葫芦，他似乎挺有兴趣的。"

第 6 章 秋收计划

前几天出门，沈故渊就站在人家糖葫芦摊面前不肯走，皱眉盯着人家小贩直勾勾地看，吓得人家战战兢兢地捧了一串呈到他面前。

池鱼现在还记得沈故渊吃第一口糖葫芦时的表情，美目微微睁大，眼里波光流转，仿佛是吃到了什么山珍海味，一头白发都微微扬了起来。

她曾经彻夜思考过沈故渊这种强大到无敌的人会有什么弱点，本以为会是女人，没想到却是糖葫芦，真是又好气又好笑。

"这样吗？"沈弃淮眼里暗光一闪。

秋高气爽，沈故渊披了红衣，散着白发就往三司府衙走。眼角不经意一扫，沈故渊停下了步子。

曼妙的曲线、诱人的色泽，在离他五步远的地方，沈故渊看见了这凡尘间最让他心动的东西，心口都忍不住"嘭嘭"多跳了两下。

"卖糖葫芦嘞——这位公子，要来一串吗？"扛着糖葫芦山的小贩笑着问他。

池鱼站在暗处和沈弃淮一起看着，心想就算他喜欢吃，也不至于不长脑子吧？这可是悲悯王府门口，正常卖糖葫芦的人，谁能在这里做生意？

然而，那头的沈故渊，毫不犹豫地掏了银子，在小贩傻了眼的注视之下，接过人家的糖葫芦山，扛在了自己肩上！

沈弃淮轻轻笑了一声："还是你了解他。"

"弃淮哥哥，"池鱼忍不住问了一句，"您此举又是为何？不是做好打算了吗？"

"让他死，一直是本王最愿意做的事情。"侧头看她一眼，沈弃淮道，"先前不管下毒还是暗杀都失败了，所以本王才打算正面较量。不过，若是能有法子让他死，本王自然愿意省了这个力气。"

沈故渊一手扛着糖葫芦山，一手摘了一串下来，薄唇轻启，缓缓咬下。

"五石散不是毒药，他察觉不了，但食用多了，就会日渐消瘦，五脏六腑受损，不出一月便身亡。"沈弃淮微笑，"这是不是个极好的法子？"

压住心里的慌乱和想出去阻止的冲动,池鱼勉强笑道:"王爷真是狠心啊,不管怎么说,您也是唤他一声皇叔的。"

"唤皇叔又如何?"沈弃淮眼神阴暗,"我与他,可没什么血缘关系。"

沈弃淮是先王爷捡回来的养子,的确与皇室没什么血缘。当时老王妃不待见他,给他起名"弃淮",说是让他记住,自己是被人弃之于淮河的,莫忘了身份。因此,沈弃淮对皇室中人,是有恨的。

池鱼知道沈弃淮是以一种什么样的心情在王府里长大的,也能理解他后来为什么报复老王妃。只是,当他杀了王府原来的小世子的时候,池鱼就发现这个人心狠无比。现在,她该怎么做?

眼睁睁看着沈故渊走远,池鱼低头:"我身子有些不舒服,弃淮哥哥,今日可以在院子里休息吗?"

"好。"沈弃淮道,"我让云烟陪着你,本王得进宫一趟。"

半炷香之后,池鱼甩掉云烟,悄无声息地离开了王府,直奔三司府衙。

"师父!"猛地推开房门,池鱼跑得气喘不已,抬头一看,沈故渊正坐在书桌后头看东西,旁边一座糖葫芦山全空,满地都是竹扦子。

关上门,池鱼着急地围着他团团转:"这糖葫芦山摆明了是陷阱你也跳!沈弃淮给你下五石散,你吃多了,一个月之内就会暴毙!"

"那么聪明的人,怎么就会在王府门口买糖葫芦,谁有那个本事去那儿卖啊?你真是……"

沈故渊懒洋洋地看她一眼,说道:"我没中毒。"

"你没……"池鱼一顿,瞪眼,"你没中毒?"

"雕虫小技,想害我,还早得很。"睨了旁边的糖葫芦靶子一眼,沈故渊舔了舔嘴唇,"他有多少糖葫芦,尽管送来,一个月之内我要是死了,算我输。"

眨眨眼,池鱼有点儿不解:"你糖葫芦都吃了,怎么会没中毒的?"

"这个你别管。"沈故渊道,"你继续去做你想做的事情。"

听着这话，池鱼吊着的一颗心总算放了下来。

池鱼返回了王府。

"池鱼姑娘。"云烟的声音在她身后响起，"您去哪里了？"

池鱼抿唇，调整了一下情绪，仰头满脸无辜地道："我迷路了啊。"

"余小姐一直说，您没安好心。"云烟看着她，道，"王爷不信，卑职却是有点儿怀疑呢。"

"哦？"池鱼笑了笑："云烟大人和余小姐的关系真是好啊，她说什么您都听，晚上还待在一个屋子聊天。"

一听这话，云烟惊了，左右看了看，怒斥她："你胡说什么？"

"不是吗？"池鱼耸肩，"前些时候我也迷过路，恰巧走到西苑的客房，就听见大人和余小姐的声音，这事儿，我还没同王爷说呢。"

云烟的表情只慌了一瞬便稳住了，皱眉看着她道："空口无凭，你以为王爷会信你还是信我？"

"那咱们试试咯。"池鱼一副无所谓的样子，"反正你说我出去了，我能说我去了哪儿，弃淮哥哥不会怪我。但你吗……有先前的刺杀事件在，弃淮哥哥又不傻，定然知道我说的是真是假。"

说罢，池鱼朝他眨了眨眼，一蹦三跳地往自己的房间走。

云烟惶恐不安，等到沈弃淮回来，立马去他跟前告了一状。

"哦？"沈弃淮面无表情地看着他，"你也觉得她另有目的？"

"是，从三王爷那里突然来王爷身边，实在居心叵测。"云烟皱眉道，"而且……"

打断他的话，沈弃淮微微皱眉道："你怎么总说和幼微一样的话？"

云烟身子一僵，半跪下来："主子此言何意？"

"她也常跟本王说，池鱼有问题，让本王离她远些。"深深地看他一眼，沈弃淮道，"你们是都以为本王傻吗？"

"主子明察。"云烟抿唇，"卑职与余小姐都是真心对您之人，既然都有这样的感觉，那就还请主子重视！"

"就你们有脑子，本王没脑子？"拂袖起身，沈弃淮冷笑道，"你们压根不知道这个女人的价值。"

"可……就算如此。"云烟低声道，"这个池鱼姑娘也毕竟是个外人，您不该放任她进出书房。"

"本王做事，什么时候轮到你来教了？"沉了脸色，沈弃淮不高兴了，"这位子，要不要给你来坐？"

"主子息怒！"云烟咬牙，"卑职只是担心主子！"

沈弃淮冷笑，他算计的东西，自然不必同下人交代。

夜幕降临，沈弃淮还没有从宫里回来，池鱼悄无声息地从书房离开，将带出来的东西塞进了瑶池阁。

"这就要走了？"沈故渊点燃了灯，睨了一眼那蹑手蹑脚的人。

池鱼身子一僵，有点儿尴尬地道："此地我不能久留。"

"怕什么，暗影都已经睡着了，没人能发现你。"沈故渊抽了雕花凳出来拍了拍，"坐下。"

池鱼硬着头皮转身，也不敢看他，乖乖地坐下来，盯着桌上她放的那一叠东西。

"你想好了吗？"沈故渊慢条斯理地问她，"这些东西只要给了我，他到时候就会发现你是奸细，你就不能在他身边待着了。"

"谁想在他身边待着？"池鱼磨牙，"我只想让他去黄泉路上待着！"

"那好。"沈故渊点头，"交给我吧。"

"你知道这些怎么用吗？"池鱼连忙拽住那叠东西，认真地挨个解释，"这些东西除了他，只有我能看懂，上面有黑话及密语，我给你写了个破解的册子，你对照着看。另外，可以重新写个名册，到时候一目了然。"

秋收接近尾声，各地纳的粮都已经入库，明细统呈上表。

三司府衙里，沈知白皱眉看着眼前的男人，半晌才问了一句："当真没

问题?"

"你该做的都做了,就没什么问题。"沈故渊随手将文书一放,侧眼看他,"担心我?"

"不。"沈知白摇头,"池鱼让我帮你,我只是担心你完不成承诺,她也会被殃及。"

倒是个情种啊?沈故渊眼珠子转了转,朝他勾手。

"做什么?"沈知白戒备地看着他,但还是下意识地靠过去两步。

"这回你帮了我大忙,甚至不惜得罪丞相家,我欠你人情。"沈故渊一本正经地道,"为了还这个人情,我把池鱼嫁给你,如何?"

微微一惊,沈知白瞪眼:"你……"

"别跟我拿虚架子。"沈故渊挑眉,"你本就喜欢她。"

这些日子沈知白替他督察淮南淮北的税收情况,每天早出晚归,还好几次在外头迷路了回不了家,得罪的人也不少。要不是喜欢,哪能为宁池鱼一句话就这般赴汤蹈火。

"知白喜欢的人,自己会娶。"定定地看了他许久,沈知白退后半步,"不劳三皇叔操心了。"

沈知白给了他一个很有自信的眼神,挥袖就跨出了门。

赵饮马叹息,伸手把算出来的账目递给他:"王爷先看看这个吧。"

他们都已经尽力了,遇见的阻碍不小,而且不少,一时半会儿要全部解决根本不可能。秋收已近结尾,入库的粮食离沈故渊承诺的还差很多。

"卑职让人算过了,至少还要五十万石粮食。"赵饮马道,"几乎是不可能完成了。"

"你急什么?"沈故渊撑着下巴睨了那账目一眼,"就差这么点儿了。"

这还叫"这么点儿"?赵饮马担忧地看他一眼,不知道该说什么好了。

这段时间相处下来,他觉得沈故渊是个好人,虽然说话凶巴巴的,但做起事来一点儿也不含糊,武功也是极高,闲暇的时候,还会指点他两招。要是就这么被贬了，真的是很可惜。

在外头不分方向走着的沈知白也是这样觉得的，朝中浑浊不堪，独独一个沈故渊与众不同。虽然不喜欢他对池鱼的态度，但这样的王爷，是朝廷需要的，也是他想看见的。

"他每天都吃一个糖葫芦山。"悲悯阁里，沈弃淮撑着额角轻笑，"怕是要死得很快。"

池鱼站在他身侧，脸上毫无波澜。

"四下的防守都已经准备妥当。"云烟拱手道，"这两日，任何人都不可能强冲守卫离开京城，晚上也一样。"

"好。"沈弃淮眼眸亮了亮，"咱们且来看看这位皇叔，还有什么退路可走！"

"明日就是秋日会了，沈故渊并没有完成承诺，今晚一定会逃。"池鱼认真地道，"王爷千万小心。"

沈弃淮胸有成竹："本王知道他武功很高，但京城全部的守卫都已经准备就绪，他武功再高，也不可能走得掉。"

"那池鱼就提前祝王爷，得偿所愿。"池鱼颔首。

"哈哈哈！"沈弃淮心情极好，伸手拉过她，目光深邃，"多亏有你，池鱼。"

"王爷过奖。"池鱼看着他微笑，"只要能让该死之人遭到应有的报应，要我做什么都可以。"

沈弃淮一愣，觉得说这句话的时候，她眼里好像有恨意。可再仔细看看，又好像是他眼花了，池鱼看着他的眼神，分明是充满爱慕的。

疑惑了一瞬，他也不去多想了。今晚，可是个关键的时候。

夜幕笼罩下的悲悯王府安静得很，然而，子时刚到，一阵兵器碰撞之声就从瑶池阁响起。

"果然不出王爷所料。"看着面前的沈故渊，云烟冷笑，"三殿下这大

半夜的,带着这么多东西,是要去哪儿啊?"

沈故渊一头白发被夜风吹得翻飞,衣袍猎猎,背着包袱朝他嗤了一声:"我出去走走,也轮得到你来管?"

"王爷吩咐,让吾等誓死保护殿下周全。"云烟拱手,"外头险恶,王爷还是留在瑶池阁吧。"

"我想走,你以为你们留得住?"沈故渊勾了勾唇,飞身就越出了院墙。

"拦住他!"云烟沉了脸色,"要活的!"

京城大乱,睡得迷迷糊糊的百姓压根不知道发生了什么,就只感觉官兵来来往往,整个京城鸡犬不宁。到天亮的时候,一切仿佛才终于平息。

天大亮之后,便是秋日会。

国库重地,幼主坐玉阶龙椅之上,沈弃淮立于他身侧,四大亲王都分坐两边,朝中重臣也来了不少。

本是不该有这么大的阵仗的,但沈弃淮说,今日是刚回来的三皇子立的头一功,自然越多人在场越好,便于他树立威信。于是所有人都被请了来。四大亲王稍微知道点儿情况的,都明白今日沈故渊在劫难逃,故而本也有不想来的。不料沈弃淮竟然挨个儿亲自去接,叫他们想躲都不行。

孝亲王满眼担忧,拽着身边的官员就开始说:"今年雨水不算很好,收成怕是不太好啊。"

"亲王此言差矣。"沈弃淮笑了笑,"今年风调雨顺,收成定然能如三皇子所愿。"

"朕的圣旨已经写好了。"龙椅上的幼主奶声奶气地道,"弃淮皇兄也该改口了,他是王爷,封号仁善。"

"陛下的圣旨,还是等今日验收结束再说吧。"看了一眼国库大门的方向,沈弃淮嗤笑,"都已经快午时了,人还没来呢。"

他这一说,四周的官员才都纷纷想起来:"这么晚了,三殿下人呢?"

"不是一早就该到国库了吗?"

"莫不是知道没达成承诺，所以畏缩了？"

"各位放心。"沈弃淮一副很相信他的样子，"三殿下一言既出，驷马难追，大家耐心等等便是。"

说是这么说，他心里却清楚得很，沈故渊今日是不会来了。

昨夜一场激战，沈故渊跑遍整个京城，惹得四处鸡飞狗跳，他损兵过百也没能把他抓住。虽然不悦，但也无妨，沈故渊中了五石散，再也不可能回来，他照样是得偿所愿。等一切尘埃落定，秋收大权就会落回他手里，并且那四个碍事的老头子，也再无立场多言。

沙漏又漏了一袋，半个时辰过去了，众人私语的声音也越来越大，夹杂着质疑和担忧。沈弃淮嘴角上扬，正想扭头跟幼主说什么，倏地就听见个声音在前头响起——

"人倒是来得挺多。"

清冷如霜的声音，瞬间止住了这铺天盖地的嘈杂。众人循声看去，就见远处一人衣袂猎猎而来。

一头白发扬在身后，满身红袍花纹精细，沈故渊眉目俊朗如初，唇角也依旧带着一抹似嘲非嘲的笑，人未至，声先达——

"我正愁一件事怎么才能让朝中人都知道，眼下看来，不用我费心了。"

看见他出现，四大亲王纷纷松了口气，沈弃淮却是脸色大变，惊疑不已地往前走了两步："你……"

沈故渊没逃？而且，还活着？

这怎么可能呢？他已经甩开了追捕，应该立马离开京城才是，哪还有掉头回来送死的道理？

"王爷怎么是这副表情？"迎面对上他，沈故渊勾唇一笑，"不是笃定我会来吗？我来了，你怎么倒是意外了？"

沈弃淮额上出了冷汗，强自镇定下来，语气不太友善地道："本王意外的是殿下来得太晚了而已。"

"抱歉。"沈故渊勾唇，"昨晚就打算进宫，没想到遇见了麻烦，若不是武功还过得去，今日怕是当真来不了了。"

孝亲王一愣，连忙问："怎么回事？"

"也没怎么，就是遇见了暗杀，还都是王府里的护卫。"沈故渊笑着看沈弃淮一眼，"人我活捉了三十个，都已经替王爷捆好扔在大牢了。府里出了这么多的奸细，要挑拨我与王爷的关系，一定要让廷尉好生审查才是。"

一个护卫，可以说是别人派来的卧底，意图诬陷沈弃淮。那要是三十个王府护卫都去刺杀三皇子，这就不是巧合了，只能是沈弃淮主使。

众人心下门儿清，都忍不住看向了沈弃淮。下面的徐宗正略带责备地道："王爷，皇室血脉相融，您怎能……"

"与本王无关。"沈弃淮硬着头皮道，"三殿下怕是没完成赌约，心虚，才编这么一出来污蔑本王。"

"哦？"沈故渊挑眉，站在玉阶下面，抬眼定定地看向他，"那我要是完成了赌约，就不是在污蔑你了？"

众人都是一惊，纷纷交头接耳起来。沈弃淮看他一眼，冷哼一声负手而立："据本王所知，三殿下怕是还差点儿。"

"这是账目。"沈故渊伸手递给大太监账本，"请陛下过目。"

大太监恭敬地双手接过，捧去了幼主面前。

然而，小皇帝还没伸手，沈弃淮一把就抢了过去，翻到最后，冷笑一声道："三殿下莫要欺骗陛下年幼不懂账目，这上头，分明还差了五十万石粮食！"

"敢问王爷，"沈故渊不紧不慢地开口问，"一石粮食价值几何？"

沈弃淮顿了顿，旁边有文官帮着回答了一句："按照京城粮价，一石粮食五十两银子。"

"那就对了。"沈故渊眼角一挑，伸手递上另一卷东西，"这是三千万两银子，等于六十万石的粮食，请陛下过目。"

几位亲王都是一愣，孝亲王连忙起身，先去接了那东西，四大亲王围成一团，一起看。

沈弃淮看着，冷笑连连："这一卷纸，值三千万两银子？是本王没睡醒，还是三殿下在做梦？"

沈故渊笑而不语，秋风吹过，雪白的发丝拂过他的眉眼，看得旁边的宫女一时失神。

"陛下！"四大亲王看过那东西之后，齐齐跪了下来，"请陛下速回玉清殿，召集群臣，共议此事！"

沈弃淮也沉了眼神，三步走下玉阶，拿过孝亲王手里的长卷展开。

竟然是贪污折子！

"最大的一笔，应该是在悲悯王府的库房里，足足有五百万两白银。"沈故渊云淡风轻地看着他道，"昨晚我去看过了，都封得好好的，还埋了土。土是新的，想必就是今年刚送上来的赃银。"

"你胡说什么？"一把将那长卷撕了，沈弃淮暴怒，"沈故渊，你督促秋收不利，就来污蔑本王和朝廷重臣！"

那长卷上，写满了官员的名字和贪污的数目，甚至连藏匿赃银的地方都有。不用细看，光看第一个名字，沈弃淮就知道，沈故渊是当真查到了。

然而，他不会认，也不可能认。

"是不是污蔑，不是一查就知吗？"沈故渊嗤笑，抬眼睨着他，"还是说王爷心虚，压根不敢让人查？"

沈弃淮恼恨地看着他："你！"

天色瞬间阴沉下来，龙椅上的幼主瑟瑟发抖，不安地抓住了大太监的袖子，百官也都屏息不敢出声，畏惧地看着玉阶上怒气高涨的沈弃淮。

悲悯王一直是一张笑脸，好久不曾看他这样生气了。这张脸扭曲起来，当真是好可怕。

良久，徐宗正才站出来，小心翼翼地打了个圆场："这些事情，当交由廷尉府立案审查，牵扯人过多，一时半会儿恐怕……"

"有道理有道理。"徐廷尉也跟着出来道,"先交由下官立案吧,今日本是要验收三殿下督促秋收的成果的,这可扯远了。"

"这怎么就算扯远了?"沈知白站了出来,一身正气地道,"收粮是收,收缴贪污的银子,就不是收了吗?都是百姓耕作而来的东西,也都该归国库。难道不该算在一起?"

"是啊。"孝亲王也点头,"这的确是同一件事,只是这卷宗关系重大,牵连甚广,要核查起来,恐怕麻烦些。"

"即便如此,也该算三殿下完成了承诺。"静亲王帮着道,"这两样东西算在一起,的的确确是去年税收的两倍。"

"可这样算的话,不就等于把这些官员贪污的事情坐实了吗?"薛太傅皱眉,"毕竟这一张纸,没个证据,实在单薄。"

尤其是悲悯王爷的这五百万两,当真坐实,可就是件大事情了。

沈故渊看向沈弃淮,后者目光狠戾,如剑一般刺向他。

沈故渊微微一笑,拂了拂衣袍,开口道:"朝中大事,向来是四大亲王商议,悲悯王爷做主,圣上再下旨传意。今日这事也该如此,就请亲王们和悲悯王爷辛苦些了。"

此话一出,众人都有点儿意外。他告的人里,可也有悲悯王爷啊,竟然还让悲悯王爷来做主?

然而沈弃淮的脸色却更难看了,手里捏着的碎纸都已经揉得不成模样。

这么多年了,沈氏皇族,头一次出现一个让他觉得头痛的对手。

"本王问心无愧,既然被人无端指责,总要给个交代。"扔了碎纸,沈弃淮冷笑,"三殿下此番秋收,功劳定然是有的,只是承诺未达,算不得赢,也算不得输。为了公正,就请三殿下督查廷尉府,将你所认为存在的赃款,全部收缴入国库。一旦数目达成,便算三殿下赢了。"

"但,若这上头写的,有一笔是冤枉了别人,便算殿下输了,如何?"

第7章 你是宁池鱼

孝亲王在一旁听得皱眉。呈上那样一份单子，已经算是得罪了朝中半数重臣。再让他一个刚回来的人插手廷尉审判之事，怕是……要被人孤立。

朝廷有朝廷的章法，不是所有对的事情就一定能得到别人的支持的。曲高和寡，正直的人，反而易早夭。更何况，这么多案子，不可能全部都顺顺利利地办下来。

然而，沈故渊仿佛半点儿也没有考虑这些，开口就一个字："好。"

众亲王都为他捏了一把冷汗，孝亲王开口想劝，看了看他的神色，最终还是把话咽了下去。

这孩子，虽然接触不多，但似乎跟太祖皇帝一个性子。说一不二，谁劝都没有用。也不知道是幸事还是不幸。

天色阴暗，没一会儿就飘起了小雨。国库前聚集的众人连忙借着躲雨的由头四散。重臣和四大亲王连着沈故渊、沈弃淮一起，去了清和殿详细商议。

出宫门的时候，云烟替沈弃淮撑起了伞，沈弃淮一脚踏进雨幕，又回过头来看了看沈故渊。

"这一回，是本王输了。"他道，"输在哪里，本王自己清楚，皇叔好手段。"

"过奖。"看了看天上的雨，沈故渊嘲弄地勾唇，"不过你不是皇室血脉，这一声皇叔我就不承了。"

真是会逮着人的痛点踩！沈弃淮沉了脸色，愤恨地扭头想走，却抬眼就

迎上个人。

水纹的流仙裙，绣锦鲤的鞋，一面梅花绢伞微微抬起，就露出一张温和柔美的脸。

"王爷。"

沈弃淮停了步子，眼里杀意翻涌："池鱼。"

"王爷怎么了？怎么这样凶？"微微一笑，池鱼踏水而来，行过之处涟漪层层，如凌波仙子，姿态曼妙。

然而，这丝毫没有让沈弃淮息怒，反而是红了眼："本王那样信任你，你竟敢背叛本王！"

是她！要不是她，沈故渊不可能知道那些人贪污的事情，更不可能中了五石散还没死，一定是她出卖了他！

"王爷在说什么呢？"池鱼笑得温柔，"我怎么一句也听不懂？"

"别装蒜！"沈弃淮戾气满身，推开撑伞的云烟就大步朝她冲过去，"你根本不是一心一意要来帮我，你分明是要来害我！"

最后一个字带着雨水洒了池鱼一脸，沈弃淮的手也伸上来，立马要掐住她的脖子。

然而，池鱼早有防备，轻轻往后一跃，灵巧地躲开了他，溅起的雨水带着泥，还了他满脸满身。

看着她这动作，沈弃淮一愣："你……会武？"

"鹞子翻身可是基本功啊，有人曾经在教我的时候说，练好了，下雨的时候翻，也不会溅起半点儿雨水。"落地绢伞往肩上一搭，池鱼笑得妩媚，摸了摸沾湿了的秀发，"可惜我资质愚钝，总是练不好，不好意思啊，王爷。"

心猛地跳了一下，沈弃淮整个人都僵硬在了雨幕里。

这是他曾经对宁池鱼说过的话，面前这个人，怎么会……

难道说？沈弃淮睁大了眼，喉结上下滚动好几回，握紧拳头不敢置信地看着她。

"宁池鱼！"沈弃淮捂着心口，艰难地吐出了这个名字。

池鱼"咯咯咯"地笑起来："又把我当你的池鱼郡主了？"

"难道……不是吗？"沈弃淮血红着眼看着她，"除了你，谁会知道那些话！"

轻蔑地看他一眼，池鱼撑着伞就走到了沈故渊面前，俏皮一笑："师父，咱们回去吧？"

"好。"沈故渊颔首，走进她的伞下，随她一起前行。

"站住！"沈弃淮低喝，"今日不说清楚，你别想走！"

停下步子，池鱼回头，面无表情地看着他："王爷纠缠得过分了吧？宁池鱼是您亲手烧死的，她是死是活，您最为清楚。现在抓着我一个外人不放，有什么意思？"

"你撒谎！"沈弃淮嗓子都哑了，"你分明就是宁池鱼！"

池鱼对他淡淡地道："喜欢你的宁池鱼，早就已经死了，我是池鱼，是沈故渊的徒弟，王爷切莫再认错了人。"

说罢，挽起沈故渊的手，转身就走。

"王爷。"云烟撑着伞上来，有些恼怒地道，"卑职早就说过，这女人心思不纯，果然……"

沈弃淮垂着头，打湿的头发挡住了表情，看不清情绪。

池鱼什么都不知道，跟着沈故渊，进了一处清雅非常的府邸。

"这是哪儿？"疑惑地四处打量，池鱼好奇地问，"不回悲悯王府了吗？"

"我一早就跟你说过，那些东西交到我手里，悲悯王府你就回不去了。"沈故渊走在前头，推开了主院的门，"这里是皇上赐的仁善王府，三进三出，七院三十六屋。往后，我们就住在这里。"

池鱼一顿，笑了笑："也是，您该有自己单独的地方了。"

新修葺好的王府里下人极多，但晚膳时分，沈故渊放进院子里的就三个人。

"这是负责掌勺的郝厨子，这是负责主院起居的郑嬷嬷，这是修理主院

花草的小厮苏铭。"沈故渊一本正经地介绍了一下，然后看着她道，"都是可以信任的人。"

池鱼有点儿意外，这才刚刚住进来，他怎么好像跟这三个人很熟似的？心里疑惑，她还是礼貌地朝这三人颔首致意。

胖胖的厨子，和善的嬷嬷，一脸天真的小厮，看起来没什么特别之处，行了礼就下去了。

池鱼疑惑地看着他们的背影，努嘴问身边这人："你招来的人？"

"内院的人，自然要我亲自挑选。"沈故渊抿了口茶，淡淡地道，"从今日起，这里就是你的家，只要回到这个院子，你什么都不用想。"

池鱼心口微微一热，有些感动，正想说点儿什么，就听得他接着道："反正你就算想也想不出什么花来。"

有这样一个师父，到底是该生气，还是该高兴呢？

秋日会引发的轩然大波第二天就波及了仁善王府，池鱼睡得正香，冷不防就被一声怒喝吓醒。

"你以为那是什么轻松的事情吗？"

沈知白恼怒地朝沈故渊吼："昨晚京城多少官邸的灯彻夜未熄？今早参你的奏折更是把大太监的脖子都压歪了，你还当什么都没发生？"

沈故渊挖了挖耳朵，不耐烦地看着他："那又怎么样？我该搬的银子，一两也不会少。"

"名头呢？凡事都讲个名正言顺！"沈知白皱眉，"你以为你搬一大堆银子去国库，他们就会让你放进去？银子从哪儿来的，你不得解释？"

"我凭什么要解释？"沈故渊翻了个白眼，"一千万两银子堆在国库门口，三天无人认领，那就缴纳入库，有什么问题吗？"

揉了揉眼睛，池鱼披上衣裳下了床，打开门看了一眼。

沈知白梗着脖子正要再吼，乍一见她，眉目立马就温和了，有些尴尬地问："我吵醒你了？"

沈故渊回头，就见池鱼一脸傻笑地道："没有……"

"这么大嗓门都没吵醒，你是傻吗？"嫌弃地看她一眼，沈故渊道，"正好，我懒得跟他说了，你来说。"

言罢，转身就回了屋。

池鱼干笑两声，抱歉地对沈知白道，"我家师父一直这样，小侯爷别往心里去。"

"我也习惯了。"沈知白无奈地道，"倒是你一个姑娘家，天天被他这么吼……"

担心她？池鱼很是感激地看他一眼，跨出门去招呼："您先去花厅坐着，我让人泡茶。"

"好。"沈知白抬步欲走，又停下来看着她，眼里含了些笑意，"你先去洗漱吧，我坐会儿。"

刚起床，还没洗漱，顶着一头乱发就出来了。意识到这个问题，池鱼脸一红，连忙跳回屋子关上了门。

瞧着她这乱七八糟的样子，屋子里的沈故渊嫌弃地撇撇嘴："你这样的人，能有好姻缘才真是见了鬼了。"

"什么姻缘不姻缘的？"池鱼皱眉，"小侯爷人很好，你能不能别总扯姻缘。"

"女人觉得男人好，不扯姻缘，难不成扯兄妹？"白她一眼，沈故渊道，"你快洗把脸清醒清醒吧。"

愤恨地把水倒进脸盆，池鱼一边搓脸一边道："男女之间，又不只姻缘这一种关系，是师父您看得太简单。"

"得了吧。"沈故渊道，"你和他之间只会是姻缘这一种关系，别的都没有。"

"您还会算命啊？"池鱼坐下来，一边梳妆一边翻白眼，"那可先给您自己算算吧，封王的圣旨都拿到了，不久就得被那几位亲王逼婚了。"

逼婚？沈故渊嗤笑。

从来只有他插手别人的姻缘，这天底下，还没有人能插手他的姻缘的人。

收拾妥当，池鱼抬脚就要继续出去。

见池鱼出来，沈知白双颊微微一红，别开头轻咳两声道："我是说……最近静王府秋花开得不错，你要是想去看，我……我可以带你去。"

"您想看花，这王府里也可以看啊。"池鱼笑道，"师父的王府里别的不多，花草极盛呢。"

沈知白垂眸，微微有点儿沮丧："那……也好吧。"

池鱼完全没察觉到人家的情绪，高兴地就转身往外走："主院里修剪花草的人可厉害了，您来看，漂亮极了！"

跟在她身后出门，沈知白一双眼略带无奈又有些宠溺地看着她，压根没看其他地方一眼。

沈故渊揣着手站在后头，半阖着眼看着他们道："外头的糖葫芦摊儿一定都摆起来了，你们去帮我买点儿回来。"

池鱼嘴角抽了抽："师父，您还没吃腻吗？"

"少废话。"沈故渊沉了脸，"让你买你就买，师父的话都不听了？"

池鱼双手一举表示投降，转身就往外走。

沈知白眼眸微亮，深深地看了沈故渊一眼，然后立马跟了上去："我陪你去。"

正直清朗的少年，配上乖顺活泼的少女，怎么看都是一段完美的姻缘。沈故渊眯眼瞧着他们的背影，若有所思。

糖葫芦摊到了，池鱼认真地看了许久，挑出了一串最小的。

沈知白正想笑，冷不防就听得旁边有人道："不是有个当王爷的师父吗？怎么还这副穷酸样。"

沈知白眉心一沉，回头看去，就见余家大小姐余幼微掀开轿帘看向这边，眼里讥讽之意甚浓。

池鱼听见声音就知道是她,也没回头,掏出银子递给卖糖葫芦的人。

小贩一惊:"姑娘,这一串糖葫芦,用不了这么多银子啊。"

"除了这串,其余的我都要。"池鱼笑了笑,接过他肩上的糖葫芦山,把那一串最小的还给了他,"家师嘴刁,喜欢吃酸甜合适的,这串小了,定然很酸。"

小贩大喜,靶子都不要了,连连作揖:"多谢姑娘!"

池鱼朝他笑了笑,转身,终于看向了余幼微。

悲悯王府的轿子,没过门的媳妇儿坐得脸不红心不跳,还一副高高在上的样子,斜睨着她。

"哟,这是被我一句话激着了,买这么多?"余幼微捏着帕子娇笑,"谁吃得完?"

"吃不吃得完,是我师父的事情,与余小姐有何干系?"池鱼笑了笑,"倒是余小姐,这大庭广众的,梳着未出阁的发髻,坐着男人的轿子,怕是不合适。"

余幼微眼里陡然生了些恨,抿唇看她,声音都沉了:"你别太得意,就算婚事不成,我也是悲悯王府公认的王妃!"

"也是。"池鱼勾唇,学着沈故渊的样子笑,嘲讽之意铺天盖地,"全京城都知道你余幼微嫁在了悲悯王府门口。"

甚至,时至今日,烟花柳巷都还流传着关于她的荤段子呢。堂堂王妃,众目睽睽之下被火烧了嫁衣。

"你……"余幼微想下轿子,可一看旁边围观的人渐渐多了起来,就有些难堪,只能抓着轿帘咬牙道,"你别太得意了!就你这样的姿色,嫁去谁家门口都没人要!"

池鱼冷笑,正想还嘴,眼前就挡了个人。

"这话难道不是骂我?"沈知白一本正经地抬手指了指自己,"我不是人?"

秋风拂过,整条街仿佛都安静了下来。池鱼睁大眼,有点儿不敢置信地

抬头看向他飘扬的墨发。

余幼微也傻了半晌，等反应过来这句话是什么意思的时候，方才脸上的柔和就一扫而空，讥诮地道："池鱼姑娘别的本事没有，勾搭男人倒是厉害！"

说罢，急忙放下了轿帘，让轿夫起轿。

池鱼扛着糖葫芦山，漠然地看着那轿子消失，扭头打算回府。

沈知白点头，走着走着，余光扫池鱼两眼，轻咳两声道："方才情急，我说的话要是有冒犯的地方，你见谅。"

"侯爷言重了。"池鱼笑道，"我知道您是想替我解围，又怎么会觉得冒犯。"

就只是……当作解围而已？沈知白张了张嘴，却不知该怎么说。看着她的侧脸，眼里满是叹息。

池鱼全然未觉，心情很好地扛着糖葫芦山回去交差，沈知白坐了一会儿，也就告辞了。

沈故渊咬着糖葫芦，斜眼看着她问："出去一趟，有没有什么收获？"

"有啊有啊！"池鱼跪坐在软榻边，双手搭在他腿上，很乖巧地道，"遇见余幼微了！还呛了她几句！"

"谁问你这个？"白她一眼，沈故渊道，"我问的是其他方面。"

其他方面？池鱼茫然地看着他："其他方面是什么方面？"

"我给你改个名好不好啊？"沈故渊额角暴出了青筋，"别叫池鱼了，叫木鱼吧！"

怎么突然又骂她了？池鱼很委屈，眨巴着眼道："师父问话，就不能问明白些吗？"

"我突然不想问了！"狠狠地咬下一颗糖葫芦，沈故渊鼓着腮帮子愤怒地道，"你给我去侧堂泡澡！"

"泡澡？"池鱼眨眼，"我昨日才沐浴过。"

"让你去你就去，哪儿来这么多废话！"沈故渊忍无可忍了，一把拎起她，直接推出门去。

"姑娘放心，老身精通药理，定然能将姑娘这一身伤疤抚平。"伸手脱了她的衣裳，郑嬷嬷一把将她按进浴桶里，完全不给她说话的空隙，"这些药材都是老身寻了许久的，姑娘千万珍惜，别浪费了。"

药香扑鼻，池鱼愣了愣，低头看看才想起自己这浑身的伤。

"你师父给你用的药，是玉骨草。"郑嬷嬷依旧笑眯眯的，拿竹筒舀了药水往她肩上淋，"那东西也很珍贵，能让伤口加快愈合，但不能生肌。嬷嬷给你用的，是专门调制的生肌汤，用上一段时间你就知道了。"

微微瞪眼，池鱼惊讶地侧头看她："当真？"

"嬷嬷不骗人。"拆开她的发髻，郑嬷嬷替她淋着药水，温柔地洗着。

她的手掌很软很暖和，像极了母妃。池鱼有点儿恍惚，下意识地就想往她手里蹭。

郑嬷嬷失笑，低声道："怪不得那两只猫有灵性，你就跟只猫似的。"

猫？池鱼一凛，连忙问："嬷嬷见过那两只猫？"

"落白流花，名字很好听。"郑嬷嬷笑道，"几个月前主子就寄养在了我那儿，明日苏铭就会带它们过来。"

三个月前？池鱼看着面前这嬷嬷："您……与师父早就认识？"

"认识很久了。"郑嬷嬷拿篦子顺着她的头发道，"我住在很远的地方，平日里也就养养鸡鸭种种菜，要不是主子传召，我是断然不会来这里的。"

池鱼想起来了，先前沈故渊就说两只猫暂时不能带，所以寄养去别人家。这个别人，原来就是郑嬷嬷。

怪不得一上来就让她信任这几个人，竟然都是老朋友。

"那……"池鱼忍不住问，"嬷嬷很了解师父吗？"

郑嬷嬷眼珠微微一动，压低了声音，一边替她浇水一边道："是啊，可了解了，他可是我看着长大的。"

终于找到了沈故渊和这凡尘之间的一丝联系，池鱼兴奋起来，眨着眼问

她："能给我讲讲吗？"

"姑娘沉下去一些，好好泡着，嬷嬷就给你讲。"怜爱地摸了摸她的头，郑嬷嬷小声道，"主子的事情，要讲的可多了去了。"

池鱼立马往水里一沉，只露了两只眼睛，认真地看着她。

郑嬷嬷失笑，一边舀着药水一边开口："他是无父无母的孩子，初到我们的地方，脾气很差，得罪了不少人。我的主子看他没人照顾，就好心带他回家，教他本事。"

"他得罪的都是男人，但很讨姑娘们的喜欢，每天都有许多貌美如花的姑娘围在我家门口，就为了给他送东西。那小子脾气可差了，人家送什么他扔什么。有个大胆的姑娘趁他不注意抱了他一下，他就把人家扔进了瑶池，咯咯咯。"

郑嬷嬷笑起来很好看，瞧着就能想象到她年轻的时候有怎样的美貌。池鱼眨着眼，问："瑶池是什么地方？京城好像只一处瑶池阁，没听闻别处有这个地名。"

"是很远很远的小山村，你不必在意。"郑嬷嬷眼里露出点儿狡黠，"你师父是山里来的，没见过世面，你不必太怕他。他要是生气了，你拿些民间的小玩意儿去哄，保管马上就好。"

这样的吗？池鱼恍然大悟："怪不得他像是没吃过糖葫芦似的。"

"他喜欢吃甜的，不喜欢吃苦的，喜欢人顺着他，不喜欢人忤逆他。"郑嬷嬷笑得眼睛弯成一条线，"天生的霸道性子，扭不过来了。不过啊，这样性子的人很好哄，跟他说两句软话，他再大的气都能消。"

这不就是吃软不吃硬吗？池鱼摸着下巴想，原来得把他当猫养啊，落白和流花也这样，只能顺毛摸，敢逆着捋，一定会被咬一口。

仁善王府里一片祥和，无风无扰，要不是这天赵饮马来了，池鱼差点儿就要觉得他们已经隐居。

"大事不好了！"喘着粗气，赵饮马冲进来就道，"侯爷被关进廷尉大牢了！"

微微一惊，池鱼站起了身："怎么回事？"

沈故渊放下书看了他一眼："拣重点说。"

"淮南持节使家里被搜出三万两赃银，小侯爷上书于帝，奈何折子直接被扣在了丞相那里，余丞相说那笔银子是今年要发放去淮南的军饷，现在反告小侯爷污蔑，要立案审查此事！"一口气说完，赵饮马道，"弃淮王爷已经去调停了，奈何没什么用，静亲王现在也已经在去廷尉衙门的路上。"

"糟了！"池鱼皱眉看向沈故渊，"先前小侯爷得罪的人不少，怕是要被落井下石。"

沈弃淮哪里是去调停的，分明也是去踩一脚的。他什么性子，她最清楚，这回定然是准备周全，要诬陷沈知白。

沈故渊飞快地披了外裳，起身就往外走："跟我来。"

池鱼和赵饮马连忙跟上，三人共乘，一齐往廷尉衙门走。

廷尉衙门里。

徐廷尉愁眉不解，头疼地看着堂下这些大人物。

静亲王很是生气，怒视丞相，大声道："犬子虽无多大才能，但也是奉皇令办事，丞相大人好本事啊，说关就关。这朝中还要什么廷尉，只大人一人不就够了？"

"王爷何必如此愤怒？"余丞相揣着袖子道，"令公子若是冤枉的，审查之后也就放出来了。老夫此举，也不过是为了公正。"

"要说公正，可以啊。"静亲王道，"先把你家三姨娘的弟弟也关进来，被告贪污的人是他，凭什么还没立案，知白先被关？"

余丞相一时语塞，但看一眼旁边站着的沈弃淮，顿时有了底气，冷笑一声，竟就这样不搭理静亲王了。

静亲王气得够呛，正要发怒，却听得堂外有人道："王爷何必为这点儿小事动气？"

　　众人一愣，纷纷回头，就见沈故渊半披着红袍，手里拎着个人，大步跨了进来。

　　"不就是要立案吗？人我带来了，请廷尉大人关进大牢，一并待审吧。"唇角带着一抹讥讽，他伸手就将那淮南持节使扔在了堂下。

　　落地滚了两下，焦三仿佛刚经历过什么恐怖的事情，腿都还在发抖。看见余丞相，立马哀号起来："姐夫！"

　　"放肆！"脸上有些挂不住，余丞相伸手拂开他，皱眉道，"你以为这是什么地方，容得你乱喊？"

　　战战兢兢地看了看四周的人，焦三立马跪坐好，咽了咽口水，眼珠乱转，却不再出声。

　　"三王爷这是什么意思？"余丞相看向沈故渊，神色凝重地道，"也未言语一声，就抓了持节使？"

　　"我刚回来，不知道规矩。"沈故渊皮笑肉不笑，"但丞相是知道规矩的，所以效仿丞相的做法，一定没有错。"

　　余丞相也是未言语一声就关了静亲王府的侯爷，池鱼站在后头听着，忍不住在心里暗暗鼓掌。

　　这一巴掌打得余丞相脸疼，并且，他还不了手！

　　"你……"余丞相有些羞恼，却无法反驳。

　　只听得旁边的沈弃淮道："三王爷做得没错啊。"

　　听见他的声音，池鱼顿了顿，眼神复杂地看过去。

　　沈弃淮一张脸波澜不惊，站了出来，平静地看着沈故渊道："本王也正想让人去请持节使，三王爷倒是让本王省了不少麻烦。"

　　沈故渊扫他一眼，眼里嘲讽之意更深："是吗？"

　　"此事本王已经全然了解。"沈弃淮笑了笑，"就交给本王来处置吧，各位都有自己的事情要忙，想必……"

　　"要是没记错，律法里有这么一条。"沈故渊打断他的话，斜眼道，"身有案之官员，案结之前，不得插手朝中事务。王爷自己身上还有贪污案未结，哪来的精力管这些事？"

律法？沈弃淮听得很想笑。从他掌权开始，律法已经形同摆设，没有多少人是按律法办事的，他却跑出来跟他说律法。

"三王爷当真是对朝中之事不太熟悉。"他道，"静王爷有空可以好生教教您，您也先回去吧，这儿有本王呢。"

这是要强权来压？沈故渊嗤笑，一撩袍子就在公堂旁边的师爷椅上坐下了，大有"老子不走，有本事你把老子搬走"的意味。

场面有点儿僵，静亲王却是很感激地看了沈故渊一眼。肯这么帮忙，也算知白没有信错人。

"王爷。"袖子被人轻轻拉了拉，静亲王疑惑地侧头，就见池鱼小声道，"您去把徐宗正和孝亲王请来，此局可解。"

对啊！眼睛一亮，静亲王立马拿了信物递给旁边的随从，吩咐了两句。

他是急糊涂了，这点儿事情都没想到。沈弃淮不按律法办事，但徐宗正和孝亲王一向以法度为重，并且说话有分量，他们一来，沈弃淮难以自圆其说，只能退让。

这才想起看旁边这小姑娘一眼，静亲王有点儿意外。她怎么知道请那两个人就有用的？

池鱼双眼盯着沈故渊，没再看旁边。

自家师父认真起来的时候当真是很慑人，怪不得沈弃淮一开始就对他充满警惕，任凭是谁站在他的对立面，心里都难免没个底。

"池鱼。"沈故渊唤了她一声。

回过神，池鱼两步走到他身边，低头凑近他："师父？"

"今日的沈弃淮，看起来有点儿棘手。"沈故渊一本正经地道，"你去气气他。"

这怎么气？池鱼干笑，很厌地小声道："师父，不瞒您说，我光是看见

他就浑身僵硬。"

"傻。"沈故渊轻嗤，抬眼看向那头盯着这边的沈弃淮，略微思忖片刻，看向池鱼的目光顿时温柔起来。

像是无边的春色突然在眼前炸开，池鱼傻了眼，呆愣愣地看着自家师父的眼睛，仿佛掉进了花海，半天都没能爬出来。

"王爷……"

"又怎么了？"沈弃淮满脸戾气地扭头。

云烟被吓了一跳，连忙拱手道："孝亲王和徐宗正往这边赶来了。"

怎么会？沈弃淮皱眉："他们一个时辰前不是还在城北祠堂吗？"

"应该是听见了风声，都在过来的路上了。"

这沈故渊是跟他犟上了，什么都要同他抢？

沈弃淮握拳，回头看向沈故渊，思忖片刻，突然开口道："既然三王爷也想管这件事，本王也想管，那咱们不如各退一步？"

"你想怎么退？"沈故渊撩了撩眼皮，不甚在意地看着他。

"好说，王爷定然是觉得小侯爷冤枉，本王也觉得这淮南持节使冤枉。既然都不肯让，那不如各为其状师，打一场官司，如何？"沈弃淮道，"公堂之上唯论证据，我有淮南持节使被污蔑的证据，就请三王爷替小侯爷好生找找证据开脱吧。"

沈故渊沉默地看着他，没吭声。

"怎么，害怕了？"沈弃淮轻笑，"三王爷不是很厉害吗？"

没理会他的嘲讽，沈故渊扭头看向池鱼："状师是什么？"

池鱼硬着头皮解释道："陈列证据为原告或者被告说话的人。"

"那可以。"沈故渊起身，"我来替知白，你替地上这个人说话，公断就交给圣上，如何？"

圣上？沈弃淮下意识地就摇头："圣上年方五岁，怎能……"

话说一半，反应过来不妥，他连忙住口。

就算皇帝只有五岁，那也是皇帝，他明面上一切事都是交由皇帝处置的，现在不能自打嘴巴。

"就按三王爷说的办吧。"

静亲王和丞相都松了口气，地上跪坐着的持节使也抹了把汗，起身想走。

"你去哪儿啊？"沈故渊眼皮都没抬，"大牢在后头。"

焦三身子一僵，又跪了回来，拱手作礼："下官身子一向羸弱，哪里禁得起关牢房？"

"照你这么说，你是比小侯爷还娇贵了？"沈故渊挑眉，"好奇怪啊，这么羸弱的身子，是怎么当上持节使的？瞧着肚子里也没什么墨水。"

余丞相一惊，连忙上前拱手道："为公正起见，应当将此人关押，老夫这就让人送他进去。"

"哪里用得着丞相的人。"旁边的静亲王冷笑一声，"老夫亲自送他去。"

"……"余丞相抿唇，眼里有愤恨，但碍于局面，也没多说什么。

于是，半炷香之后，焦三被粗暴地推进了肮脏的牢房，锁链一上，叫天天不应，叫地地不灵。

十步之外的另一间牢房里，沈知白错愕地看着忙里忙外的池鱼："这……"

"您受委屈了。"将牢房打扫干净，又给石床上铺了厚实的褥子，抱了锦被放上去，池鱼一边忙碌一边道，"可能得在这里待上几日了。"

沈故渊和静亲王坐在已经收拾好的木桌旁边，各自沉默，整个牢房里就池鱼一人喋喋不休。

"晚上会有点儿冷，我抱来的是最厚的被子。换洗衣裳就在这边的架子上挂着，您每日梳洗了交给狱卒就是，我打点好了。还有……"

沈知白听得满心温热，笑道："多谢你。"

"说什么谢。"池鱼很愧疚，"要不是我，你也不会有这牢狱之灾。"

"怎么就同你扯上关系了？"沈知白失笑，"就算我不听你的话帮三皇

叔，以我的性子，也迟早有这么一天。"

"知白说得对。"静亲王开口道，"此事怪不得谁，只怪当世邪多胜正。"

沈氏一族血脉凋零，皇权外落，奸臣当道。要改变这样的现状，可不是一朝一夕的事情。在完全改变之前，注定会有人牺牲。

只是……有些心疼地看了看知白，静亲王叹息。这孩子还未及弱冠，命运就这般坎坷，是他没有照顾好。

"别担心了。"沈故渊冷声开口，"我答应了保他，就一定会保住他。"

牢房里的人都是一顿，齐刷刷地看向他，目光有疑惑的，有期盼的，也有担忧的。

"你有什么需要，尽管开口。"静王爷担忧地道，"本王能帮上忙的，一定全力相帮。"

想了想，沈故渊道："王爷与掌管国库的几位大人，是不是颇有交情？"

"是，"静亲王点头，"都是本王的故交。"

"那就好。"沈故渊勾了勾唇。

回去王府的时候，池鱼一路头顶都在冒问号，她有些不懂沈故渊最后那一句话是什么意思，毕竟国库那边跟沈知白这件事压根没什么联系。

想着想着，一头就撞上了前头的人。

"呆子。"沈故渊回头，斜睨着她道，"你对外头的风景不熟悉，对这京城里的官邸，是不是熟悉得很？"

池鱼捂着脑门点头："嗯。"

她的任务全是在官邸里的，闭着眼睛都能把朝中三公九卿的府邸图给画出来。

"那好，"沈故渊笑了笑，"咱们去当贼吧。"

望着他这张笑得倾国倾城的脸，池鱼觉得自己可能是耳鸣听错了，他说的一定是去春游吧？

然而，天黑之后，池鱼嘴角抽搐地趴在了太尉府的房顶上。

"师父。"她忍不住道,"做别的都可以,偷银子就过分了啊,再说,那么多银子,咱们两个怎么可能搬得动?"

"这个你放心好了。"沈故渊嘴角噙着自信的笑,"你以为那一千万两银子,为师是怎么弄出来的?"

微微瞪大眼,池鱼不敢置信地道:"都是偷的?"

"怎么说话呢?"白她一眼,沈故渊道,"这叫先拿赃,后问罪,从精神上打击敌人,从而达到事半功倍的效果。"

秋日会前一天晚上,沈弃淮调派了众多官邸里的护卫去堵截沈故渊,然而他永远不会想到的是,这是调虎离山之计。

松懈了守卫的官邸,都被赵副将派出的人潜入,将藏赃银的地方摸了个清楚,是以才能完成那一本令沈弃淮都忍不住撕了的贪污折子。

贪污的人、赃银数目、藏银地点都有,备份在三司衙门,就等沈弃淮恼羞成怒,答应让他来查办。一等拿到了可以查办的圣旨,沈故渊不由分说,直接让赵副将带人把名单上三公之下的贪污官员的银库全搬空了,并且都是在半夜搬的。

一千万两银子,一夜之间就堆在了国库门口,沈知白不得不去善后,挨个厘清来路,并且将贪污的官员一一定案候审,差点儿累了个半死。

故而那天早晨,沈知白咆哮得很大声。

池鱼听得又气又笑:"还有这样野蛮的办案法子的?"

"法不责众,这个道理我也懂。"沈故渊撇嘴,"最后这一卷贪污的罪名一定会不了了之。但只要银子的数目对了。沈弃淮就不会有话说。"

"那你为什么不果断点儿,让赵将军把三公家的银库也搬了?"池鱼好奇地道,"他们家应该数目最大吧。"

"就因为数目肯定最大,所以最难搬。"沈故渊皱起了眉头,"别的官邸都是些简单的机关,这三家,机关重重,故布迷阵,连我都找不到地方。"

这样啊?池鱼来了精神,眼睛都亮了:"师父终于有求于我了?"

第8章 带着徒儿当贼的师父

沈故渊撇撇嘴斜她一眼,哼声道:"有求于你怎么了?"

"有求于我就应该……"嘿嘿笑了两声,池鱼满脸期待地看着他,"跟我说点儿好听的,让我心甘情愿地帮忙!"

沈故渊眉头一皱,想了想,问:"好听的话怎么说?我不会。"

"您听好啊。"池鱼立马做示范,双手合十,弓着身子,可怜巴巴地朝他作揖:"你是全天下最好的人啦,帮帮我吧?"

沈故渊深深地看她一眼,十分动容地点头:"好,我答应你。"

"多谢师父!"池鱼高兴地拍了拍手。

嗯?好像有哪里不对啊?池鱼顿了顿,反应过来之后简直是哭笑不得:"是您求我,不是我求您!"

"都一样。"沈故渊扫了一眼下头,扯了她就动身。

池鱼很不甘心,好不容易有这么个能帮上他忙的机会,她就想听这人说句软的,怎么就这么难呢?

然而,没空给她多想了,正好是巡卫换岗的时候,池鱼敛了神就反手抓着沈故渊钻了空隙往内院走。

由于先前的重伤,她的身体羸弱得很,但这几日好像恢复了不少,至少轻功能用了,在这熟悉的太尉府邸里游走,还是没什么大问题的。

"别动。"看着前头空荡荡的院子,池鱼一把拉住了想过去的沈故渊。

"东西就在里头。"沈故渊挑眉,"到门口了还不能动?"

"你傻啊？"难得轮到她吐出这句话，池鱼心里暗爽，脸上却是一本正经地道，"最厉害的机关，往往都是面上看不见的。"

看她这一副很了解的样子，沈故渊暂时忍了想骂回去的冲动，眯眼问："那怎么办？"

"您看好啊。"池鱼活动了一下手脚，瞄准方向，如猎鹰一般冲了出去。

黑夜无月，那道影子几乎与夜色一体，肉眼难辨。但沈故渊却能很清楚地看见，这时候的池鱼，跟平时很不一样。

一张小脸绷得死紧，双眼里迸发出来的光令人心惊。她步履轻盈，只在院子里着了一步便越出五丈，轻轻落在了水井旁边。衣袂翻飞，干净利落，没发出半点儿声音。

微微挑了挑眉，沈故渊看了一会儿才跟着飞身过去，低声问："不是要去找赃银吗？库房门在那头。"

"这您就不懂了吧？"池鱼哼笑两声，眼里有点儿得意，"太尉府的赃银，绝对不在库房里。"

"你怎么知道？"

池鱼抬了抬下巴，骄傲地道："以前来这里做任务的时候，不小心撞见过这座府邸的秘密。"

那是半年前了，沈弃淮要他来杀了太尉府上一个碍事的门客，她趁夜而来，恰好就瞧见一群人背着一篓篓的银子，挨个儿下这古井。

当时她的任务与这古井无关，就也没多看。不过这种行为很独特，所以她始终记得。现在想来，太尉要是贪了银两，那赃银一定就是藏在井下的。

沈故渊眼里暗光一转，轻笑："倒是聪明。"

远处巡逻的人又往这边来了，沈故渊想也没想，抱起池鱼就跳下了古井。

片刻之后，两人安全无虞地落在了井底。

"还真是有问题。"看着比井口宽阔了十倍不止的井底，沈故渊嗤笑一声，斜眼睨着身上的人，"下来。"

池鱼睁开一只眼瞅了瞅,发现没问题,才松了口气跳到地上来:"师父好轻功!"

"少废话。"往四周看了看,沈故渊看见了暗中藏着的门,抬步就走了过去。

没走两步就看见了乱堆着的金银,沈故渊啧啧摇头,忍不住感慨了一句:"这才是金山银山呢。"

沈故渊说:"东西找到了,先回去。"

"啊?"池鱼有点儿迷茫,"不是要偷吗?"

"这么两座山,只你我两人就能搬出去不成?"沈故渊嗤笑,"你脑子里想的都是什么东西?"

沈故渊带着她离开古井,踏上旁边的青瓦。

沈故渊哼了一声,纵身越了两个院子,选了一处屋顶站好,不慌不忙地从怀里拿出一块黑缎,将自个儿的白发包了个严实。

"您这是?"池鱼疑惑地看着他。

沈故渊懒得解释,给自己戴上面巾,又抽出一张面巾,给她戴上。

池鱼摸了摸自己的脸,正觉得古怪呢,就见面前这人深吸一口气,然后狠狠一脚,踩在了屋顶上。

"哗啦——"结实的屋顶被他这一脚踩出个窟窿,屋子里瞬间传来女人的尖叫:"啊!"

池鱼吓得一个激灵,瞪眼看向旁边的沈故渊,还没来得及问他发什么疯,四周的护院就已经围了过来。

廷尉府热闹起来,火把带着的光从四周而来,围住了西院里最高的绣楼。

"师父,快逃哇!"池鱼拼命拽着他的胳膊,"再不逃就来不及了!"

沈故渊岿然不动,轻蔑地扫她一眼:"你慌什么?事情未成,等着。"

还有什么事未成啊?他们今日来,难道不就是为了打探赃银下落的吗?

池鱼很不理解,却也没什么办法,只能陪他站在这屋顶,装成雌雄双煞的模样，迎风而立。

"大胆贼寇，竟然敢夜闯太尉府！"

太尉杨延玉显然是刚刚才起身，衣衫不整，发髻也乱，头上满是被瓦片砸出来的血，身边跟着个拢着披风的小娘子。

池鱼咽了口唾沫，低声道："师父，您可真会挑屋檐踩。"

怎么就踩着太尉的屋顶了？这个杨延玉是出了名的好面子。在自己女人面前被瓦片砸了，说什么都不会让他们活着离开这太尉府！

沈故渊偏一副天不怕地不怕的样子，捏了嗓子嘲讽道："都说太尉府守卫森严，今日一看也不过如此。"

杨延玉眯眼，冷笑一声，挥手退后半步，身后举着弓箭的护卫就齐刷刷地把箭头对准了他们。

池鱼抽出袖里的匕首，勉强挡了几支射准了的，心里有点儿担忧，想回头关怀一下自家师父。

然而，沈故渊站得笔直，修长的手指伸出来，蜻蜓点水般地落在朝他射来的箭头上。那些看似凶猛的箭，被他一点，立马转了方向，纷纷插在了屋顶的青瓦间。

有些意外地看着那上头的光景，杨延玉反倒冷静下来，低声吩咐两句，然后抬头继续看向他："阁下功夫倒是不弱。"

"敢来你太尉府偷宝贝，自然是要有点儿本事。"沈故渊看了远处一眼，道，"大人要是没别的招数，在下可要动手了。"

太尉府的宝贝？杨延玉皱眉，想了想这西院的宝贝，连忙又吩咐人去看看藏宝楼。

杨延玉急了，怒道："都给我上！"

十几个人一起往那楼顶上爬去。

沈故渊饶有兴味地看着，伸手搂了池鱼的腰："抓稳。"

池鱼兴奋地抓着他胸前的衣裳，大喝："起飞！"

第 8 章 带着徒儿当贼的师父

沈故渊本是要纵身跃去别处的，被她这两个字说得一个趔趄，差点儿跌下去。

沈故渊哭笑不得："这生死关头的，你能不能别搞得跟开玩笑一般？"

池鱼抱歉地捏住了自己的嘴，笑着眨了眨眼。

白她一眼，沈故渊索性直接跃去了院子里。

十几个护卫都去爬绣楼了，杨延玉身边只剩几个人，看见他猛然冲来，吓得退后几步，拔出了自己手里的剑。

好歹是太尉，战场上退下来的人，怎么也是有点儿本事的，就算贼人武功高，应该也能过上两招。

然而，一阵风刮过，杨延玉发现自己丝毫无损，面前的人却不见了。

"老爷救我——"尖叫声从后头传来，杨延玉震惊地回头，就见那两个贼人架起他最爱的姨娘，跑得飞快。

"站住！"勃然大怒，杨延玉带人就追。

"大人，这两人武艺高强，我们这些人怕是都拿不住啊。"旁边突然有人说了一句。

杨延玉头也没回，大喝一声："所有人都跟我来，务必救回倩儿！"

守卫森严的太尉府，精锐悉数出动，只留下些武功不高的人，看管重要的宅院。

于是，杨延玉带人浩浩荡荡地追出去之后，一阵浓烟席卷了整个太尉府，剩下的守卫接二连三地睡了过去，真正的贼人正式出动。

池鱼一边跑一边喘气，哭笑不得地道："咱们不是偷东西的吗？怎么变成偷人了？"

沈故渊一本正经地道："山中有虎，正面难敌，不如调而偷山。"

灵光一闪，池鱼仿佛明白了什么，看一眼扶着的这个吓晕过去的姨娘，赞叹道："师父好手段！"

"太尉府里的银子里，有真正要拨去淮南的赈灾银。"正了正神色，沈故渊道:"这些人,真的吞了不少人命。"

淮南从夏季开始就水灾为患,不少百姓染病抑或是饿死,朝廷拨的赈灾银两,一两也没有到它们该到的地方,还没出京城,就散在了各家高官的银库里。

池鱼皱眉:"世道如此,不贪不为官。"

"所以像知白和赵将军那样的人才显得珍贵。"沈故渊道,"沈知白马上就能出来了。"

马上?找了个地方藏匿,池鱼有点儿意外:"师父这么有自信吗?"

对手可是沈弃淮,堂堂悲悯王,手握大权,多少文书是可以修改的?他只要在公文上做手脚,一口咬定焦三家的银子就是赈灾银,任凭沈故渊找再多的证据都没用啊。

池鱼想的没错,沈弃淮能做的事情比沈故渊多得多,这件案子,他也是有十足的把握,才会与沈故渊较劲儿的。

"书信都已经修改好,文库里的存档折子也已经改好。"云烟躬身站在沈弃淮身后道,"没有留下任何痕迹,不管谁查都没用。"

"很好。"沈弃淮合了折子,抵在下巴上微微笑了笑,"那么咱们就等等看,看仁善王爷会有什么法子吧。"

天色破晓,杨延玉带人追了一宿也没能把贼人追到,正发火呢,就听得人来禀告:"大人,二夫人回府了。"

回去了?杨延玉微微一惊,立马往回赶,刚走到门口就见自己的姨娘扑了过来,抱着他就哭:"老爷!"

"你没事吧?"

"奴家没事。"姨娘心有余悸,却也很庆幸,"好在他们也不坏,没伤着奴家,醒来就在府里了。"

没伤着?杨延玉愣了愣,仔细想了想,突然脸色大变:"不好!"

杨延玉推开姨娘就冲进了后院。他睁大眼,就见那口古井所在的院子已

经无人看守,推门进去,古井四周满是脚印。

杨延玉浑身颤抖起来,怒喝:"看守的人都死了吗?"

"禀大人。"随从战战兢兢地道,"刚刚发现看守的人全部昏迷,被人扔在了厢房里。"

"混账!"杨延玉气红了眼,"封闭京城,给我派人去搜!"

大清早的京城就有了动静,池鱼咬着糕点,眼睛忍不住往外张望。

"主子。"院子里的小厮苏铭进来,笑着道,"太尉府上遭了贼,杨太尉封闭了京城,出入都要严查。"

"这么大的动静,没人问?"池鱼挑眉。

苏铭看着她笑:"回姑娘,自然是有人问的,稍微理事一些的官邸都派了人出来询问情况,悲悯王爷更是一早就往太尉府去了。"

沈弃淮与杨延玉交好,虽然不是太好的关系,但某些利益上有交集,去问也不奇怪。池鱼点头,幸灾乐祸得很。

杨延玉注定要吃个哑巴亏,丢的是大笔金银,可不能放在明面上来讲。不过这件事,要怎么才能让朝廷里的人知道呢?

"快吃。"沈故渊嫌弃地看她一眼,"东张西望什么?吃完随我出门。"

"去哪儿?"池鱼竖起了耳朵。

"城门口。"

这个关头,不是太尉府最热闹吗?去城门口有什么好看的?池鱼不解,但想着跟着这位爷总没错,于是连忙吃了早膳,然后就提着裙子跟他走。

九月初九,登高远望之节,也是内阁大学士李祉霄亡父祭日,每逢这天,李大学士都会让人运两车的祭祀物品,出城上山。

然而今日,刚过城门,前头的车队就被拦住了。

"上头有令,运载大量物品出京,必须接受检查!"

听见这声音,李学士莫名其妙地掀开车帘:"这是什么时候下的令?老夫为何全然不知?"

看见他，有眼力见儿的统领连忙迎上来，拱手道："大人，卑职们也是奉命行事。"

要是车上是别的东西，李学士可能也就作罢了，但偏生都是祭品，生人碰了不吉利。看那头有护卫要动手，他沉了脸便下轿："放肆！"

几个小卒被吓了一跳，统领也很为难，硬着头皮道："太尉大人亲自下的令，大人就莫要为难我们这些办事的吧？"

"他凭什么要查老夫的东西？"李祉霄低斥，"同朝为官，老夫莫不是低他一等？"

内阁的大学士与外阁的太尉，自然是平起平坐，统领擦了擦额头上的汗水，尴尬地道："太尉大人也不是针对您，只是昨晚太尉府失窃，丢了很贵重的东西，所以……"

"好个太尉！"李祉霄冷笑，"他家丢了私物，动用官权来找？"

被这句话呛得无言以对，那统领心想要不就放行吧，也免得惹出更大的麻烦。

结果，还不等他开口，旁边突然"哗啦"一声。

折好要烧的银元宝和纸钱纸人不知道被谁从车上扯了下来，散落了一地，沾了灰不说，纸人还被戳破了几个洞。

李学士伸手就抓住面前的统领，怒喝道："你们真是反了天了！"

"大人……这……"统领慌忙看向旁边的几个小卒，"谁干的？"

"管你谁干的！"李学士扯着他就道，"走！随老夫去见杨延玉，老夫要问他讨个说法！"

真不愧是所有文臣里脾气最暴躁的，池鱼嗑着瓜子看得津津有味。刚刚还愁谁来把事情闹大呢，这竟然就解决了。

李祉霄在朝为官十二载，谁都知道他至情至孝，其父死后，他逢年过节必然祭拜，谁欺辱他都可以，敢惹上其父半分，他必不相饶。

"师父早料到他会出城？"池鱼惊叹地看向旁边的人。

第 8 章 带着徒儿当贼的师父

沈故渊跷着腿咬着糖葫芦,冷哼两声道:"年年都会发生的事情,哪里还用料。"

这么一想的话,那他多半就是故意选在重阳节前一天,一举多得,都不用操什么心。

文臣与武将向来容易起冲突,李学士本只打算去要个说法,谁知道杨延玉竟然不服软,两人扯着脖子就吵了起来。一个觉得搜查没错,一个觉得你凭什么查我。

吵得烦了,杨延玉直接动手,把李学士推出了太尉府。

这下李学士不干了,一状就告进了宫。

池鱼迈着小碎步立马跟在自家师父后头进宫看热闹。

玉清殿下,李学士脸色发青,眼神执拗地朝主位上的幼帝拱手:"官者,为帝行事、为民请命、为国尽忠者也!今官权私用,不把同为官者看在眼里,甚至羞辱同僚。太尉之罪状,实在令臣难忍!"

杨延玉有些心虚,但也有话说,抿唇道:"是李学士不依不饶在先,臣只是懒得与书生计较!"

"嚇!圣上面前都敢辱称老夫,太尉大人真是威风得很哪!"李学士冷笑。

龙椅上的幼主什么也不懂,一双水汪汪的眼睛左看右看,瞧见了旁边看热闹的沈故渊,连忙扁着嘴喊:"皇叔……"

沈弃淮不在,他不知道该让谁来做主了。

嫌这热闹不太好看,沈故渊也没推辞,立马站到了龙椅旁边去,问了一个关键的问题:"太尉大人到底是为什么严查京城出入之人?"

杨延玉微微一僵,垂眸:"府里遭窃。"

"这京城里每日遭窃的府邸可不少啊。"李学士瞪他一眼,"到底是丢了什么不得了的东西,值得严查整个京城?"

"这……"杨延玉声音小了,"是个贵重的宝贝。"

"哦?"李学士侧身看着他,"据我所知,贵府可没有什么先皇的赏赐,大人一向自诩清廉，想必也不会有什么价值连城的收藏吧？"

杨延玉眼珠子转了转，立马朝龙椅半跪："此事的确是卑职处理不当，冒犯了李学士，还闹到圣上面前了，卑职知错！"

这么果断就认错了？李学士有点儿意外，倒是更加好奇了："是什么东西宁愿让大人跪地求饶，也不愿意说啊？"

沈故渊也问："是何物？"

杨延玉背后生凉，咬牙就道："是……府中姨娘，昨日被人掳走。"

"那可真是个贵重的宝贝了。"李学士不齿地看着他，"该查啊，要不要再让人查查老夫那两辆车，看看塞没塞你的姨娘？"

杨延玉被讥讽得生气，但也无法反驳，硬生生忍了，道："我也道歉了，大人可别得理不饶人。"

话都说到了这份儿上，的确是没法再争了，李学士愤愤作罢，正打算行礼告退，就听得外头大太监进来禀告："圣上，国库那边又出事了！"

殿里的人都是一惊，幼帝奶声奶气地问："怎么啦？"

金公公捏着兰花指，焦急地道："您快去看看吧。"

这话是对着幼帝说的，但明显是说给沈故渊听的，沈故渊却是不急，慢条斯理地整了整红袍，才将幼帝抱起来，往外头的龙辇上走。

头一次被人当孩子似的抱，幼帝瞪圆了一双眼，抬眼就看见后头跟着的笑眯眯的池鱼，不解地歪了歪脑袋。

这两个人，怎么跟弃淮皇兄给他的感觉，完全不一样呢？

来不及多想，那龙辇跑得飞快，噔噔噔地就将他抬到了国库。

"陛下。"沈弃淮早就在这里了，皱眉拱手行礼，然后让开身子，让幼帝看见了那头的情景。

幼帝嘴巴张成了圆形，惊讶地看着那头的金山银山："这么多？"

高三丈的金银山，几乎要把国库大门给堵住。

"这不算多。"旁边的沈故渊淡淡开口，"全部算成银子，也就八百多

万两。"

"也就？"沈弃淮皱眉看向他，沉声道："三王爷好像对这笔金银很是了解。"

"是啊。"沈故渊点头，"我放这儿的，怎么了？"

在场的人全部沉默了，沈弃淮目光幽深，轻笑道："王爷觉得不该有个解释？"

"我解释，你信吗？"沈故渊唇角的嘲讽又挂了上来，"我要是说，这是我昨晚从太尉府搬出来的，你们信不信？"

后头站着的杨延玉脸色由青到紫，已经说不出话来了，一双眼盯着沈故渊，震惊又怀疑。

是他吗？怎么可能是他呢？就算昨晚府里来的贼人是他，但他也不可能一个人搬走那么多银子啊。而且，他怎么知道银子的藏匿地点的？

瞧见太尉不说话，沈弃淮抿唇："凡事要有个证据，王爷何以证明这些银子是太尉府搬出来的？"

"没证据。"沈故渊耸肩，美目半阖，下巴微抬，"爱信不信。"

"你……"沈弃淮皱眉，"如此行径，实在上不得台面，也算不得您交上来的银子。"

"还有这样的？"沈故渊嗤笑，"银子是我让赵将军运进国库的，出入记录里皆有，若是不算我交上来的银子，那我可就带回去了。"

开什么玩笑，这么大笔银子，让他带走？沈弃淮上前就挡住他，沉声道："王爷，凡事都得按规矩来。"

眉梢动了动，沈故渊目光在他脸上扫了扫，骤然失笑："规矩？"

竟然从他沈弃淮嘴里听见了"规矩"两个字，真是不得了了。

然而，坏事做多了的人脸皮都厚，沈弃淮完全不在意他的嘲讽，一张脸波澜不兴："这么大笔银子，王爷不交代清楚来路，恐怕就得往大牢里走一趟了。"

"来路我交代了，找证据是廷尉的事情。"沈故渊斜他一眼，嗤笑，"有了这堆银子，再反过去找证据，相信也是简单得很。"

杨延玉终于回过了神，怒斥道："空口白话污蔑朝廷重臣，这就是三王爷的作风？"

闻言，沈故渊转头看向他的方向，往前走了两步。

杨延玉下意识地后退半步，有些紧张地看着面前这张绝美的脸。

"我不仅会污蔑朝廷重臣，还会夜闯官邸，踩塌太尉的屋顶，把太尉额头砸出血呢。"居高临下地看着他，沈故渊眼神冷厉，"您说是不是？"

对上这双眼睛，杨延玉突然哑口无言，张了张嘴，嘴皮直抖，下意识地摸了摸额头上未愈合的伤疤。

这动作看在沈弃淮眼里，基本就知道了是怎么回事，微微皱眉，他有些厌恶地别开头。

成事不足败事有余的人，胆子不大，胃口不小，这叫人一棍子打得全吐了，还不知道收敛。

"行了。"沈弃淮开口道，"银子先入库吧，毕竟是国之根本。其余的，之后再论。"

"可别之后论。"沈故渊从袖子里掏出几页纸来，道，"我懒得很，有件事还是现在说清楚吧。"

众人都是一愣，沈弃淮皱眉看向他："三王爷还有何事？"

"这堆银子里，有二十万两是今年新银，刻了官印，来自国库。"沈故渊展开手里的纸，"这是太尉府的流水账本，我撕了这两页最重要的，能解释清楚这二十万两银子的来历。"

杨延玉回过神，一听这话就有些慌神，连忙道："随意拿两页纸就说是太尉府的账本？这有何说服力？"

"谁要说服你了？"嫌弃地看他一眼，沈故渊喊了一声，"池鱼。"

旁边看热闹的小姑娘立马跳出来，接过账目，又掏出几叠东西，一并放进旁边徐廷尉徐清袖的手里："大人收好，人证已经在廷尉衙门里了，这是

口供和账目。"

徐清袖咽了口唾沫,干笑:"又交给微臣?"

"你是廷尉,不给你给谁?"沈故渊负手而立,白发微起,"还望大人秉公办理。"

八百多万两银子,为何独独要先说这二十万?沈弃淮有些疑惑,想伸手去拿廷尉手里的东西,却被沈故渊给挡住了。

"说起来,今日有空,是不是该升堂审理小侯爷和持节使的案子了?"沈故渊睨着他道,"两个状师恰好都在。"

"好。"沈弃淮想也不想就点头,"三王爷请。"

"王爷请。"

一看沈弃淮就是很有自信的样子,池鱼蹭去沈故渊身边,皱了皱鼻子:"师父,以我对他的了解,他该做的一定都做了,您去也讨不着好。"

"不去看看怎么知道呢?"沈故渊眯眼,"他厉害,你师父也不是酒囊饭袋。"

是吗?池鱼难免还是担心。

李学士在一旁看得若有所思,算算时辰还早,干脆一并跟着去了廷尉衙门。

廷尉衙门里从没有办过这么大的案子,两个王爷来打官司,幼帝坐在公堂上头,四大亲王齐齐到场,气氛剑拔弩张。

"静亲王府小侯爷沈知白,污蔑持节使焦三贪污银两三万。"沈弃淮先开口,命人抬了文书上来,"本王实查,先前朝廷拨款五十万两,由三司使亲提,持节使接手,悉数运到了淮南赈灾。"

孝亲王接过他递来的文书看了看,点点头,又递给旁边的亲王。

"这些都是有记录在案的,持节使负责赈灾,府中有剩余的三万两白银。恰好遇见淮南招兵需要粮草,所以,圣上下旨,将这些剩余的银两留在淮南不动,充当军饷。"

沈弃淮伸手把圣旨也递了上去,淡淡地笑道:"各位可以看看,本王所言，可有哪里不对？"

这个奸贼！池鱼忍不住握拳。

玉玺都在他手里，他想有什么圣旨，不就有什么圣旨吗？这样也来当证据，实在太不要脸！

可是，在场的人，没有谁能站出来反驳，就算她肥着胆子说一句"这圣旨是后头才有的吧"也无济于事，根本没有证据。

最担心的就是沈弃淮以权谋私、一手遮天，结果到底还是发生了。

四大亲王将沈弃淮呈上去的证据看了好几遍，无奈地放在幼帝怀里。幼帝也不知事，掰扯着圣旨玩儿。

"有这些证据在，侯爷的罪名就算是钉死了。"沈弃淮勾唇，侧头看向沈故渊，"不过三王爷若是还有话说，弃淮也洗耳恭听。"

沈故渊负手而立，似乎根本没在听他说什么，一双眼盯着某处，安静地等着。

沈弃淮一愣，顺着他的目光看过去，就见徐廷尉徐清袖一脸凝重地与旁边众内吏私语，手里捏着的是方才宁池鱼递过去的东西。

沈弃淮微微皱眉，他又喊了一声："三王爷？"

沈故渊不耐地回头，斜他一眼："你急什么？"

这都对簿公堂了，还得等着他？沈弃淮微微不悦，转头看向了那边的徐廷尉："大人在看什么？"

"这……"徐廷尉抬了头，眼里神色甚为复杂，"恐怕有一件案子，要先审才行了。"

"胡闹！"沈弃淮拂袖，"能有什么案子，比这件更重要？"

"倒不是重要，只是，这案子不审，您二位这案子也怕是难出结果。"徐廷尉叹息，折好手里的东西，上前两步朝帝王拱手，"陛下，各位亲王，可否让微臣审问几个人？"

徐廷尉为人虽也有圆滑和稀泥之时，但论及审案，却是从不含糊的。几

个亲王一商议,点了点头。

于是,徐清袖扭头就喊:"把大牢里的人带上来。"

"是。"

沈弃淮有点儿不耐烦,皱眉看着那几个老头子,正想提点儿异议,就听得旁边的杨延玉倒吸一口凉气。

沈弃淮心里一动,立马侧头看向堂前过道。

有犯人被押了出来,戴着镣铐一步步往堂下走,铁链哐啷作响。一身囚衣破烂,脸上都脏污得很,但还能看出样貌。

瞧着,有那么一点儿眼熟。

"罪人孔方拜见各位大人!"

孝亲王一听这话就不太高兴,把坐着还没桌子高的幼主半抱起来,呵斥道:"你眼瞎了?"

孔方一抖,连忙五体投地:"拜见陛下!"

杨延玉脸上一阵白一阵青,不等徐廷尉开口,先出来拱手道:"陛下,此人是太尉府半年前弃用的账房,所言必定不可信!"

沈故渊嗤笑:"罪人话都没说,大人怎么这么着急?"

武将就是容易沉不住气!沈弃淮心里也讨厌他,但目前来看,自个儿与他尚算一个阵营,也就忍了,低声提点一句:"大人少安毋躁。"

越显得急躁,越给人抓马脚。

"可……"杨延玉有话难言,眼里的焦急怎么压也压不住。

有问题!孝亲王眯了眯眼,立马对旁边的徐清袖道:"廷尉大人有什么要问的,赶紧问,旁人不得插嘴。"

"是。"徐清袖拱手,看着孔方问,"你所写供词,可有证据?"

"有。"孔方跪坐起来,眼里带着些恨意,"做账房的,都会给自己留个后路,从给太尉府做第一笔假账开始,小的就知道会有永不见天日的一天,所以,真的账目都交给了家中小妾,上头有太尉府的印鉴。"

众人听得一愣，沈故渊道："在场各位很多不知你为何被关在大牢半年，正巧能做主的人都在，你不如喊个冤。"

孔方身子微颤，双手相合举过头顶，朝堂上重重一拜："小人有罪，但小人也冤！太尉府私吞赈灾银两、剥削军饷，罪大恶极！小人虽为虎作伥，替太尉做假账，但罪不至死啊！"

此话一出，众人哗然，孝亲王放下幼帝就往前踏了两步，眼神灼灼地看着他："你此话当真？"

"千真万确！"孔方咽了口唾沫，"小人先前在太尉府犯了错，被太尉大人辞退。本以为只是丢了饭碗，谁知道竟然被扣上莫须有的罪名，直接关进大牢，受了半年的折磨！思前想后，只能是太尉大人怕我泄密，所以要将我困死在牢里！如今得见天日，小人愿将功抵罪，只求能与妻儿团聚！"

说完，"砰砰砰"磕了三个响头。

四大亲王相互看了看，齐齐把目光转向杨延玉。

杨延玉额头冷汗直冒，勉强开口："这……"

"先看证据吧。"不等他说话，沈故渊便出声打断，伸手就从袖子里掏出个账本来，拿到孔方面前晃了晃，"真的账目，是这个吧？"

孔方一愣："大人拿到了？"

他可是放在小妾卿卿那里的，说好了没有他的允许，谁都不能给的啊。

池鱼唏嘘，很想告诉他，女人手里的东西，就没有沈故渊拿不到的。

不过，他是什么时候去拿的？仔细算了算日子，最近他们都在一起，那只可能是秋日会之前，沈故渊就拿到这个东西了。

他怎么知道这个账本的存在的？又怎么会提前去拿到的？池鱼头顶的问号一个个地冒了上来。

"王爷们先过目吧。"沈故渊伸手把账本递给金公公，后者跷着兰花指就递给了孝亲王。

这东西是个大东西，几个王爷看了半个时辰，才神色凝重地看向杨延玉：

"太尉大人是朝之重臣,此事关系重大,怕是要屏退左右了。"

杨延玉抿唇,眼珠子直转,沈故渊也没吭声,只有沈弃淮开口道:"好。"

池鱼正看热闹似的等着左右的衙差全部退下去呢,冷不防,自个儿也被人架了起来。

"欸?"她瞪眼,"我也要退?"

"不是朝廷中人,姑娘在此,有些不方便。"衙差架着她就走。

池鱼正想挣扎,前头的沈故渊就发话了:"她留下。"

沈弃淮背脊微僵,冷嘲道:"三王爷也是为色所迷之人?"

宁池鱼如今的身份,凭什么站在这堂上?

沈故渊用看傻子的眼神盯着他,莫名其妙地道:"王爷记性这么差?很多证据都是池鱼给的,她走了,你来解释证据怎么来的?"

有道理哦!池鱼连忙挣开衙差,一蹦三跳地回到沈故渊身边,拽着他的袖子看着沈弃淮,龇了龇牙。

她就喜欢看沈弃淮这种恼恨又杀不掉她的样子,有师父罩着,他能把自个儿怎么样?

沈弃淮眯眼,颇为鄙夷地冷笑一声,别开了头。

池鱼的冷笑声比他更大,扭头的姿势也比他更猛,活生生在气势上压他一头!就是脖子有点儿痛。

沈故渊看一个傻子的眼神,瞬间变成了看两个傻子。摇摇头,很是嫌弃地道:"继续吧。"

该走的人都走了,剩下的都是亲王和重臣。

"如今朝中是个什么景象,想必大家都清楚,都是在浑水里蹚着的人。"孝亲王开口了,语重心长地道,"太尉身负重任,也不是一朝一夕可以定罪的,老夫就想问一句,这铁证之下,太尉大人还有什么要解释的吗?"

杨延玉抿唇,他在朝廷这么多年了,能自保的筹码自然是不少,就算认了这二十万两银子,那也至多不过受些罚,乌纱帽是暂时不会掉的。

可怎么就被翻出来了呢？他分明已经藏了这么久了。

"大人若是不认，也很简单。"沈故渊淡淡地道，"照着这账目上的东西，派人核查，用不了多久，真相也能明了。"

只是这么查的话，太尉的颜面可就挂不住了，罪名也定然不会太轻。

"大家都在浑水里。"尴尬地笑了笑，杨延玉道，"在朝为官，几个不贪？这二十万两银子……是别人孝敬的，微臣也是实属无奈。"

还有人非得给他银子，不给就跟他过不去吗？池鱼翻了个白眼。

沈弃淮没吭声，一身三爪龙纹锦绣不沾丝毫灰尘。

"那这件事就好办很多了。"徐廷尉道，"既然是他人行贿，那罪名归于行贿人头上，便无大事。"

他这小小的廷尉府，可定不了太尉的罪，大佛还是该交给更大的佛处置，他判些小人物就行。

"徐大人真是聪明。"沈故渊面无表情地说了这么一句。

徐清袖背后莫名地出了冷汗，干笑着退到一边。他也是有家室的人啊，在官场里本就混得不容易，得过且过嘛！

有人当替罪羊，杨延玉立马松了口气，想也不想就道："这笔银子是焦府送来的，真的账目上想必也有记录。"

焦府？沈弃淮本想置身事外，一听这两个字，瞬间全都明白了，黑了脸看向沈故渊。

沈故渊讥诮地看着他："焦府就对了，今年的赈灾粮款是三司使亲提，持节使接手。这话，可是悲悯王刚说的。"

池鱼眼睛一亮，瞬间感觉整个事件都通透了。

怪不得要先审这案子呢，因为沈弃淮作弊，已经把焦三给洗了个干净，证明银子是赈灾的剩余，要充作军饷的。自家师父聪明啊！压根不正面对抗，绕了个弯子，用杨延玉把焦三给诈了出来！

五十万两赈灾银，你焦三送去太尉府二十万两，那你自己的腰包里，难

道会一分不留？

别的不说，行贿就是大罪！

沈弃淮微微捏紧了手。要保焦三，就得把杨延玉重新拖下水，这老东西肯定不愿意，定然会把焦三出卖得彻彻底底，那他的脸上就有些难看了。

怎么会这样的？他千算万算，怎么就少算了这一步？

不，也不能怪他，正常的人，谁能想到从杨延玉身上把焦三扯出来？焦三不只往太尉府送银子，往他府上、丞相府上，都送得不少，今年五十万两银子，没一两到了淮南，可也一直没人查。谁能料到，突然全被沈故渊给捅了出来。

杨延玉也是个蠢人，真以为推卸了罪责就能高枕无忧？沈弃淮摇头，无奈地叹了口气。

他该做的都做了，这笔账，让余丞相和杨延玉去算吧。

不想再看沈故渊的脸，沈弃淮道："这样说来，淮南持节使焦三涉嫌行贿，但也不能证明他家里的银子就是贪赃。"

"王爷还想不明白？"沈故渊很是嫌弃，推了池鱼一把，"你给他解释。"

她？池鱼一愣，回头瞪着自家师父。她不是来看戏的而已吗？还得附带解说？而且，解说就算了，还对着沈弃淮说？

那还不如一拳打上他这张虚伪的脸！

"你这脑子笨，你都能说明白的话，就不愁王爷听不懂了。"沈故渊慢条斯理地往旁边一坐，"快些，等着结案呢。"

池鱼握了握拳头，咬牙，深吸一口气，抬头看向面前这个人。

沈弃淮微微皱眉，眼里还带着鄙夷地看着她。

一直是他手中刀的宁池鱼，在沈弃淮的眼里除了可以当杀手用之外，再无别的优点。这么多大人物在场，她一个女人能说出什么东西来？

像是看透了他的想法，池鱼突然就冷静了，拢了拢耳鬓处的碎发，恢复了一张端庄的笑脸："王爷听好。"

"先前您说了，持节使府里查抄出来的银两，是赈灾用的剩余。可是，持节使私自做主，将赈灾用的银两抽了二十万送去太尉府上，这是挪用官银做私事，已经算是贪污。"

"那么再看一下小侯爷告状的案子，既然王爷非说那三万两是即将充作军饷的，那我就要问问王爷了，朝廷发的赈灾银，是官银还是私银？"

看着面前这张张合合的樱唇，沈弃淮有些怔愣，不敢置信地看她一眼，好半晌才答："自然是官银。"

"那可不好了。"池鱼笑着拍拍手，"小侯爷说过，他查抄出来的三万两银子，有两万两是银票，剩下一万两，都是没有官印的。王爷，这该怎么解释？"

私银？沈弃淮皱眉："许是有什么变通……"

"能有什么变通？"池鱼嗤笑，从太尉手里接过自己递上去的几叠纸，展开呈在沈弃淮面前，"王爷瞧仔细了，这是订单，粮商收粮的订单，两万两的订金，三万两的尾款，收了淮南一千两百石粮食！整个淮南，哪个佃户能给出这么多粮食的？"

没有，只有收粮的官府。

今年淮南上交的粮食不多，说是因为天灾，实则却是人为。

"持节使，帝王所设监督各郡县者也，焦三不仅未尽其职责，反而贪污受贿，下搜民脂民膏，上染朝廷重臣。告他贪污三万两秋收银，实在是小侯爷不了解实情，告得轻了！"

最后一句话掷地有声，面前的人眼里陡然迸发出光来，如清晨最刺眼的朝阳，射进他这个久未成眠疲惫不堪的人眼里。

沈弃淮伸手，半遮住了自己的眼。

"怜悯苍生的悲悯王爷，不为民请命，反而为这国之蛀虫说话，不觉得惭愧吗？"池鱼勾唇，笑得讽刺。

几个亲王都听得连连点头，坐上的幼帝扒拉着桌弦睁着眼睛看，却觉得

这个姐姐笑起来,怎么跟自家三皇叔一模一样?

沈故渊看向池鱼,眼里难得没了嫌弃的神色,还颇为赞赏地颔了颔首。

总算有个人样了,宁池鱼。

顶着众人的目光,池鱼身板挺直,一脸大无畏的表情。普天之下,敢当面这么质问悲悯王的,她是头一个!

然而……

池鱼其实已经害怕得不成样子了,心里有个自己模样的小人,正两腿发抖抱着自己的胳膊打战。

这可是沈弃淮啊!心狠手辣不容忤逆的沈弃淮!她低眉顺目地在他身边过了十年了,头一次胆子这么大敢,大庭广众之下吼他!虽然吼得是很爽,但是她……腿软。

他会不会暴起伤人啊?她可打不过他!

一双眸子静静地盯着她瞧,目光从她那充满嘲讽的脸上移到她微微打战的袖口的时候,沈弃淮突然就笑了。

池鱼沉声道:"王爷觉得池鱼说得不对?"

"没有。"潋滟的水花从沈弃淮眼里飞溅出一两星,他擦着眼角,似乎是笑得喘不过气,"本王是觉得池鱼姑娘可真有意思。"

我也觉得你有毛病!宁池鱼咬牙,忍着没骂出声,转头看了沈故渊一眼。

收到了求救信号,沈故渊施施然起身,走上来道:"既然王爷没有异议,那这案子,就交由陛下论断了。"

幼帝这里只是走个过场,决定还是四大亲王来下。孝亲王赞赏地看了沈故渊一眼,低头对幼帝说了两句。

于是,奶声奶气的宣判就在廷尉衙门里响起:"经查,淮南持节使焦三贪赃枉法,有罪。小侯爷沈知白所言属实,无罪。"

沈弃淮笑够了,站直了身子,眼里波光流转:"就这样吧。"

池鱼松了口气,高兴地朝沈故渊笑了笑。

"笑这么傻干什么？"沈故渊白她一眼。

池鱼拉着他的袖子，低声道："很谢谢师父，对小侯爷的事情这么上心。"

她以为他是想先把秋收欠着的银子找齐而已，谁知道那句"他马上就会出来了"，竟然不是糊弄她的。从一开始，沈故渊就在做能把沈知白捞出来的事情，她惭愧啊，还在心里偷偷想师父是不是看沈知白不顺眼，打算让他在牢里多待些时候。

"笨蛋。"沈故渊撇嘴，"案结了，你去外头备车，我同静亲王去接人出来。"

"好！"池鱼应了，提着裙子就一蹦一跳地往外走。

接出沈知白，池鱼朝对面的小侯爷温和地笑："您受苦了。"

"没什么苦的。"沈知白抿唇，看了沈故渊一眼，"多谢皇叔相救。"

"无妨，"沈故渊斜眼看着他道，"眼下还得你帮我忙。"

秋收欠的银子还没补齐，沈知白抿唇："这个我知道，只是这回扯出来的案子牵连甚广，怕是有好长一段时间都要人心惶惶了。"

沈故渊扭头对沈知白道："太尉府的银子吐出来了，但动静太大，难免打草惊蛇，其余收到风声的官邸，一定都会将银子藏得严严实实，抑或是选个途径销赃，接下来的任务有点儿重。"

"嗯。"收回落在池鱼身上的目光，沈知白一脸严肃地点头，"这一点我想过了，马上就是圣上六岁的生辰，往年很多人都借此机会敛财，今年……圣上必定会收到不少贺礼。"

六岁的孩子懂什么？大人给他过生辰，他就开开心心地吃东西，完全不在意那一大堆礼物最后去了哪里。所以每年圣上生辰，都是最热闹的时候，宫中有盛大的宴会、精心准备的歌舞，官家小姐少爷齐聚，玩耍之物甚多。

但今年不一样，沈故渊严查秋收贪污之事，风头之下，谁都不会傻兮兮地忙着敛财，有吞得太多的，反而还会吐一些出来。

他们要做的，就是逮着吐的人。

沈故渊靠在车厢上，微微捻着手指，池鱼在旁边撑着下巴看着他，觉得自家师父真是厉害，想个事情的姿态也能这么好看。

心里正夸着呢，冷不防就见他那双眼睛盯住了自己。

嗯？池鱼眨眨眼："怎么了，师父？"

"皇帝的生辰，你要不要去表演个什么？"沈故渊饶有兴致地问。

宫中那日戏台高设，专门有给贵家公子小姐出风头的地界。

"我？"指了指自己的鼻子，池鱼很是认真地想了半晌，问他："胸口碎大石可以吗？"

车厢里安静了一会儿。

沈故渊若无其事地转头对沈知白道："人手你来安排，宫中我不太熟悉。"

"好。"

"具体怎么做，明日再论。"

"明日我休整好便去王府叨扰。"

两人叽里呱啦地说着，完全没有再看过她一眼。

池鱼很无辜，她哪里说得不对吗？为什么突然就不理她了？

第 9 章 你要相信你自己

"苏铭，找副古琴来。"

一大早，池鱼一脸茫然地被他拽到院子里，看着苏铭架好琴，扭头看向旁边的人："师父，做什么？"

"玉不琢不成器。"沈故渊道，"你认我为师父，还没教过你什么，今日就先教些你会的东西。"

池鱼挑眉，看了看那古琴："师父怎么知道我会弹琴？"

自家师父知道的东西实在太多了，并且很多是他不应该知道的，也太古怪了。不说别的，她会弹琴这件事，他就不应该知道，毕竟连沈弃淮都半点儿不察。那他是从何得知的？

"啪！"手背上一声脆响。

池鱼回神，缩回手痛呼一声，莫名其妙地瞪他一眼："您打我干什么？"

沈故渊手执戒尺，看起来真的很像个严厉的师父，下颌紧绷，目露不悦："弹成这个鬼样子，你还想我不打你？"

委屈地扁扁嘴，池鱼道："我要是弹得惊天地泣鬼神，那您不是就不用教我了吗？"

沈故渊冷笑一声，抱着胳膊居高临下地看着她："你不想看沈弃淮后悔莫及、捶胸顿足的样子？"

池鱼眼睛一亮，连忙道："这个还是想看的！"

"那就别废话！"伸手将她拎起来，沈故渊自己坐了上去，面无表情地

道,"看好了。"

双手抚上琴弦,沈故渊将她方才弹的调子重弹。

黄昏时分,天不知怎么就亮堂了些,池鱼睁大眼抬头看着身后这人。

琴声悠扬,他的白发落了她一身,红色的袍子将她圈住,下颌几乎就要抵住她的头顶。风吹过来,旁边一树桂花晚开,香气迷人眼。

有那么一瞬间,池鱼觉得自己是置身仙境的,耳边有清悦之音,身侧是美色无边,若是能一直在这里,叫人短命十年都愿意啊。

然而,琴声终了,沈故渊略带怒意的声音砸了下来:"让你看好,你在干什么?"

一个激灵回过神,池鱼讷讷地道:"我……我在看啊!"

"你该看的难道不是指法?"沈故渊眯眼,"看我这张脸就能学会还是怎么的?"

池鱼被吼得双手抱头,连忙求饶:"我错了,师父!下回一定好好看!"

沈故渊没好气地白她一眼,摇头:"朽木不可雕!"

"别啊,师父!"池鱼瞪眼,"我觉得自个儿还是可以雕雕看的,您再试试啊!"

戒尺又扬了起来,池鱼连忙闭眼,脸都皱成了一团。

院子里的人都躲在暗处看热闹,瞧见那戒尺没落下去,郑嬷嬷轻笑,朝郝厨子伸出了手:"愿赌服输。"

不情不愿地拿了银子放在她手里,郝厨子纳闷地道:"以前主子的脾气没这么好啊,该打一顿才是。"

苏铭笑眯眯地道:"对女子,哪里能像对咱们一样。"

女子吗?郑嬷嬷微笑,侧头继续看向那边。

沈故渊颇为烦躁地扔了戒尺,低喝一声:"睁开眼!"

池鱼睁开一只眼瞅了瞅,见戒尺已经在地上躺着了,这才松了口气,讨好地捶了捶他的胸口:"师父别生气啊,这回徒儿一定好好看。"

沈故渊冷哼一声，道："我就只弹这一遍。"

话落音，手下动作飞快，一曲难度极高的《阳春雪》倾泻而出。池鱼慌忙凝神，看着他琴上翻飞的手指，眼珠子跟着动。

沈故渊已经不指望这个徒弟能有什么本事了，弹完睡觉，他才不管她呢！

曲终琴弦止，沈故渊起身就将池鱼掀翻在地，挥袖便往主屋走。

池鱼自个儿爬起来，朝着他的背影喊："师父，有谱子吗？"

"没有！"沈故渊道，"想学就自己写个谱子出来。"

累了一天的沈故渊心情极差，他不知道怎么就必须得管宁池鱼，这丫头笨不说了，还没什么上进心，脑子又简单，想报仇就只想一刀捅死人家，一点儿追求都没有！

这样的徒弟，收着不是给自个儿找气受的吗？

但，想想她这命数……沈故渊长叹一口气，真是冤孽啊！

一觉睡到天亮，沈故渊睁开眼的时候，发现软榻上的被子叠得整整齐齐的，好像没有人来睡过一般。

有点儿疑惑，他起身更衣，打开门出去。

"师父！"池鱼眼睛亮亮地回头看他，"您醒啦？"

桌上放着的古琴安安静静的，沈故渊想了想，昨晚好像没听见琴声，这丫头一定是找不到谱子，偷懒没练，于是脸色就阴沉起来："你起来这么早，就干坐着？"

"怕吵醒师父嘛。"池鱼嘿嘿笑了笑，"郝厨子准备了早膳，您要不要先吃？"

沈故渊瞥她一眼，道："我可以先吃，但你，没学会昨晚的曲子，就别想吃饭了！"

这么凶？池鱼缩了缩脖子，咽了口唾沫："您弹的那首真的有点儿难，而且指法太快，徒儿不一定能学得完全一样。"

"那就饿着!"沈故渊白她一眼,扭头就想回屋。

然而,刚跨进门一步,院子里就响起了琴音。

《阳春雪》!

没有谱子,池鱼凭着记忆拼凑了一晚上,躲在府外偷偷练了个通宵,此时弹来,已经算是熟练了,只是指法当真没有他那么快,所以在他手下清冷如高山上白雪一般的曲子,在她指间化作了春日的溪,顺着雪山,潺潺涓涓地流淌下来。

沈故渊回了头。

宁池鱼憋着一口气,弹得很认真,那挺直的背脊里,隐隐地还有点儿不服气的味道。她不是没用的人,也不是朽木!

微微一顿,沈故渊眼神柔和了些,想了想,朝她走了过去。

曲终手扶琴,池鱼心里有些忐忑,正想回头看看,头顶就被人按住了。

"这曲子弹得如何,你心里有数。"沈故渊清冷的声音在她背后响起。

池鱼有点儿挫败地垂眸,点头:"我知道。"

指法差距太大,她弹不出师父弹的那种味道。

"但,已经很让我意外了。"沈故渊道。

池鱼眼睛微微睁大,猛地回头看向他。

自家师父还是一张略带不耐烦的俊脸,可眼里没了讥讽,倒是有两分赞赏地看着她:"至少,没人能听一遍就把谱子写出来。"

池鱼感动不已,伸手就抓住了他的袖子,哽咽道:"师父……"

然而,下一瞬,沈故渊的表情骤变,讥讽挂上唇角,毫不留情地道:"但要写不能好好写吗?第三节第四节全是错的,我昨晚弹的是这种东西?"

池鱼被吓得一个激灵,抱头就跑。

沈故渊跟在她身后,如鬼魅随行,边走边斥:"说你不长脑子你还真的不长脑子,没谱子不会去琴曲铺子里买?非得自己写?"

"我错啦!"池鱼委屈极了,看见院子里进来的人,立马扑过去,"郑嬷嬷救我！"

郑嬷嬷端着早膳进来，差点儿被她扑翻，忙不迭地稳住身子，哭笑不得地看向后头："主子，您总那么凶干什么？"

"不凶她能长记性？"沈故渊抱着胳膊道，"要当我徒弟可不是个简单的事情。"

郑嬷嬷眉梢微动，低头看看池鱼，给她使了个眼色。

还记得嬷嬷说过的，怎么哄主子开心吗？

池鱼眼睛一亮，提着裙子就往外跑！

沈故渊胡乱吃了些，捻了捻手指，起身就要出去逮人回来。

然而，不等他跨出院门，外头一个五彩鲜艳的东西就拍了进来，差点儿拍到他脸上。

"师父。"池鱼一脸乖顺的表情，举着风车在他面前晃了晃，"徒儿买东西回来孝敬您啦！"

好像是纸做的，五彩的纸条儿粘在竹条儿做成的圆架子上，在中轴上合拢。风一吹，呼啦啦地转，发出类似树林被风吹的声音。

眼里有亮光闪过，沈故渊伸手就将那风车接过来，然后板着脸问："拿这个给我做什么？我又不是没见过！"

池鱼连忙作揖："知道师父见过，徒儿是瞧着好看，就给师父买一个回来玩。"

沈故渊轻哼一声，拿着风车就走，背影潇洒，恍若仙人。

然而，谁要是站在他前头的位置，就能清晰地看见，倾国倾城的沈故渊，正鼓着腮帮子，朝风车使劲儿吹气。

"哗啦啦——"风车转得欢快极了。

沈故渊满意地点点头，心情总算是好了，回头朝池鱼喊了一声："来用早膳。"

"好嘞！"池鱼高兴地跟进门。

第 9 章 你要相信你自己

悲悯王府。

暗影一大早就回来复命，手里还捏了个五彩的风车。

"看见什么了？"沈弃淮淡淡地问。

暗影叹息："与在瑶池阁一样，那两位还是天天都在一起，同吃同睡，只是最近三王爷好像开始教池鱼姑娘弹琴了，一大早，池鱼姑娘就买了个这样的风车回去。"

说着，把手里的风车递给沈弃淮。

扫一眼那廉价的小玩意儿，沈弃淮都懒得接，挥手道："这些小事不必说，你可查清楚了为何沈故渊要相助宁池鱼？"

他始终想不明白，这凭空冒出来的皇族中人，怎么就会和宁池鱼有了关系。无缘无故，为什么就拼了命地帮她？

"这……属下无能。"暗影拱手，"三王爷的过往依旧没有查到，也没有人知道这两人是如何凑到一起的。"

沈弃淮皱眉，旁边一直听着的余幼微倒是笑了一声："男人帮女人，还能是什么原因？"

沈弃淮侧头看她，微微不悦："幼微。"

"王爷，您时至今日还不明白吗？"余幼微捏着帕子娇嗔，"宁池鱼肯定一早与沈故渊勾搭在一起了，甚至比遗珠阁失火还早，不然怎么会全身而退？沈故渊是来抢您的大权的，宁池鱼背叛了您，为的就是他！"

这么一想倒是有道理，沈弃淮眼神暗了暗，闷不作声。

宁池鱼为了一个沈故渊，背叛他这么多年的信任，坏了他最重要的事情？沈弃淮抿唇，眼里杀气渐浓。

"阿嚏！"正跟着自家师父往静亲王府里走的池鱼，莫名其妙地打了个喷嚏，疑惑地回头看了看身后。

"怎么？"走在前头的沈故渊头也不回地问。

"没什么，"吸吸鼻子，池鱼皱眉，"感觉背后凉凉的。"

"那多半是有人在骂你了。"沈故渊道,"你可真招恨。"

她能招什么恨哪?池鱼不服气,提着裙子追上他就道:"我这辈子,除了帮沈弃淮做过坏事,自个儿一件坏事都没干过!"

"助纣为虐就是最大的坏事。"沈故渊道,"好生反省。"

那倒也是,池鱼叹息,年少不懂事,沈弃淮说什么她就做什么,只要他高兴,她才不管什么对错。现在回头看来,真是愚蠢。

"不是说小侯爷出来迎接了吗?"走了半晌,沈故渊不耐烦了,"他人呢?"

管家赔着笑道:"小侯爷半个时辰前就说出来迎接了,但没人跟着他……这会儿……不知道走到哪里去了,小的已经派人在找。"

沈故渊额角的青筋跳了跳,微怒道:"不认识路就别一个人瞎走,在自己的府里都能走丢,也是厉害!"

管家也很无奈啊,生活了十几年的地方,侯爷每天起来却能迷路个两三回,派人跟着他还不乐意,他也很为难。

"背后说我坏话,我听见了。"冷不防,旁边墙角狭窄的小道里响起个声音。

沈故渊挑眉,侧头去看,就见沈知白微皱着眉头走出来,衣裳上蹭了不少泥。

"侯爷。"池鱼哭笑不得,"您又走哪儿去了?"

说起这个沈知白就生气:"住人的宅子,非得修这么大吗?四周都长得一样,路都找不到!"

"自己不认识路,就莫要怪宅子大。"嫌弃地看着他,沈故渊道,"我就没见过你这么笨的人。"

沈知白恼怒地看他一眼:"我笨,那东西咱们也别看了,各自回家吧。"

"别啊。"池鱼连忙打圆场,"跑这么远过来的,侯爷总不能让我白跑。"

看见她,小侯爷怒气消了些,抿唇道:"你身子不太好,跟着他跑什么?

在府里多休息。"

她倒是想休息，然而沈故渊仿佛是知道自己过来这侯府肯定要和小侯爷吵架，所以说什么都要把她捎带上。

"咱们先去您的院子里吧。"池鱼道，"在这儿站着也没法说话。"

"好，"沈知白点头，再看她一眼，边走边道，"你最近气色好了不少。"

"府里有药浴，我时常在泡的。"池鱼笑道，"也是师父费心。"

一听这话，沈知白的脸色就好看多了，看着走在前头的人抿唇道："算他还有个师父的样子。"

"侯爷别这么说，师父对我挺好的，"池鱼小声道，"除了人凶了点儿。"

挺好的？沈知白挑眉，突然有些好奇："池鱼，你觉得一个人怎么做，才算是对你好？"

这是个什么问题？池鱼呆了呆，看了前头那红衣白发的人一眼，道："大概就是……嘴上不说什么，行动却都是护着你的，想让你变更好。"

这是个什么说法？小侯爷一脸茫然。

进了书房，池鱼左右瞧着没事干，立马蹿进了书库里。静亲王也是爱曲之人，府中乐谱自然不会少。

看见她影子没了，沈知白才低声开口，对旁边的沈故渊道："皇叔之前说的要帮我一把，现在还算不算数？"

嗯？沈故渊正看着桌上的订单，一听这话，抬头挑眉："改主意了？"

先前还说他喜欢的人自己去娶呢。

"嗯。"沈知白抿唇，耳根微微发红，"池鱼把我当兄长当朋友，丝毫没有觉察到我的心意。"

废话，那丫头满心都是仇恨，还指望她能察觉到旁人的爱意？别看她平时笑嘻嘻的，心里那股子怨气，半点儿都没消。

若是这个沈知白能让她放下仇恨，她未来的命数，也会好上很多。

"我说话一向算数的。"捏着订单翻看，沈故渊淡淡地道，"但你可想好了，要我帮忙，就得听我的，不然我会发火。"

咬咬牙，沈知白道："只要您不是故意整我，真心帮我，知白自然听话。"

"好，"沈故渊勾唇，"那就先替她做件事。"

"什么事？"沈知白疑惑地看向他，就见他凑过来，低声耳语了两句。

离开静亲王府的时候，池鱼满足地抱了好几本乐谱，蹦蹦跳跳地在他身边道："小侯爷好大方啊，送我这么多。"

"你回去好生练就是。"沈故渊眼皮都不抬，"别辜负人家一番心意。"

"好。"池鱼点头，想了想又道，"不过师父，你是不是也打算让我在陛下寿宴上去出个风头？"

最近京城里众多公子小姐都在准备，有不少消息飞过来，比如谁谁家的小姐准备了一曲仙乐要弹；谁谁家的公子花重金买了许多烟花，要为大家放。总之个个都想在一群贵人之中闹个响动，惹人注目。

自家师父难不成也是这么想的？

"俗！"沈故渊白眼一翻，很是恨铁不成钢地看着她，"这么俗的事情，为师会让你去做？"

"那……"池鱼不明白了，"怎么就要教我弹琴了？"

"弹琴是你唯一会的东西。"沈故渊道，"只是半路出家，明显火候不够。若能精通，便能算你的优点。"

池鱼微微一愣，明白过来："是因为我先前说自己毫无优点，师父才教我弹琴的吗？"

"不，"沈故渊侧头，一双美目半阖，睨着她道，"是因为你毫无自信。"

没有自信的女人，如同一摊烂泥，再美都是个空壳子，一眼就能让人看个透。

先前的宁池鱼，就一直是那种状态，心怀血海深仇，仿佛活着就是为了一刀子捅进沈弃淮的胸口，然后跟着去死。除此之外，目的全无。

沈弃淮的话打击到了她，击碎了这个丫头一直就不怎么坚固的自信，让

她整个人都灰暗了下来。别说艳压天下了，街上随便拎个姑娘来都比她好看。

糟糕透了。

池鱼有点儿脸红，苦笑低头："劳师父费心了。"

她的自信，早被沈弃淮那一把大火，烧得渣滓都不剩。痴情忠心如何？武功高强又如何？在沈弃淮眼里，依旧什么都不是，还比不上余幼微的一抹浅笑。

池鱼心里怨气翻涌，她勉强压着，拳头紧握。

"我说过了。"沈故渊食指抵上她的眉心，认真地看着她道，"你没有问题，是别人的错，听明白了吗？"

冰凉的触感在她眉心化开，一路沁下去，胸腔里躁动不安的一颗心瞬间恢复了正常。池鱼呆愣地抬头，就听得他道："渔夫不识金，自有拾金人。"

金吗？池鱼眼里亮了亮："师父觉得我是金？"

"就打个比喻，你别当真。"沈故渊松开她，撇嘴就上车，"金子还是比你值钱的。"

池鱼咧嘴笑了笑，提着裙子就跟着他上车："师父是夸我的意思，我听懂了。"

"那你就当我在夸你吧。"

马车骨碌碌地往回走，苏铭在外头听着两人斗嘴，一脸不敢置信。

主子如今怎么变得这么多话了？以前半个月也不见得会说一句话的。

这红尘虽然繁杂，看来也不是没有好处。

幼帝六岁生辰这天，京城里一大早开始就热闹得很，各府的马车都载着许多贺礼，齐刷刷往宫门的方向去。

池鱼坐在沈故渊身边，兴奋地扒拉着帘子往外看："真的好多人啊！"

"别跟没见过赶集的乡下人一样成不成？"沈故渊很是嫌弃地看着她，"糟蹋了这一身打扮。"

同样的苏绣青鲤裙，样式与上次的不同，却依旧很配她。池鱼低头，小心翼翼地把裙摆放好，赞叹地道："郑嬷嬷真的好厉害啊，这么短的时间就能做出这么多衣裳来。"

而且，这等绣工，放在宫里也是不差的，一条条青鲤栩栩如生，像在她裙摆上游一样。

沈故渊没吭声。

今天这样的大日子，朝中休沐一日，众人进宫都很早。池鱼他们到的时候，玉清殿已经挤满了人。

"故渊，"孝亲王一看见他们就笑眯眯地招手，"来这边。"

沈故渊微微颔首，带着池鱼过去行礼。

"三王爷的徒儿也是越发水灵了。"静亲王在旁边看着，忍不住笑道，"几日不见，容貌更佳了。"

"王爷过奖。"池鱼害羞地低头。

池鱼左右看了看，好奇地问："小侯爷没来吗？"

"知白一早就进宫了。"静亲王道，"但不知又走去了哪里。"

池鱼哭笑不得，摇头，一定又是迷路了。完了，宫里这么大，可不比王府里好找。

正想着呢，就听得一个奶声奶气的声音喊："皇叔。"

内殿里的人顿时都行起了礼，池鱼屈膝，眼角余光瞥着，就见幼帝虎头虎脑地从旁边跑出来，跑到沈故渊跟前，一把抱住了他的腿，仰头就朝他笑："皇叔，你来啦？"

后头跟着的沈弃淮脸色不太好看，幼帝是他带着长大的，但不知为何，向来与他不算亲近。这沈故渊才回来多久？幼帝竟然就这般喜欢他。

难不成当真有血脉相亲一说？

沈故渊低头摸了摸幼帝尚未变白的头发，微微一笑："陛下今天高不高兴？"

"高兴！"幼帝兴奋地道，"他们都说今年礼物特别特别多，堆了好大

一座山呢!"

"哦?"沈故渊很感兴趣地挑了挑眉。

幼帝见状,立马抓着他的袍子就往外拖:"走,朕带皇叔去看!"

"陛下,"沈弃淮抬脚就拦在了他前头,"您今日是主角,不可随意走动!"

沈故渊轻笑:"王爷管陛下倒是管得挺上心。"

沈弃淮抿唇:"为人臣子,自然当劝谏君主,不行错事。"

"陛下童心未泯,带本王去看看贺礼,也是错事?"沈故渊挑眉。

"这自然不是。"孝亲王站出来笑了笑,"今日既然是陛下生辰,那就由着陛下做主,弃淮若是担心,就多让些人陪着便是。"

沈弃淮看他一眼,又看看那满脸执拗的幼帝,想了想,还是顺着台阶下了:"那就去吧。"

沈故渊伸手把他抱起来就往外走。

"王爷!"沈弃淮吓了一跳,幼帝就算是个孩子,那也是皇帝啊,哪能这样抱在怀里走的?

然而,其余的人都不是很意外,幼帝也没觉得不妥,被抱着,还咯咯直笑。

沈弃淮的脸色瞬间沉如黑夜。

池鱼跟在沈故渊背后走,低声道:"这是他的痛处。"

"嗯?"沈故渊头也没回。

池鱼轻笑:"沈弃淮最在意的事情,就是自己并非皇室血脉,名不正,言不顺。"

皇室血脉一向凋零,四大亲王之中,只有孝亲王是太皇帝亲生,其余的都是旁系血脉,可孝亲王偏生无子。先皇在世之时也无子嗣,驾崩之后倒是留下贵妃腹中胎儿,幸好是个儿子,不然皇位都无人能继承。

在这样的背景下,沈弃淮一个外人上位,倒也没什么压力,毕竟亲王年迈,皇帝年幼,他有能力掌管大局,那四大亲王只能认了。

但现在，沈故渊回来了，带着一头沈氏皇族嫡系专有的白发，很是轻易地就得到了所有人的信任。

沈弃淮能不慌吗？家中无主，管家倒也能当半个家主，可家中真正的主人回来了，那他早晚回到下人的位置上。

血脉，永远是沈弃淮最深的痛。

沈故渊抬了抬嘴角，只吐了两个字："可悲。"

幼帝睁着一双眼，听不懂他们在说什么。坐着龙辇到了地方，就兴奋地拉着沈故渊往里走："皇叔，你来看，好大一座山！"

本以为小孩子的话都是夸张的，贺礼再多，也不可能堆成山啊。然而，当真看见那一堆东西的时候，沈故渊和宁池鱼同时震了震。

好大的一座山！

包在盒子里和箱子里的贺礼，堆在玉清殿旁边的一大块空地上，足足有半个玉清殿那么高。四周守着的禁卫显然也是被吓着了的，个个紧绷着身子，生怕有贼人来抢。

旁边的大太监金目跷着兰花指笑道："今年收成好，各地官员进献的寿礼自然也多。"

沈故渊随手拿起个红木盒子打开看了看。

价值连城的玉观音，应该是从京城富商那儿买来的，订单他见过。

沈故渊嗤笑一声，合了盖子，转头蹲下来看着幼帝问："分给皇叔一点儿用，可好？"

"好！"幼帝想也不想就点头，奶声奶气地道，"朕立马让金公公去写圣旨，赐一半给皇叔！"

沈故渊摸了摸他的脑袋："陛下给得太多了，给一个就够了，皇叔就要这个玉观音。"

"好！"幼帝高兴地点头。

陛下是当真很喜欢这个皇叔啊，一路抱着不撒手，寿宴开始了，都非拉

第 9 章 你要相信你自己

着他坐在旁边，叽叽喳喳地说话。

池鱼站在沈故渊身后，同他一起遭受了四面八方目光的洗礼。

"这就是那位三王爷啊，好生俊美！"

"可不是吗？瞧瞧陛下多喜欢他，悲悯王今年都没能坐在龙椅左手边。"

"他身后那个姑娘是谁啊？穿得也不像宫女。"

"听闻是三王爷的徒弟。"

殿中众人交头接耳，议论纷纷，沈故渊和池鱼什么都没做，无疑就成了这场寿宴上最为打眼的人。

余幼微在下头，很是按捺不住，侧头就跟青兰吩咐："去让他们准备。"

"是。"青兰应了，躬身退了出去。

"池鱼姑娘，"有小太监跑过来，低声道，"知白侯爷请您出去一趟。"

沈知白？池鱼挑眉，心里正疑惑呢，就听见沈故渊道："去吧。"

这人后脑勺都长着耳朵的？池鱼咋舌，屈膝应了，然后就跟着那太监往外走。

第 10 章 到底出了什么事

宫殿里宴席的热闹渐渐远去，池鱼踏在方正的青砖上，看着前头的太监疑惑地问："侯爷为什么要我出来？他不也是该入席的吗？"

太监头也不回，弓着身子道："小侯爷迷路了，此时也不便入席，所以唤姑娘出去。"

这样啊，池鱼也没多想，毕竟皇宫这地方庄严又肃穆，能出什么乱子？

然而，事实证明，她实在是太单纯了。前头的宫道拐了个角，刚走过去，眼前就是一黑。

宴后便是下午消遣的好时光了，戏台子搭上，众人都在下头嗑上了瓜子，说说笑笑，很是热闹。

幼帝坐在沈故渊怀里，左右看了看，突然小声道："皇叔，您身边的大姐姐不见了。"

"是啊。"沈故渊眼睛盯着台上，唇角微勾，"不知是跑到哪里去了，等会看完表演，还请陛下派人替我找找。"

要先看完表演吗？幼帝歪着脑袋想了想，朝台上看去。

世家子弟们花里胡哨的表演他是看不懂的，不过看四周的大人们反应都挺激烈，那就配合着鼓鼓掌。

"这不是丞相家的千金吗？"余幼微抱琴上台，下头立马有人低呼。

沈故渊淡然地看着，就见那余幼微一身妃色锦绣，发髻精巧，朱钗衔珠，整张脸容光照人。

"小女献丑了。"朝幼帝,或者说是朝沈故渊微微颔首,余幼微眼有傲色又有柔情,坐下来便放好了焦尾琴,伸手便抚。

官女献琴是常事,沈故渊只管冷眼看着,但琴出第一音,他眼神就沉了。

清凌凌如大雪后的竹林,风吹更凉,寒意不胜,雪落竹间,有一段清冷寒香扑面而来。

是《阳春雪》。

余幼微也是精通琴棋书画的高门女子,弹此一曲,虽有些错漏,但技巧比池鱼好上不少,众人听着,也都很给面子地点头赞许。

但,沈故渊知道,这姑娘是故意的,故意用这曲子,压宁池鱼一头。

他教宁池鱼弹《阳春雪》不过几天,消息竟然就传了出去。这余幼微定然以为池鱼要在寿宴上弹奏此曲,所以迫不及待要抢在她前头把这曲子弹了,让她一番辛苦作废。

好生有心计的姑娘啊,比他那蠢徒儿当真是厉害不少,也怨不得池鱼会输给她。

余幼微抚得很认真,琴曲将尾,眼里的笑也就控制不住地飞了出来。

她就喜欢抢宁池鱼的东西,曲子也好、男人也罢,只要是好的,统统都得归她!

想一曲惊众人?呵呵,她学琴的时日可比她长多了,同一首曲子,自己要是弹过,宁池鱼再弹,那就是自取其辱!同样的,一个男人,只要在见识过她的动人之后,都会视宁池鱼如朽木!

一曲终了,玉葱按琴弦,余幼微眼波流转,朝下头最中央抱着幼帝的那人看去。

"陛下,小女献丑了。"起身行礼,身段婀娜,她眼眸半垂,一抬就是无限情意。

这诱惑之色,自然不是给年仅六岁的幼帝看的。沈故渊认真地盯着她,若有所思。

得到目光的回应，余幼微轻咬朱唇，抱着琴下台，让青兰递了纸笺过去。

青兰捏着东西蹭到沈故渊身边，含羞带怯地塞给他就走。

清香扑鼻的纸笺，上头不过一句话："御花园秋花开得正好呢。"

不求他去，也不低姿态，世家小姐约个人就是这般欲拒还迎，也不写名字，要是被推了，大不了当成丫鬟的意思。

沈故渊眼里暗光流转，翻了手指就将这东西扣在旁边的案几上，然后低声对幼帝道："陛下，我得离开片刻。"

热闹都在玉清殿，御花园里没什么人，甚至连巡逻的禁军都没了影子。沈故渊踏进秋花深处，抬眼就看见了余幼微。

"还以为您不来了。"咬着嘴唇，余幼微眼里似怨似喜，朝他走近两步，微微屈膝，"小女幼微，见过三王爷。"

沈故渊面无表情地看着她，没吭声。

男女之间最快产生感情的方式，就是有一方主动，眼下这位大爷是不可能主动的，余幼微也早有准备，抱着焦尾琴就递到了他手里："听闻王爷也是爱琴之人，这把焦尾举世无双，价值连城，但若落在旁人手里，也只是个俗物罢了。"

眼神微动，沈故渊开了口："送我？要是没记错，这是悲悯王府的藏品。"

余幼微浅笑，笑着笑着眼里又有些落寞："是啊，悲悯王府的藏品，也算是悲悯王爷给我的抚慰。"

话说一半，眼里悲戚不已，一看就是有很多故事，引得人情不自禁想去打听："你不是要嫁进王府了吗？说什么抚慰？"

"王爷有所不知。"余幼微叹息，往前一步踏在花间，人花相映，楚楚动人，"那位主子心思难猜，先前说要娶小女，可后来……后悔了，任由小女被人嘲笑，他片尘不染。"

沈故渊不说话了，一双眼安静地看着她，红袍猎猎，白发如雪。

余幼微将帕子在手里揉成了团，低声道："小女也不敢奢望，只要您能

护着小女一二……"

"这倒是不难。"沈故渊点头,转身就往外走,"不过我徒儿与你有些嫌隙,最好还是先解开,也免得我难做。"

"哎……"余幼微连忙拉住他,红着脸问,"您去哪儿啊?"

"池鱼消失很久了。"沈故渊道,"我去找找。"

"她呀,我才看见过。"眼珠子一转,余幼微拽着他不松手,娇声道,"跟小侯爷在外头玩呢,看起来感情很好,王爷就不必操心了。"

"哦?"沈故渊回头看她一眼,"你看见了?"

"是啊,"余幼微一脸认真地道,"方才进来花园的时候才瞧见。"

说着,又试探性地问:"王爷跟您徒儿,感情很好吗?"

"不怎么好。"沈故渊眯眼,"她是个朋友托付给我的,让我护她周全,其余的事情,我都不太清楚,只听她说,跟悲悯王府有仇。"

余幼微委屈地红了眼,叹息:"王爷真是重诺之人,上回护着她伤小女的事情,小女还记得呢,时常做噩梦。"

沈故渊微微皱眉。

余幼微心里很忐忑,正想着要不要撤退呢,就听得沈故渊开口道:"是我不对。"

嗯?余幼微眼睛一亮。

沈故渊轻轻叹息,有些微恼地伸手掩住自己的眼睛,颇为真诚地道:"委屈你了。"

得此一句,余幼微心里大喜,揉着帕子靠在他身上,细声细气地道:"不委屈,王爷懂我就好。"

"本王还想与你多走走。"沈故渊松开手,眉心微皱地看了一眼玉清殿的方向,"只是陛下还等着,若没说一声,怕是要跟我哭闹了。"

"这个好办。"余幼微连忙道,"让青兰回去禀告一声便是。"

沈故渊扫了扫四周,颔首:"好。"

青兰去了，四周再无人，余幼微胆子大了些，伸手就去抓沈故渊的手，半羞半笑地道："王爷这双手真是好看，都没有弹琴弄剑的茧子呢。"

"想知道为什么没有吗？"沈故渊淡淡地问。

余幼微点头："王爷有秘方？"

"你站在这里等着。"沈故渊挣开她的手，道，"我拿东西过来给你。"

"好！"不疑有他，余幼微高兴地目送他往御花园外头走，眼里有些得意。

宁池鱼，你看着吧，你想靠的男人，没一个是靠得住的！

玉清殿里的大戏将近尾声，沈故渊慢悠悠地走回皇帝身边坐下，端起茶抿了一口。

"皇叔，"幼帝嘟着嘴看他，"您去了好久，也不派人回来告诉朕一声。"

沈故渊轻笑，很是抱歉地拱了拱手："陛下息怒，皇宫太大，我迷路了。"

旁边的孝亲王闻言就笑了："跟知白小侯爷走得近，难不成都会不认识路？"

一众亲王都跟着笑起来，静亲王笑着笑着才觉得哪里不对劲儿，皱眉道："知白今日好像还没来见礼。"

他这一提，一群人才反应过来，知白小侯爷已经一整天没露面了。

"糟了！"沈故渊皱眉，很是担忧地起身，"宫里禁地多，小侯爷要是去了什么不该去的地方，倒是麻烦。"

静亲王也起身，朝幼帝拱手："陛下，请允许臣带人去找。"

"宫里是什么地方，也能让王爷带人乱走？"旁边的沈弃淮皱眉道，"让宣统领带人去找便是。"

静亲王皱眉，倒也没反驳，毕竟宫中都是由禁军负责。只是，太监传话下去了，禁军统领宣晓磊半响也没露面。

"怎么回事？"孝亲王微怒，"今日是什么日子？禁军统领也敢不当差？"

"王爷息怒。"宣统领身边亲信跪地拱手,"宣大人今日一早就带人去巡防宫中了,并未玩忽职守。"

"一大早?"孝亲王指了指天,"你看看现在都是什么时辰了?堂堂禁军统领,不在陛下身边待着,巡几个时辰的宫,像话吗?"

跪着的人不吭声了,沈弃淮也觉得有古怪,起身道:"今日陛下生辰,总不能被这些小事相扰。这样吧,本王同静亲王一起带人去找,其余人继续陪着陛下。"

"好。"静亲王带人就走,沈故渊也没异议,目送他们离开,抱着幼帝就继续看大戏。

"皇叔。"幼帝有些惴惴不安,"出事了吗?"

"没什么大事。"沈故渊勾了勾唇,"宫里最大的事,也只是陛下的安危而已。"

幼帝似懂非懂地点头。

眼前一片漆黑,池鱼恍惚地醒过来,就感觉自己手脚被捆,动弹不得。

一阵凉意从心底升上来,池鱼睁大眼,慌张地扭动身子。

"别动,"旁边响起沈知白的声音,低低地道,"我们被人抓了。"

嗯?池鱼扭头,努力眨眨眼才看清黑暗中的小侯爷,连忙问:"这是怎么回事?"

沈知白抿唇,正想说话,就听得门开了,又一个人被推了进来。

"啊!"余幼微没站稳,被推得狠狠地摔倒在地。手被捆着,无法支撑,脸直接蹭到了粗糙的地面上。

余幼微倒吸一口凉气,感觉脸上火辣辣的,想也是蹭伤了,急得眼泪直掉,扭头就朝推她进来的人喊:"大胆!我是丞相家的嫡女,你们敢这样对我,不想活了吗?"

嗓门之大,震得池鱼和沈知白齐齐皱眉。

外头的人冷哼一声,压根没有要理她的意思,"啪"地就关上了门。

沈知白冷笑出声："余小姐真是聪慧过人，竟知道用身份吓唬那些不要命的人。"

听着这反讽，余幼微猛地扭头："小侯爷？"

黑暗之中，她看不见人脸，只听得沈知白又道："真是巧了，余小姐竟然也会被绑过来。"

沈知白也被绑了？余幼微勉强镇定了些，皱眉道："侯爷可知这是怎么回事？小女在御花园里站得好好的，突然就被绑了来！"

"你问我，我问谁去？"沈知白冷笑，"这些人本事可大了，完全视禁军为无物，将我从宫道上绑了来，不知要干什么。"

禁军？提起这个，余幼微想起来了，这是她出的主意，一边拖住沈故渊，一边让人把宁池鱼抓过来，弄死在冷宫！这冷宫很大，尸骨无数，他们提前安排好，绝对万无一失！而且，就算出什么乱子，也还有宣统领兜着，到时候就说有贼人入宫行凶，也不会有什么问题。

但，怎么把她也抓进来了？

余幼微哭笑不得，连忙朝外头喊："放我出去！我是丞相家的嫡女！"

"抓的就是你。"门外有声音阴沉沉地道，"老实等死吧，余小姐。"

余幼微吓得一抖，瞪大了眼。

怎么会这样？好端端的，怎么会反过来要她死了？

不对劲儿，一定有哪里不对劲儿！

余幼微眼珠子转得飞快，想了想，做恍然大悟状："我知道了！"

"嗯？"沈知白看向她的方向。

余幼微恨声道："与我过不去的，这世上只宁池鱼一人，一定是她在背后搞鬼！"

"哦？"沈知白看了自己旁边闷不吭声的池鱼一眼，似笑非笑，"是这样啊。"

"小侯爷可别被她迷惑了！"余幼微皱眉道，"宁池鱼此人心肠歹毒，

第 10 章 到底出了什么事

浪荡下贱。先是勾搭三皇叔，勾得三王爷来对付我。后又勾搭上侯爷您，想让您也成为她的手中刀！侯爷，您可千万要看清楚，莫被人外表迷惑！"

沈知白沉默半晌，低头问身边的人："池鱼，你觉得呢？"

黑暗之中，宁池鱼冷笑开口："我觉得余小姐说得对啊，侯爷千万要看清楚，莫被人外表迷惑。"

听见她的声音，余幼微吓得一缩，脸上登时挂不住了，难堪得紧："你怎么会在这里？"

"承蒙余小姐照顾，我被人抓过来了。"池鱼打了个呵欠，淡淡地道，"这世上人心就是难测，长得可爱动人的小姑娘，偏有着险恶至极的蛇蝎心肠，不怪沈弃淮没看清楚，就连我，不也是现在才看见了原形？"

余幼微不吭声了，有小侯爷在场，她跟她吵下去没什么好处。不过她实在纳闷，宁池鱼既然也被抓了过来，为什么还没死？没死就算了，为什么会多抓了小侯爷和自己？

外头到底出什么事了？

正想着呢，刚刚合上的门，突然又被人一脚踢开。

"知白！"静亲王的声音在外头响起，光照进来，整个殿里的景象一目了然。

沈知白和池鱼被困在一起，都有些狼狈，旁边倒着的还有丞相家的嫡女，脸上擦伤一片，三个人都适应不了亮光，眯着眼睛看了他半晌。

"父亲！"沈知白喊了一声。

静亲王连忙亲自上来给他松绑，一边松一边道："简直是荒谬，竟然会被捆来这种地方！要不是有人目击，本王怕是也找不过来！"

手一得松，沈知白立马去替池鱼解绑，看了看她没什么大碍的手腕，微微松口气，接着就愤怒地道："禁宫之中，怎会发生这样的事情？方才贼人绑我来此，一路上竟然没一个禁军拦着！"

当然没禁军拦着了，因为他压根就没碰见禁军。不过这句话，沈知白不打算说。

静亲王大怒，挥手让人解开余幼微，然后带着他们就往玉清殿走。

热闹的生辰贺刚刚结束，众人都依旧在说说笑笑，沈故渊侧头，就看见沈弃淮先回来，愁眉不解地道："没有找到人。"

"怎么会这样？"孝亲王皱眉，"静王爷呢？"

"他与本王分兵去找，眼下不知找去了哪里。"沈弃淮抿唇，"不过本王四下都问过，没有人……"

"找到了！"静亲王的声音突然插进来，打断了沈弃淮的话。

沈弃淮略微惊讶地回头，就看见两排禁军带着三个人跟在静亲王身后而来。

"陛下！"静亲王的神色前所未有地严肃，上来就行礼，沉怒地道，"堂堂禁宫之中，贼人出入竟若无人之地，实在匪夷所思！"

"怎么回事？"孝亲王看了看后头的人，"余家千金、小侯爷、池鱼姑娘？"

"一个是丞相家嫡女，一个是静亲王府的侯爷，还有一个是仁善王爷的爱徒。"后头的忠亲王皱眉，"都是有身份的人，怎么这般狼狈？"

"民女不知。"池鱼蹙着眉头，第一个开口，"民女只是听人说侯爷找民女出去，所以随着传话太监走了，谁承想走到半路，就被人罩了麻袋，麻袋里有迷烟，民女醒来的时候就在黑屋子里关着了。"

沈知白不悦地道："不知是谁假传我的意思，我压根还没找到玉清殿在哪儿，何以要见池鱼姑娘？"

"那你是怎么被绑了的？"静亲王回头问。

沈知白道："我是在来玉清殿的路上，被人突然绑了的，那些人不由分说就拖着我走，我也不知道方向，反应过来的时候，就看见池鱼姑娘在黑屋子里昏睡。"

"能在宫道上明目张胆地绑人？"孝亲王沉了脸，"禁军都死了吗？"

第 10 章 到底出了什么事

余幼微捂着脸不敢说话,她觉得不对劲儿,但想不出来是哪里不对劲儿,忍不住看了沈弃淮一眼。

沈弃淮也觉得古怪,宣统领不是不知分寸的人,断然不可能做这么荒唐的事情。他一早就绑了池鱼,应该早早解决,回来继续陪在陛下身边才是,然而,宣统领也是一天没露面了。

沈弃淮微微眯眼,立马道:"宣统领今日不知发生了何事,一直未曾出现,玩忽职守,该罚。但眼下最要紧的,还是追查贼人。"

四大亲王都点头,沈故渊拎着池鱼来回看了看,问:"伤着了?"

池鱼摇头,眼神古怪地看着他:"没有,他们只是绑了我就走了。"

"嗯。"沈故渊摸摸她的脑袋,"那就好好待着不要说话。"

心里有点儿怪异的感觉,池鱼呆呆地应下,拉着他的袖子站在他身后。

一群重臣亲王开始理论起来,一边派人去宫里巡视,一边探讨责任问题。

"宣统领守护宫城三载,一直没出什么乱子,今日进宫的人太多,出此意外,他也不想,况且三位都没什么大碍,惩罚自然不必太重。"沈弃淮道,"罚两个月俸禄,打几个板子,长长记性也就够了。"

"那怎么行?"孝亲王瞪眼,"宫城是举国上下最重要的地方,宣晓磊担着保护陛下的重责,如此玩忽职守,让陛下何以安眠?"

"是啊,先帝在位之时就规定,禁军统领是三年一换的,宣统领担任此位已经过了三年,本就该卸任了。如今有过失,也正好换个人上来。"静亲王道。

沈弃淮沉默,眼神冷漠,像是压根就不考虑这个提议。

宣晓磊是他一手提拔上来的人,禁军乃皇城咽喉,这咽喉必定是要捏在他手里的,谁说都没用,只要不是大错,他不会轻易舍弃宣统领。

一群人你来我往地开始吵了,沈故渊安静地看着某处,嘴角勾着一抹摄人心魄的笑。

池鱼疑惑地看着他,顺着他的目光看过去,就见一堆禁卫扶着个人往这边来了。

"报！已经寻得宣统领！"

吵闹声戛然而止，众人纷纷回头，就见宣晓磊一瘸一拐地走过来，脸上满是羞恼，跪地就磕头。

孝亲王皱眉就问："宣统领，你去了何处？"

"回禀大人，卑职们是在冷宫附近遇见统领的。"禁军副统领拱手道，"早上统领带出去的人都在，但不知是遇见了什么事，一个都不吭声。"

冷宫附近？忠亲王沉声道："那附近可不是能去巡查的地方，宣统领可有解释？"

宣晓磊心虚地看向沈弃淮，后者微微皱眉，轻轻摇头。

"卑职……卑职今日是带人巡查，无意间走到了冷宫附近。"咽了口唾沫，宣统领硬着头皮道，"只是不知为何就耽误在了那里，怎么走都没能走出来。"

"是吗？"对于这个说辞，孝亲王显然是不信的，扭头看向沈弃淮，"王爷，本王以为这件事事关陛下安危，一定要严查来龙去脉。"

沈弃淮道："皇叔要查，本王自然没什么说的，只是眼下宫中禁军不能无人统率，就让宣统领以自由身受审吧，宫里还需要他。"

哪有受审还是自由身的？起码也得意思意思去廷尉衙门关上几日吧？孝亲王很不满，但宫中的确不能缺人，只能勉强答应，让廷尉带人去搜查。

好好的寿宴，被这个小插曲弄得人心惶惶。然而出宫的时候，沈故渊的心情却很好，手里捏着个玉观音，目光里满是兴味。

"师父。"池鱼坐上马车，认真地开口道，"今日宫里发生的事情，与您有没有关系？"

沈故渊头也不抬："怎么了？哪里不对吗？"

当然不对了！池鱼眯眼："宫里能对人下手而不被禁军察觉的，只能是禁军的人，我与禁军能有什么仇怨？只能是沈弃淮指使。但，他们都抓到我

了,为什么不马上杀了我,硬生生拖了几个时辰,还把知白侯爷和余幼微一起带来了?"

沈故渊轻笑:"你反应倒是快。"

一听这话,池鱼哭笑不得:"还真是您弄出来的?"

"那倒不是。"沈故渊斜她一眼,"早上抓你的人,的确是宣晓磊,他准备了许久,包括怎么引诱你、抓到之后怎么搬去冷宫不被发现,以及之后该怎么善后,大概是都安排了个妥当。"

池鱼微微一愣,瞪圆了眼:"这么狠?"

"可不是吗?幸好知白侯爷机敏。"放下玉观音,沈故渊感叹似的道,"他收到了风声,知道你有难,不惜以身犯险,前去营救。"

嗯?池鱼歪了歪脑袋:"他是为了救我才去的?"

"不然你以为那群人为什么没能杀了你?"沈故渊脸不红心不跳,一本正经地道,"就是因为知白侯爷去了,将他们的人全部困在了冷宫。然后假装自己也被捆,好让那禁军统领吃不了兜着走。"

乍一听好像挺顺理成章的,但仔细想想,池鱼冷笑:"师父,你当我傻?小侯爷一个人怎么可能困得住那么多人?更何况,后来余幼微也被人抓来了。"

"谁告诉你小侯爷是一个人?"沈故渊嗤笑,"堂堂侯爷,身边没几个帮手不成?禁军里有几个守东门的人,正好受过他的恩惠,所以来帮忙了。"

有这么巧?池鱼想了想:"那为什么要绑余幼微?"

"因为光是我和静亲王府的压力,怕是不够烫得沈弃淮对宣统领缩手的。"沈故渊道,"加上一个丞相府,就刚刚好。"

池鱼摇头:"余幼微不会与沈弃淮为难的,这两人现在是一条船上的人。"

"那可不一定。"沈故渊轻哼,"伤着脸的女人,脾气可是很大的。"

这话倒是没说错,余幼微一向爱美,这回脸上擦伤,结痂出好大一块疤,看得她眼泪直掉。

"到底是怎么回事?"余夫人在她旁边,比她更急,"你这丫头,本来名声就不太好,再伤了脸,还怎么进得去悲悯王府?"

"您以为我想的吗?"余幼微气得直吼,"鬼知道他们怎么会把我也抓去,明明说好了只抓宁池鱼的!"

余夫人想了想,皱眉道:"你会不会是被王爷给骗了?"

话说得好听,什么一定会来娶她,可看看现在过去多久了?婚事一点儿动静没有不说,还总是让她犯险,诚意在何处?

余幼微愣了愣,抿唇摇头:"不会的,弃淮不会骗我。"

"傻丫头!"余夫人语重心长地道,"你看看他先前与宁池鱼多好,如今还不是反手就抛弃了她?这样的男人,你当真指望他会真心真意对你好?"

"他不会抛弃我。"余幼微笃定地道,"眼下正是他的危急关头,他需要丞相府的助力,绝对不会抛弃我。"

"就算不抛弃,你上赶着送给人家,人家也就不觉得你珍贵。"余夫人摇头,"为娘跟你说过多少次,男人这东西就是贱得慌,你得晾着他,让他反过来追你,不然他是不会珍惜的。"

沈弃淮的确是很需要余家一族的助力,但他的助力很多,眼下也不是非余家不可,所以与她的婚事才一拖再拖。甚至,她提出自己去拖着沈故渊,沈弃淮都没了反应,像是完全不在意她一样。

这样不行。摸了摸自己脸上的痂,余幼微眼神暗了暗。

第二天的仁善王府,池鱼正高兴地吃着郝厨子烧的蘑菇鸡,冷不防地就听见苏铭跑进来道:"主子,廷尉衙门开审了。"

"这么快?"沈故渊捏着帕子嫌弃地擦了擦池鱼的嘴角,头也不抬地道,"有证据了?"

"是,昨晚廷尉府就不知从何处得了物证,今日一大早传了宫中好多禁卫盘问,眼下人证物证俱在,将宣统领带过去了。"

咽下一口香喷喷的鸡肉,池鱼眨巴着眼道:"沈弃淮做事,一向天衣无缝,竟然会有这么多把柄流出来?"

"以前他常用你做事，你不管发生什么都不会出卖他，自然是天衣无缝。"沈故渊嗤笑，"现在身边换了人，都是些没骨头的东西，你真当他还是以前的沈弃淮？"

池鱼一愣，半垂了眼。

可不是嘛！她以前也被人抓住过，拼着命不要都逃了，不愿出卖沈弃淮半分，是以沈弃淮高枕无忧了这么多年。而如今，在他耳边说话的变成了余幼微，那位娇生惯养的小姐，别说吃苦了，稍微一个情绪上来，都有可能做出他意料不到的事情。

这也算一种报应吧。

不知道沈弃淮的脸上，现在是什么表情。

悲悯王府。

沈弃淮平静地听着云烟的禀告，脸上无波无澜："她是气急了。"

"是。"云烟皱眉，"余小姐年岁不大，冲动之下做错事也正常。"

"错事？"轻笑一声，沈弃淮站起来，逗弄了一下旁边笼子里的鹦鹉，"余幼微不会做错事，她只会做对自己好的事情。给宣统领下绊子，无非就是想让本王去求她。她在怨本王最近对她冷淡。"

云烟张嘴欲言，可想想自己的身份，还是罢了，沉默为好。

沈弃淮阴着眼神，心里很不舒坦，可现在四面楚歌，他也没别的选择。

突然就有点儿怀念宁池鱼了，后面的背叛暂且不计，至少之前的十年，她从未做过一件让他生气的事情。懂事又贴心，给他省了很多麻烦。

轻轻揉了揉眉心，沈弃淮闷声道："云烟，拿酒来。"

凉意侵衣的天气，还是适合喝酒暖身。

池鱼小心翼翼地把酒壶放在小火炉上，舔着嘴唇眼巴巴地等着，旁边的沈故渊听着苏铭带回来的消息，笑得可恶极了："一人之下万人之上的沈弃淮，向女人低头，可真是狼狈。"

苏铭拱手："廷尉开审，人证物证俱已表明冷宫绑架之事是宣晓磊有意为之，但没给判决。"

"堂堂禁军统领，可不是廷尉能判决得了的。"沈故渊嗤笑，"送去陛下面前才能有个结果。"

"师父。"池鱼扭头，好奇地看他一眼，"您要跟那宣统领过不去吗？"

"是啊。"沈故渊撑着下巴，美目半合，很是苦恼地道："但为师不知道要怎么做，才能把这件事做得漂亮。"

还要怎么漂亮啊？池鱼撇嘴："您难不成还想夺了他的统领之位？"

那可是沈弃淮精心培养多年的人，又不是焦三那种小角色，随意就能拉下马。

沈故渊不语，斜眼看她一眼，突然道："你今日的琴课练完了？"

"嗯。"池鱼点头，"但平心而论，我这种半吊子，怕是追不上师父的。"

"我对你要求没那么高。"沈故渊撇嘴，"能和余幼微差不多就成。"

余幼微？池鱼失笑："师父，人家是自小就练琴棋书画的人，十几年的功底，被我追上，那还得了？"

"她也不怎么样。"沈故渊道，"不过说起诱人，倒是的确比你诱人。"

池鱼微微有点儿不悦，仰头看他："怎么个诱人法儿？"

沈故渊认真地回忆了一下，道："言语挑逗，神情也千锤百炼，就连说话的技巧都拿捏得恰到好处，是个勾引男人的好手。"

看了看面前这个男人，池鱼眯眼，心里不知怎么就拧巴了起来。

连他也觉得余幼微会勾人。

"王爷，"郑嬷嬷在门外喊了一声，"小侯爷来了。"

沈故渊侧头，淡淡地道："请他进来。"

沈知白跨进门，看见桌上温着的酒就亮了亮眼："怪不得老远闻见酒香，这个天气，喝一盏温酒倒是不错。"

"侯爷，"池鱼回过神，起身朝他行礼，"还未感谢上回相救之恩。"

"客气了，"转头看向她，沈知白抿唇，"小事而已。"

"师父都同我说了。"池鱼坐下来，提起酒壶给他倒了半杯，"侯爷对池鱼有恩，池鱼会牢牢记住的。"

沈知白轻笑："你与其记住，倒不如还我。马上冬天要来了，我还缺一件披风。"

"这个好说。"池鱼点头，"侯爷喜欢什么样式的？"

"只要是你做的就成。"沈知白深深地看她一眼。

感觉哪里不太对劲儿，池鱼疑惑地看着他这眼神，想了想，觉得应该是自己想多了，沈知白这样的人中龙凤，只是习惯对人体贴罢了，断然不会对她有什么想法。

于是，她高高兴兴地就去找郑嬷嬷挑料子花样，晚上点了灯就在软榻上绣。

沈故渊满眼打趣地看着，不觉得有什么不妥，继续看着自己的东西，看累了才喊了一声："池鱼，替我倒杯茶。"

池鱼正跟复杂的花纹做斗争，闻言头也不抬："在桌上，您自个儿倒一下。"

沈故渊微微眯眼，侧头看她："还使唤不动你了？"

"不是不是。"池鱼嘴里应着，却还是没抬头，分外认真地绣着花，应付似的道，"这个地方特别难绣，我空不出手。"

怨不得世间有"重色轻友"这个词呢，沈故渊很是不悦，起身自己倒了茶，冷声道："看上人家小侯爷了？"

"嗯？"池鱼压住针，终于抬头瞪了他一眼，"您瞎说什么？"

"没看上，做个袍子至于这么尽心尽力的吗？"沈故渊嗤笑，"随便绣绣不就好了？"

"师父，"池鱼皱了鼻子，"小侯爷对我有很大的恩情，我这个人，知恩图报的。"

微微挑眉，沈故渊抱着胳膊看着她："那为师对你的恩情少了？"

"师父对我，自然更是恩重如山！"池鱼挺直了背看向他，"可您没说要什么啊，徒儿想报恩都不成。"

第 11 章 你不是麻烦

"廷尉府已经查到了杨延玉贪污的实证。"

主屋里，赵饮马放下茶杯，高兴地看着沈故渊道："多亏了王爷，这案子查得很快，持节使行贿的事情一坐实，千丝万缕的证据都浮现出了水面，扯出不少相关的案子。那徐清袖也是个能办案的，顺藤摸瓜，将您交去国库的银子，核实了大半。"

冬天的下午，沈故渊的脾气依旧很暴躁，不愿意裹厚衣裳，就坐在暖炉边，板着脸道："那倒是好事。"

池鱼给他倒了杯热茶，问了一句："还差多少银子啊？"

"在追查的和交入国库的，一共有两千多万两了。"沈知白看着她道，"其实皇叔已经算是赢了，只是很多案子还在审，银两核实，得花上许久的时间，沈弃淮不会提前认输的。"

那就是拖着呗？池鱼耸肩："倒也无妨，他也没话说。"

沈故渊的王爷之位算是坐稳了，只是得罪的人不少，估计以后会遇见不少下绊子的。不过沈知白和赵饮马很开心，三王爷的行事风格实在是很对他们的胃口！以后哪怕千难万险，他们好歹是有人同行了。

"禁军统领的事情，沈弃淮一直压着不愿意审。"沈知白道，"证据都齐全了，廷尉也将判决上禀了，但判决折子送进宫就如泥牛入海，没个回应。"

"他想保宣统领的心是铁了。"沈故渊眯着眼睛道，"眼下朝中无人能胜任禁军统领，四大亲王就算想换人，也没人可换。"

赵饮马瞪眼，伸手指了指自己："我不是人？"

"你？"沈故渊愣了愣，突然眼里亮了亮，"是啊，还有你。"

赵饮马挺了挺胸膛："三年前忠亲王就有意让我掌管禁军，但悲悯王一力举荐了宣晓磊，我便被调去了护城军。"

"赵将军的功夫比宣统领可好多了。"池鱼道，"那宣晓磊我与之交过手，力道有余，经验不足，武功只能算中等。只是他会打点上下关系，禁军里也有人服他。"

此话一出，赵饮马有些惊讶地看着她："池鱼姑娘竟然与他交过手？"

池鱼一愣，打了打自己的嘴巴。

她怎么就忘记了，沈知白知道她的底细，赵饮马还不知道啊，这要解释起来可就麻烦了，她也不想再提旧事。

正有点儿尴尬，旁边的沈知白就开口了："先不说别的，池鱼，我的披风呢？"

"披风？"赵饮马立马扭头，"什么披风？"

沈知白轻笑："池鱼答应送我的披风，你可没有。"

宁池鱼干笑，立马转头去把已经绣好的披风捧出来。

雪锦缎面，白狐毛的领口，看着就很暖和。沈知白欣喜接过，伸手摸了摸："你费心了。"

"可不是嘛，"沈故渊翻了个白眼，"绣得专心得很，连我都不搭理了。"

站起来抖开披风，沈知白眼眸微亮。

精致的云纹绵延了整个下摆，一针一线看得出都极为用心，尤其这花纹，跟他上回穿的青云锦袍正好相搭。

他以为她不曾注意过自己的，谁承想，连衣裳上的花纹都记住了。

沈知白心里微动，抬眼看向池鱼，目光深邃地道："我很喜欢。"

池鱼松了口气："您喜欢就好。"也不枉费她顶着自家师父的黑脸一直绣了。

赵饮马不高兴了，看着她道："说好的是有福同享有难同当的金兰，你给他绣，不给我绣？"

池鱼眨眨眼，正想说再绣一件也没什么大不了的，结果就听得沈故渊低喝："你们两个有完没完了？正事说完了赶紧给我走，我还要睡觉！"

赵饮马被吼得一愣，回头惊愕地道："天还没黑呢……"

一手拎一个，沈故渊黑着一张脸将两人齐齐扔出去，"砰"的一声关上了门。

门震得抖了抖，池鱼也抖了抖，心想郑嬷嬷所言不假，天气冷的时候，自家师父的脾气真的很暴躁！

京城肃贪之风盛行，眼瞧着不少高官落马，百姓的胆子也就大了起来，每天都有人敲击廷尉府衙门口的启事鼓，状告官员贪污。人心惶惶之下，不少人就暗中动手，将各处启事鼓都撤走了。

"三司使最近一病不起，朝中众多官员身陷贪污案。"沈弃淮皱眉道，"依本王的意思，先让人顶替些职务，也免得朝中手忙脚乱。就好比三司使一职，让内吏文泽彰先顶着，才能不耽误事。"

沈故渊在旁边喝着热茶，闻言就道："换个人顶吧，他不行。"

以往这御书房议事，都只有四大亲王和沈弃淮，如今加了个沈故渊进来，沈弃淮本就不满，听他反驳自己，当下便转头问："三王爷又有何不满？"

"不是我不满。"沈故渊掀着眼皮看他一眼，"是文泽彰犯了大罪，马上要入狱。"

沈弃淮皱眉："这罪从何来？他可没牵扯什么贪污案子。"

放下茶盏，沈故渊面无表情地道："敢问王爷，蔑视太祖是什么罪？"

沈弃淮抿唇："这自然是灭九族的大罪。"

"那就对了。"沈故渊看着他道，"先前我就告过三司使钟无神，说他蔑视太祖皇帝，王爷也没给个处置结果，带了个坏头。如今下头的人都觉得太祖的圣旨已经作废，随意将启事鼓藏匿销毁，其中，三司府衙内吏文泽彰

第二二章　你不是麻烦

被人揭发，告状折子递到我这儿来了。"

说着，拿出一本厚厚的折子来。

还有人敢把折子往别的王爷那儿递？沈弃淮微微沉了眼色，伸手要去接，却见沈故渊指尖一转，把折子给了孝亲王。

沈弃淮僵硬地收回手，道："启事鼓一向有人保护，朝中内吏更是知其重要，怎么会无缘无故藏匿销毁？"

"就算有缘有故，太祖皇帝定下的东西，也由不得他们随意处置！"一向和蔼的孝亲王突然就怒了，看完折子，一张脸绷紧，"太祖皇帝开国立业，才有我沈氏一族后代天下，他定的规矩，谁能改了不成！"

"皇叔息怒。"沈弃淮皱眉拱手，"太祖皇帝辞世已经一百多年，后世不知者，难免有失尊敬。"

"谁不懂尊敬，本王就教他如何尊敬！"孝亲王横眉，"各处的启事鼓，本王亲自去查，相关人等，本王亲自去抓，谁有异议，来同本王说！"

沈弃淮被他这反应惊了惊，皱眉看着，没再开口。

"太祖皇帝有供奉在沈氏皇祠最中间位置的纯金灵位。"池鱼笑眯眯地跟在沈故渊身后出宫，低声道，"小时候父王还在的时候，就每年都带我回京祭拜。沈氏一族，无论旁系嫡系，都对太祖皇帝有着深深的敬意。谁敢冒犯太祖，孝亲王定然是不会饶过。"

"您这样不好啊，到底是沈氏嫡系，不知道太祖可怎么行。"池鱼拍拍胸口，"我知道，晚上回去我跟您讲。"

懒得听她废话，一出宫门，沈故渊直接将她拉上马车。

"什么破事都让我进宫商议，真是烦死了！"

池鱼出手来拍了拍他的肩膀："师父宽心，孝亲王让您去，是爱重您，不然他们年迈，朝野迟早落在沈弃淮的手里。"

车帘落下，马车往仁善王府的方向去了，沈弃淮站在宫门面无表情地看着，背后的拳头微微收紧。

"主子，"云烟低声道，"余小姐传信，请您过去一趟。"

沈弃淮收回目光，道："你把准备好的东西都带上，跟我来吧。"

宁池鱼已经踏上了另一条路，那他也得好好走自己的路了。

丞相府。

沈弃淮坐在花厅里，微笑着喝茶，余夫人和丞相坐在主位上，脸上也带着笑意："幼微就是不懂事，请了王爷来，还让王爷等。"

"她就是这般性子，生了本王的气，许久也哄不好。"沈弃淮眼里有宠溺的神色，道："无妨，本王可以等她。"

丞相夫妇对视一眼，心里各自有计较。余丞相先开口，道："王爷对小女也是疼爱有加，只是不知为何，迟迟不定婚期？"

沈弃淮笑得从容："最近朝中事多，丞相也明白本王的难处，实在无暇成亲，怕委屈了幼微。"

"出了上回的事情，也只能委屈她了。"余夫人道，"咱们也不是胡搅蛮缠的人，王爷若是真心对幼微，哪怕婚事简单，余家也没什么异议。"

沈弃淮略微一思忖，点头："有夫人这句话，本王倒是宽心许多，只要幼微点头，本王便去安排就是。"

这么好说话，看来当真是想娶幼微的。余夫人松了口气，起身道："你们先聊着，我去看看幼微收拾好了没有。"

没旁人了，余丞相沉声开口："王爷也该早做打算了。"

知道他想说什么，沈弃淮低笑，摩挲着茶杯道："本王被人打了个措手不及，自然是要狼狈一阵子的，不过丞相放心，本王自有想法。"

余丞相微微皱眉："都是一家人，老夫有话直说。如今的形势虽然依旧是王爷在上风，但三王爷毕竟是嫡系，后来居上也不是不可能。一旦他上位，后果会是怎样，王爷心里有数。"

沈弃淮半垂了眼，道："丞相是在怪本王无为吗？您以为那沈故渊，同普通人一样好刺杀吗？"

他派出的死士没有一天中断对沈故渊的刺杀,可压根就近不了他的身。他那驾车的小厮都身怀武艺,更别说满府的侍卫。最近他蜗居不出,更是无从下手。

"是个人就会有弱点。"余丞相道,"这么久了,王爷难道还没摸清三王爷的软肋?"

软肋吗?沈弃淮顿了顿,想起宁池鱼那张脸,冷声道:"不是没下过手,上次还是幼微出的主意,结果不但没成,反而把宣统领牵扯了进去。"

"男人不好对付,女人也不好对付吗?"余丞相摇头,"听幼微说,三王爷身边那姑娘,是当初您府上的池鱼郡主。您难道拿她就没办法?"

沈弃淮眼里有了戾气,不悦地道:"本王只想杀了她!"

"成大事者,还能有小女儿心性不成?"余丞相失笑,"那池鱼郡主本就曾十分爱慕王爷,为了大局,王爷忍她一回又如何?"

忍她?沈弃淮眯眼,一个背叛他的女人,一个口口声声说不会再看上他的女人,他要怎么忍?

沈弃淮顿了顿,火气消了些。

这么多年的感情,她当真能立马忘得一干二净?他是不信的,可宁池鱼伪装得太好,他看不出来。

沉吟片刻,沈弃淮突然笑了,拱手朝余承恩行礼:"多谢丞相指点。"

爱慕的感情看不清了,可恨意却是在她眼里写得清清楚楚。只要有恨在,那就表明她压根没有释怀。只要她没释怀,那他,就还能做些事情。

池鱼望着空荡荡的门口沉默良久,决定想开点儿,梳洗一番,起床用早膳。

昨晚沈故渊就说过了,今日要和赵饮马去做事情,不方便带上她,让她在这王府主院里,不要离开半步。池鱼也不是瞎折腾的人,用过早膳之后就开始练琴。

谁承想,没过半个时辰,苏铭就进来道:"池鱼姑娘,悲悯王爷到访。"

哦，悲悯王爷，宁池鱼点头，打算继续弹琴。

嗯？脑子里"轰"地反应过来，脸色难看起来，扫一眼桌上的焦尾琴，抿唇道："他来干什么？就说三王爷不在，不接客。"

苏铭道："王爷说是来找您的，小的只能来问问您的意思。"

池鱼开口就想拒绝，然而不等她说出话，后头就有声音道："现在想见你一面，已经这么难了吗？"

池鱼心口微缩，缓缓侧头，就见苏铭背后跨出个人来，三爪龙纹的绛紫锦袍，含着东珠的贵气金冠，可不就是沈弃淮嘛！

苏铭躬身退了两步站在一侧，并没有留下她一个人，然而池鱼还是心慌得厉害，手也忍不住抖起来。

她不是害怕，而是每次看见这个人，都得花很大力气说服自己不要拿匕首捅过去！

池鱼深吸一口气，笑不出来，板着脸看着她道："王爷不请自来，是有何事？"

看了旁边的小厮一眼，沈弃淮道："你别紧张，本王今日不过是来发请柬的罢了。本王与幼微的婚期重定了，到时候，还请你赏个光。"

婚期又定了？池鱼垂眸看着那红帖上的囍字，勾唇嗤笑一声："那可真是恭喜王爷了。"

看着她的神色，沈弃淮微微抿唇："除了这句话，没有别的想说的吗？比如问问本王，当初为什么纵火遗珠阁。"

池鱼手微微收紧，嘲讽一笑，抬眼看他："这还用问吗？鸟尽弓藏，兔死狗烹，池鱼对于王爷来说，从来只是手里刀盘上棋，娶池鱼对您半点儿好处也没有，哪里比得上丞相家的千金？"

对这个回答有点儿意外，沈弃淮眼里有痛色闪过，沉了声音道："本王在你心里，就是这样的人？"

"不然是什么人？"池鱼冷笑。

第一一章 你不是麻烦

从她替他杀第一个人开始,她就知道他是什么样的人了。

沈弃淮叹息了一声,撩起袍子在她旁边的石凳上坐下,伸手拿着茶壶自顾自地倒了杯茶:"池鱼,你还记得小时候吗?"

还敢提小时候?池鱼眼神冷漠,双眼却渐红。

"小时候我犯了事,被老王妃关起来不给饭吃,是你给我拿了五个包子来,肉馅儿的,那个味道我至今都还记得。"沈弃淮低笑,"后来本王找了很多厨子,让他们蒸包子,可哪怕是全京城最好的厨师,也没能蒸出你给我的那种味道。"

池鱼冷笑。

沈弃淮没在意她的态度,看着杯子里浮浮沉沉的茶叶,眼里有眷恋的神色:"有时候我很想回到小时候,回到那个无欲无求的年岁。可惜,从那天起,我就变了,变得想要成为人上人,想保护自己在意的人。"

心里一疼,池鱼闭眼。

"你是不是恨我,觉得我抛弃了你,爱上了余幼微?"深深地看她一眼,沈弃淮道,"我若是说,我没有,你信不信?"

池鱼抹着眼泪看着他,眼里恨意更深:"你以为我当真是傻的吗?你觉得你说的话,哪怕是荒唐的谎言,我也会信吗?"

"可我真的没有。"沈弃淮闭眼,"遗珠阁起火的那天,本王安排了云烟救你出去,假意纵火,为的只是瞒过余幼微。"

池鱼一愣。

"你说得没错,本王想要余家的助力,余家一族势力极大,他们能帮本王弥补很多血脉上的不足。所以,本王动了要娶余幼微的心思。她嫉恨你,本王也就只能演场戏给她看。"

"可本王没有想到的是,传信出了问题,云烟没有收到本王的手谕,只当本王真的要烧死你……"沈弃淮抿唇,眼睛也红了,"你知道得知你的死讯之后,本王有多悲痛吗?"

"知道啊。"池鱼哑着嗓子，笑不达眼底，"您悲痛得在我刚死三个多月，立马迎了余幼微进门。"

"池鱼，"沈弃淮眼含痛色地看着她，"旁人不了解我，你还不了解我？你没了，我生有何趣？只是想快点儿完成该做的事情，然后下去陪你罢了。"

眼泪落下来，掉进了茶杯里，宁池鱼低头看着杯子里的涟漪，只觉得眼前有些恍惚。

她可真没出息啊，被人骂过、欺骗过、抛弃过，可听他这样说话，都还忍不住会心疼。甚至傻傻地想，有没有一点儿，哪怕一丁点儿的可能，沈弃淮说的是真的？

面前的人叹息一声，起身道："若恨我能让你好过，那你只管恨，只管帮沈故渊来对付我，我都受着。只是，你若再作践自己，对别人用上回对付我的招数，那就别怪我无情。"

池鱼心里闷疼得厉害，忍不住伸手捂着，哭不出来也笑不出来。她好想抓住他问问，若真是这么在意她，这么喜欢她，又为什么从不将她放在最重要的位置上？

然而，沈弃淮已经转身往外走了。

池鱼目光空洞地趴在石桌上，旁边焦尾琴安安静静地躺着，散发出一股悲悯阁的香气。

傍晚，沈故渊板着脸从外头回来，显然是不高兴，什么也没说，拉起池鱼就往主屋里走。

"师父？"池鱼回过神，茫然地看着他，"您这是怎么了？"

"一群老狐狸磨磨叽叽半天，烦死我了！"沈故渊低喝，"一早听我的让他们比试比试不就好了？非得争个面红耳赤！"

池鱼疑惑地想了想，然后恍然："禁军统领的事情？"

"嗯。"沈故渊脸上余怒未消，"宣晓磊都被我套死了，沈弃淮那边的人不信邪，非和我争，最后让步，让赵饮马暂代了禁军统领之职。"

池鱼笑了笑:"好事啊,以赵将军的本事,一定能胜任,到时候有了威望,要拿下那位子也是名正言顺。"

沈故渊冷哼一声,嘟囔道:"也算幸运,今日沈弃淮不在,剩下那群饭桶比较好糊弄。"

池鱼身子微微一僵,垂眸:"沈弃淮今日怕是忙着发喜帖去了。"

沈故渊挑眉,扫了一眼远处桌上放着的喜帖,微微眯眼:"来过了?"

"嗯。"池鱼闭眼。

察觉到池鱼的情绪不对,沈故渊低头看着她的脸:"他又说什么了?"

"也没什么。"勉强笑了笑,池鱼不敢看他,闭着眼睛道,"就说一些安慰我的谎话。"

沈故渊脸色微沉,很是不悦地伸手掰开她的眼皮:"明知道是谎话你也动容,自欺欺人?"

"我没有……"

"没有怎么是这副表情?"嘲讽之意顿起,沈故渊半阖了眼俯视她,薄唇一勾,"我要是沈弃淮,我也一定选择余幼微然后抛弃你,毕竟随便骗你两句你就能原谅我,可真划算。"

池鱼眼睛一红,微微抖了抖,恼怒地睁眼瞪他。

"我说得不对?"沈故渊冷声道,"女人心思难测,难保有一天我替你报仇了,你却后悔了,说我多管闲事。那不如趁早后悔,我也省去你这个大麻烦。"

话出口,沈故渊自个儿心口一紧,眼神慌了慌,想改口却是来不及了,喉咙里下意识地咽了咽。

池鱼怔愣地看了他半晌,耳朵才听清这句话,心里一酸,眼泪差点儿跟着涌出来。

原来她是个麻烦啊,她被他宠着宠着,差点儿就忘记了,他什么也不欠她的,被她求着替她报仇,可不就是个大麻烦嘛!

池鱼摇头失笑，勉强挤出一个自以为轻松的笑容，朝他道："我知道了，就不给您添麻烦了。"

沈故渊有点儿懊恼地喊她一声，面前的人却站直了身子，头也不回地走了出去。

门打开又合上，凉风吹进来更多，沈故渊头一次有傻了眼的感觉，茫然失措。

"池鱼姑娘？"郑嬷嬷刚晾完衣裳回来，看见她要出主院，吓了一跳，"您要去哪儿？"

"我……"勉强笑了笑，池鱼道，"我出去买点儿东西。"

郑嬷嬷皱眉："这么冷的天，有什么东西让府里下人去买就是，您穿得这么单薄……"

"无妨。"咧着嘴摆摆手，池鱼垂眸，加快了步子往外走。

察觉到了不对劲儿，郑嬷嬷转头就推开了主屋的门。

沈故渊靠在床头，一张脸黑得跟郝厨子没刷的锅底似的，周身都萦绕着一股黑雾。

"主子？"郑嬷嬷哭笑不得，道，"您这是走火入魔了？"

沈故渊侧头，一双美目沉得如暗夜鬼魅："是她不对，又不是我的错，她凭什么发这么大的脾气？"

郑嬷嬷失笑，摇头道："难得见您这般生气，老身还以为天塌了呢。不过……池鱼丫头做了什么，把您气成这样？"

"她……"沈故渊刚想告状就是一顿，脸上的表情瞬间茫然起来。

对啊，他为什么会这么生气？宁池鱼不过就是犯傻，还放不下沈弃淮而已，这不是正常的吗？毕竟有十年的过往，还有那般惨痛的经历，换作是谁都不会轻易释怀，他怎么就跟个小丫头片子较上劲儿了？

伸手揉了揉眉心，沈故渊抿唇，消了火气，闷声道："罢了，你让她进来，我不生她气了。"

"这恐怕……"扫一眼门外,郑嬷嬷摇头,"都已经出了王府。"

刚散开的眉头又皱拢了,沈故渊低斥:"出了王府她能去哪儿?还等着我去请她回来是不是?一个不如意就离家出走,鬼才管她!"

走在街上,池鱼也不知道自己能去哪儿,能做什么,只是心口破了个大洞,风呼啦啦地往里头灌,冷得她很茫然,也就没注意到后头跟着的人。

暗影在仁善王府附近蹲了很久了,本以为这辈子都抓不着宁池鱼落单的机会,谁承想这人竟然一个人失魂落魄地出来了。

有那么一瞬间暗影觉得自己眼花了,可仔细一看,那的确就是宁池鱼,毫无防备摇摇晃晃地走着,仿佛一根指头过去她就能倒下。

扔了手里的干粮,暗影立马带人跟了上去,跟到人烟稀少的偏僻地方,挥手让人围了上去。

眼前多了十几个人,池鱼总算回过了神,看着这些黑衣人手里的长剑,苦笑一声:"可真会挑时候。"

她现在全身乏力,手无寸铁,根本不是这些人的对手。

暗影也看出来了,眼神发亮,使了眼色就让人动手。

深吸一口气,池鱼凝神,拔了头上的发簪就挡住迎面而来的利剑。

扑上来的人太多,池鱼吃力地躲避,她的肩上挨了两剑,忍着剧痛,她一簪子插进了一个黑衣人的咽喉!她夺了那人手里的长剑,朝下一个目标而去。

利剑冰凉,朝着她背心而来,池鱼置之不理,一剑捅进了面前的人的心口。池鱼后背也挨了重重的一剑。

抬头看看澄清的天空,她突然有点儿想笑。死其实才是最轻松的,等死了之后,她就什么痛苦也不会有了。

"池鱼?池鱼!"

远远的,好像有谁在喊她,然而她不想听了,闭眼就陷入了黑暗。

朦朦胧胧之间,她看见了远在边关的宁王府,自家母妃站在门口朝她温柔地招手:"鱼儿,快过来,午膳都做好了,你怎么还在外头玩?"

"母妃……"鼻子一酸,池鱼大步跑过去扑进她怀里,哇地就哭了出来,"母妃,我好想您!"

"别哭了……"

静王府,沈知白就着衣袖揩着她的眼角,心疼得白了脸:"怎么会哭成这样?很疼吗?"

旁边的大夫拱手道:"小侯爷莫慌,这位姑娘只是皮外伤,没有伤及筋骨。刚用了药,疼是有些的,但没有性命危险。"

"那怎么流这么多眼泪?"抬手看了看自己浸湿的衣袖,沈知白很是不敢置信,眉头紧皱,手忙脚乱地接过丫鬟递来的帕子,继续给她擦脸。

大夫干笑,他只诊断得了身上的病,心里的可诊不了啊。

"池鱼?池鱼?"沈知白坐在床边小声喊着,见她没有要醒的迹象,一张脸沉得难看,扭头问身边的管家,"打听到了吗?"

管家摇头:"仁善王府那边没有找人的消息传出来,也不知道这位姑娘为什么离开王府遇刺。"

"刺客拷问出什么了吗?"

管家低头:"他们不招,王府也不好滥用私刑,已经移交廷尉衙门了。"

沈知白秀眉紧皱,想了想,道:"暂时不必让外人知道她在我这儿,都出去吧。"

天色渐晚,沈故渊眯眼看着窗外,脸色阴沉。

"主子,"郑嬷嬷端了晚膳进来,笑眯眯地道,"您来用膳吧。"

主屋里暖和,他向来是在这紫檀雕花圆桌上用膳,池鱼胃口很好,每次都边吃边夸郝厨子的手艺,能吃下好大一碗,看得他也能跟着多用些。

然而今日,郑嬷嬷只摆了一副碗筷。

沈故渊不悦地看她一眼,道:"你是打算饿死她?"

郑嬷嬷很是无辜地道:"啊?池鱼丫头还要回来?这么晚了,怕是不会

了吧？"

他也知道她不会，问题是这句话就已经是个台阶了，这没眼力见儿的，就不能顺着他的话去把池鱼给找回来？沈故渊很不满意地看着她。

郑嬷嬷抬袖掩唇，笑得眼睛眯成月牙："主子，您想做什么事情都是能做到的，又何必非得憋着让别人来猜呢？以前大人还在的时候，就常说您这性子，以后若是遇见姑娘家，必定有劫。"

踌躇了一会儿，沈故渊扫一眼桌上的晚膳，不情不愿地道："罢了，总不能浪费粮食。我出去找她，你把饭菜热着。"

郑嬷嬷眼里微微一亮，很是高兴地应下："是。"

黑漆漆的冬夜，街上一个人都没有，沈故渊撑着下巴看着马车外头，掐了掐手指，脸色就是一沉："苏铭，去静王府。"

伤口生疼，硬生生将她从梦境里疼醒，池鱼睁开眼，还没看清眼前的东西，就听见沈知白一声低呼："你可算醒了！"

艰难地动了动脖子，池鱼侧头看着他，声音嘶哑："小侯爷？"

"是我。"沈知白目光温柔地看着她，叹息道，"你昏迷一个时辰了，还以为要明日才能醒。"

池鱼有些呆愣地撑起身子，迷茫地问："我怎么还活着？"

伸手拿了枕头垫在她背后，沈知白一脸严肃地道："要不是我恰好路过，你这会儿怕是真活不了了。"

他今日是打算去仁善王府的，但是走到半路就迷失在了很多长得一样的巷子里。谁知道就听见了打斗声，出去就看见了有人一剑刺向池鱼的背心。

"说时迟，那时快，我飞身过去一脚踢开那把剑，将你救了下来！"沈小侯爷声情并茂地道，"你那会儿要是还醒着，一定能看见我的英姿！"

"扑哧。"被他这表情逗乐了，池鱼没忍住，笑了出来。

沈知白总算松了口气，目光缱绻地看着她道："会笑就好，我很担心你。"

微微一愣，池鱼垂眸："为什么担心我？"

"因为你好像很难过。"沈知白抿唇,"谁欺负你了吗?三皇叔呢?"

"没事,"池鱼勾了勾唇,鼻尖微红,"师父大概是不想要我了。"

"怎么会这样?"沈知白瞪眼,"他疯了?"

"是我的问题,"池鱼苦笑,"我没能对沈弃淮完全释怀。"

沈知白不赞同地皱眉:"这么多年的感情,哪里是说放下就能放下的?又不是骡子卸货!"

"师父行事果决,自然不会喜欢我这样拖拖拉拉的。"靠在床头,池鱼耸肩。

在沈故渊看来,沈弃淮罪不可恕,她就得恨极了他,将所有过往全部抹空。可她是人啊,那些感情是十年岁月流淌出来的,就算她恨极了沈弃淮,心里也始终会记得他以前的好,记得两个人在一起的点点滴滴。

她知道自己该做什么,只是怎么也做不到平静地面对沈弃淮,爱也好,恨也罢,都是这世间最浓烈的感情啊,根本掩藏不了。

"别想了。"看着她又皱起来的眉头,沈知白连忙道,"晚膳已经准备好了,你受了伤,要补身子,先吃点儿饭好不好?"

"嗯。"回过神,池鱼朝他感激地一笑,"我自己过去吃吧。"

"别动!"沈知白立马按住她,"你肩上有伤,动不了筷子,我替你拿来。"

池鱼一愣,刚想拒绝,沈知白就已经跑出去了,没一会儿就端了一碗香喷喷的白米饭和几碟菜来,饭和菜夹在一起,凑到她唇边来。

"啊……"

池鱼有点儿不好意思,伸手:"我自己来吧,能用筷子的。"

沈知白严肃地道:"你我认识这么久了,还这么见外吗?快吃,饭菜都要凉了。"

池鱼干笑,张嘴吃了他夹来的一大口饭菜,细嚼慢咽下去,总算有了点儿活过来的感觉。

"慢点儿吃。"沈知白就着碗喂她,喂着喂着就轻笑了一声。

"怎么了?"池鱼抬头,嘴角边白生生的米饭闪闪发光。

眼里光芒流转,沈小侯爷靠近她,伸手拈了她嘴角的饭粒,低声道:"长辈们都说,饭吃到脸上,会长麻子的。"

脸上一红,池鱼嘿嘿笑了笑。

沈知白靠得太近了,整个人差点要压到她身上。她觉得有点儿不妥,伸手就轻轻推了推他。

然而,这一推,沈知白整个人竟然直接飞了出去,衣袂飘飘,看得池鱼不敢置信地低头打量自己的手:"我没用什么力气啊?"

"你没用,我用了。"森冷的声音在屋子里响起,池鱼瞬间头皮一麻。

沈故渊面无表情地走过来,美目半合,如鬼神降临般,压得人气息都是一紧。

背后沈知白一个鹞子翻身落地,反手就来拽他:"你做什么?"

"做什么?"沈故渊冷笑,侧头看他,"我收拾自己的徒儿,还用得着你来管?"

沈知白挤回床边护着池鱼,皱眉道:"你不说清楚,我不会让你靠近她!"

"哟。"沈故渊眯眼,皮笑肉不笑,"侯爷真是一贯地情深义重,可惜人家未必领情。"

池鱼垂眸,没敢抬眼看他,只轻轻拉住了沈知白的胳膊,低声道:"侯爷不必紧张,师父既然来了,想必是有事。"

有什么事能这么气势汹汹的?沈知白很是不悦地看着他,道:"那您说,为何事而来?"

下颌紧绷,沈故渊冷冷地看着这两个人,沉声开口:"自然是关乎社稷百姓的大事,宁池鱼先跟我回去,不然,这摊子我可收拾不了。"

池鱼微僵,握着拳头道:"这么严重吗?"

"是。"

沈知白狐疑地看着他，道："这种大事，怎么会跟池鱼扯上关系？"

"我骗过你？"沈故渊冷笑着问。

沈知白抿唇，勉勉强强让开了身子："那我跟着一块儿去，可以吧？"

"可以，"沈故渊嗤笑，"只要你去得了。"

这有什么去不了的？沈知白起身就准备让人去安排马车，谁知道刚出内室，外头的管家就急急忙忙跑过来道："小侯爷，王爷摔倒了，您快过去看看！"

静亲王也算上了年纪了，摔倒一下可不是小事，沈知白一慌，连忙道："带路！"

说完扭头就拿了个牌子塞进池鱼的手里："这是王府的牌子，你有事随时来找我！"

池鱼愣愣地接着，抬头就见小侯爷瞬间跑得没了影子。

是个孝子呢，池鱼低笑，捏着牌子看了看，放回了枕头上。

"人家掏心掏肺地对你，你也这样不领情？"沈故渊看着她的动作，冷笑一声。

池鱼依旧没抬头，抿唇道："欠的恩情没法还，既然还不了，还是不欠为好，我不想再给人添麻烦。"

沈故渊一顿，脸色有点儿难看，张口想说什么，就见她已经从床榻上下来，朝自己行礼："您既然有事，那咱们就先回去吧。"

说完，自个儿先跨出了门。

这算是跟他闹脾气？沈故渊很是不悦，挥袖跟上去，一路上都没个好脸色。

回到仁善王府主院屋子里，他伸手就扔给她一套裙子："换了。"

池鱼一愣，低头看了看这崭新的白狐毛冬裙，抿唇道："处理事情而已，还要换衣裳？"

"我看着你这一套静亲王府的丫鬟衣裳不顺眼，行不行？"沈故渊眯眼。

她身上有伤,衣裳也被剑割破了,静亲王府少女眷,自然只能拿丫鬟的衣裳让她先穿着了。池鱼叹息,想了想,还是先去把衣裳换了。

肩上还缠着白布,池鱼动作有些缓慢,换完出去,意料之中地就又收到一声吼:"你手断了还是怎么的?"

硬着头皮在桌边坐下,池鱼小声问:"我能帮上什么忙?"

伸手拿起碗筷,沈故渊面无表情地道:"陪我把这桌菜吃了。"

"我?"池鱼终于抬头,神色复杂地看向他,"您说的关乎社稷百姓的大事,就是让我回来吃饭?"

沈故渊脸上一点儿心虚的神色也没有,反而瞪她,底气十足地道:"你不回来吃,我一个人吃不完,就得倒掉,倒出去让外头吃不饱饭的百姓看见了,定然就说'朱门酒肉臭,路有冻死骨',从而对皇室心生不满。然后民怨沸腾,叛贼四起,战火点燃,天下遭殃!你说,这难道不是关乎社稷百姓的大事?"

池鱼被他唬得一愣一愣的,呆呆地拿起碗筷,跟着他吃。

"不对啊。"吃着吃着就反应了过来,她瞪眼,"这跟我有什么关系?您可以叫郑嬷嬷陪您吃啊!"

沈故渊一副懒得理她的模样,自顾自地挑菜吃。

池鱼皱眉,很是莫名其妙地看着他,想放下筷子不吃。但……今天郝厨子做的全是她喜欢吃的菜,吃两口再走吧!

舔舔嘴唇,池鱼夹了桌上的糖醋鱼,扒拉下去好大一口饭。

沈故渊斜她一眼,轻哼一声,舒舒坦坦地把自己碗里的饭菜都吃了个干净。

风卷残云,池鱼狠狠地打了个饱嗝,起身道:"吃完了,那我走了。"

"站住,"沈故渊眯眼,"你想去哪儿?"

背脊僵了僵,池鱼头也没回,握着拳头道:"我想清楚了,您与我无亲无故,至多在辈分上唤您一声皇叔罢了,十几年来没有丝毫交集的人,我不能这么自私拉着您非得替我报仇。"

"哦。"沈故渊起身,慢慢走过去,"所以你就打算欠了我的恩情不还?"

微微一愣,池鱼有点儿心虚地搓手:"救命之恩,无以为报,您以后要是有用得上我的地方,就再吩咐吧。"

回屋迷迷糊糊地正要睡着,冷不防,她听见沈故渊低声道:"抱歉。"

轻似蚊声的两个字,却听得她心里一震,瞬间觉得心口连着鼻子一起发酸,眼泪不知怎么就流了下来。

沈故渊轻叹一声,伸手摸了摸她的头发:"帮你报仇是我该做的,我没有觉得是麻烦。"

池鱼哽咽出声,放在他心口的手握成了拳头,咬着牙眼泪直流。

怎么会有这样的人呢?上一瞬口吐毒箭把人打下地狱,下一瞬又说这些温暖得让人受不了的话。更可怕的是,她竟然气消了,还觉得自己有点儿小题大做,很愧疚。

沈故渊这个人,是天生的风流骨吧?这么会哄女人。

"我都道歉了,你还哭?"温柔不过两瞬的沈三王爷摸着她脸上的眼泪,瞬间又板起了脸,"没个完了?"

第二十二章 你不是麻烦

第 12 章 我给她的胆子

第二天，沈故渊正在帮池鱼包扎伤口，就听得外头苏铭道："主子，悲悯王来访。"

沈故渊眼皮都没抬："请他去花厅坐着，我事情还没忙完。"

池鱼捂着胳膊连连摇头："师父您去忙吧！我可以自己来的！"

沈故渊一顿，薄唇轻抿，斜眼看着她："你不跟我出去看看？"

"不了不了。"池鱼两只手一起摆，"我这还有伤，就先歇着了。"

眯眼凑近她些，沈故渊低声问："是有伤不想动，还是怕见他？"

她也不是怕，就是心情太复杂了，不知道该怎么面对沈弃淮。她也不想相信他先前来说的鬼话啊！真的不相信！但……心里深处已经泯灭的希望，不知怎么就冒了个小嫩芽。

万一……万一他说的是真的呢？

沈故渊眼里光芒暗闪，松开她下了软榻，整理了红袍道："你不去也就罢了，好生待着。"

抬脚跨出房门，沈故渊微微侧头看了看身后，然后装作什么也不知道，一路往花厅而去。

沈弃淮已经喝了半盏茶了，看见他来，起身微微颔首："三王爷。"

"王爷这时候过来，是有什么要事吗？"

大门关上，花厅里就他们两个人，沈弃淮笑了笑，很是坦荡地道："有一事实在想不明白，所以来问问您。"

"你说。"沈故渊懒得坐了，揣着袖子站着，一双眼半睨着他。

沈弃淮陪他一起站着，脸上没了往日的戾气，温和得像一个很恭敬的晚辈："要是没猜错，池鱼是您当初救下来的，可火场里的确有一具尸体，敢问王爷，那尸体是谁的？"

沈故渊莫名其妙地看他一眼，道："与我有什么关系？宁池鱼是我在路上捡到的。"

沈弃淮微微一噎，挑眉："您是说，悲悯王府起火那一晚，您不在场？"

"不在。"脸不红心不跳地摇头，沈故渊一脸严肃，压根看不出半点儿撒谎的痕迹。

沈弃淮叹了口气，眼里有些失落，连声音都低了下去："本王还以为您或许知道些情况，没想到……罢了。"

沈故渊看他一眼："原来王爷也会在意这些小事，还以为今日你来，是要与我说禁军统领的事情。"

"宣统领有案在身，暂停职务也是应当。况且赵统领有勇有谋，让他暂管禁军，本王没有意见。"沈弃淮道，"原先本王一力保宣统领，也不过是因为他之前对本王有恩罢了。比起这些，本王更想知道的是，几个月之前的遗珠阁到底发生了什么。"

沈故渊嗤笑："发生了什么，王爷自己不清楚吗？"

"不，"深深地看他一眼，沈弃淮道，"本王也被人蒙在鼓里。"

这话骗骗宁池鱼还行，拿到他面前来说？沈故渊勾唇，嘲讽之意顿起："那可真是委屈王爷了。"

沈弃淮丝毫不在意他这态度，道："本王最近发现，身边的耳目好像被人干扰了，有时候听见的消息，并不一定就是真的。"

"然后呢？"沈故渊有点儿不耐烦，"这与我有什么关系？"

"池鱼不是您的徒儿吗？"沈弃淮抬头看他，"与她有关的事情，您若是不在意，就不会派人一直打听悲悯王府以前的事情了。"

本事倒是不小，还能查到他在打听事情。沈故渊总算是坐了下来，撑着额角慵懒地看着他："都是明白人，王爷不妨有话直说。"

"好，"沈弃淮道，"那本王就一次性说清楚了——昨晚我府上死了个人，是一直给我搜集消息的斥候。以前池鱼还在的时候，外出做事，消息都由他传达。"

"但昨晚，他毫无预兆地就死了，而且是被人毒死的，本王突然很好奇，谁会想要一个斥候的命？今早下人拿来了一封信，是那个斥候先前写好的，说一旦他死了，这封信就交给本王。本王打开看了，是那斥候的赎罪信，供认收受钱财，假传了几回消息。"

说到这里，沈弃淮眼神暗了暗："他假传的几回消息中，有三次都与池鱼相关。"

沈故渊有了点儿兴趣，扬了扬下巴示意他继续说。

"本王与池鱼，青梅竹马，十年情谊，本来无论如何，本王都不会让她冒险假死，骗得余家小姐信任。可……那三回假消息，慢慢地改变了本王的想法。"

第一次，是他派池鱼去偷镇南王府的账本，那人传消息回来说她偷到了，但念及镇南王府养育之恩，没有拿回来。

面对这样的消息，沈弃淮没有责怪池鱼，而是选了别的路子来达到目的。只是……当池鱼笑眯眯跟他道歉说没有完成任务的时候，他心里是不舒坦的，埋下了不信任的种子。

第二次，他让她去抓逃走的暗卫，池鱼身负重伤回来，传消息的人说是她心软，放走了那些人，故意受伤回来交差。

当时他是震怒的，因为放走那些人，无异于给他的未来埋下炸药，这样愚蠢的善良他如何能忍？为此，他把重伤的宁池鱼关在遗珠阁，一个月没有去看她。

第三回……也就是最后一回，他让宁池鱼杀了即将回京的镇南王世子，让他高枕无忧。

池鱼去了，又是带着伤回来的，一句话也没说就昏迷了三天，任务也没有完成。

传消息的人说，是池鱼郡主实在心软，放走了世子，让他不要再回京城，所以剩下的人也没能抓住世子。

"之后，我这边的消息泄露过好几次，证据都指向池鱼。"花厅里，沈弃淮苦笑，"我理所应当地觉得是池鱼做的，故而冷落了她，打算立余幼微为王妃。但……遗珠阁那场火，本王真的不是想要她的命。"

沈弃淮眼有痛色，抿唇："本以为让她远离京城，好好过日子，也不失为一种好办法，谁承想云烟没有听本王的话，当真要烧死池鱼。"

"要不是传信人死了，本王可能要误会池鱼一辈子。"

沈弃淮语气里满是悔恨，听得沈故渊都微微动容，问他："那你为何不处置云烟？"

"云烟跟了本王多年，一直是本王的左膀右臂，他想烧死池鱼，也只是不想本王留有后患，毕竟池鱼知道的秘密很多。在这一点上，本王无法责怪他。"沈弃淮叹息，"现在本王只是……不知道该怎么跟池鱼交代。她已经恨极了我。"

沈故渊道："所以王爷今日来，是想解释给我听，让我转告池鱼，叫她原谅你？"

"原谅已经不奢望了。"沈弃淮苦笑，"本王只不过想让她知道，本王从没有想过杀她。"

被爱了十年的人谋杀，这种痛简直诛心。

沈故渊没吭声，懒洋洋地扫了窗台的方向一眼。

池鱼茫然地睁着眼，坐在窗台下头听着，半晌都没能回过神。

是这样的吗？沈弃淮不相信她，原来只是因为别人的谗言？他没有想过杀她，只是因为觉得她想背叛他，所以不得已要与她分开？

好像说得过去,余幼微亲口说过,池鱼给她的信,她压根没有转交给沈弃淮!

那是池鱼重伤昏迷前写的信,因为他还没赶回来,她又撑不住,只能写信告诉他来龙去脉,解释为什么没能杀了世子。昏迷前她放在余幼微手里,因为池鱼很信任她,觉得她怎么都不会出卖自己。

谁承想,余幼微没给沈弃淮,也没告诉她,沈弃淮也没来同她要个解释,只觉得是她背叛,道不同不相为谋。

令她痛彻心扉的大火,原来也不是他的意思……

心情很复杂,池鱼呆呆地坐着,耳朵里再听不见别的声音,只吃力地想着来龙去脉,一点点地自己理清楚。

屋子里什么时候安静下来的她都没察觉,直到额头上突然一疼。

"唔。"池鱼吃痛回神,抬头,就见沈故渊面无表情地撑着下巴趴在窗台上看着她,眼神深邃,像是看透了她一样。

池鱼有点儿狼狈,拍拍裙子站起来,看了看花厅里头:"他走了?"

"该说的都说完了,难不成还要留下来吃个饭?"沈故渊嗤笑,"你听得可还高兴?"

池鱼抿唇,脚尖蹭着脚尖,踌躇许久,真心地道:"还挺舒坦的,解了我很多疑惑。"

"你相信他?"沈故渊眯眼。

"那些事情是我亲身经历过的,跟他说的对得上,他没有撒谎。"

"所以呢?"沈故渊冷笑,"打算原谅他的所作所为?"

手撑着窗户,池鱼翻身进去,抱住了自家师父的胳膊:"他如果没有做错,就不需要我的原谅。"

沈故渊有点儿烦躁:"女人怎么一遇见喜欢的人就不带脑子啊?他的话我一个字都不信!"

"师父,"池鱼仰头看他,"你常说我心里怨气太重,那我现在有能释怀的机会,您为什么反而不高兴?"

"我……"沈故渊一愣,想了想,这话好像没什么毛病。他不高兴个什么?她心里怨气要是消了,对他有利无害。

只是,一看见她对沈弃淮这种轻易原谅的态度,他就觉得恨铁不成钢。

沈故渊有点儿气闷,甩开她就回了房。

后头没有人跟上来,那丫头估计心里还在乱七八糟地想着沈弃淮的事情。沈故渊冷哼,"砰"的一声关上门,就坐在床上生闷气。

他也不是气别的,就是觉得力气都白花了。沈弃淮这种草菅人命狼子野心的人,是该有报应的。可报应还没来,人家受害之人先原谅他了。

这种感觉好比走了三十里路打算买糖葫芦,结果小贩已经卖完了,他还得自己走回去。

"吱呀——"门开了一条缝。

沈故渊头也没抬:"出去!"

进来的要是苏铭或者郑嬷嬷,听见这话,肯定二话不说就扭头出去了。但池鱼不怕他,提着裙子一蹦一跳地进来,伸手就递给他两个精致的糖人儿:"师父,吃吗?"

糖人儿有什么好吃的!就算做得栩栩如生,那也没什么大不了!

沈故渊舔了舔薄唇,气闷地伸手,狠狠地拿过来一串,眨巴着眼看了看。

池鱼失笑,在床边坐下来,转着自己手里剩下的糖人儿道:"这是刚买回来的,您拿的是后羿,我这个是嫦娥,很甜的!"

沈故渊轻哼一声,道:"你以为给我吃这个我就会高兴?"

半炷香之后,沈故渊扔了吃完的竹扦,把她手里"嫦娥"也拿过来,哼声道:"味道还不错。"

"是吧是吧?"池鱼狗腿地说道,"您要是喜欢,徒儿改日再买!"

沈故渊白她一眼,看了看那嫦娥造型的糖人儿,抿了抿唇:"有句诗怎么说的来着?"

池鱼机灵地道:"嫦娥应悔偷灵药,碧海青天夜夜心!"

沈故渊嫌弃地看她一眼,把糖人儿吃完,拍了拍手:"现在很闲是不是?不用练琴了?"

池鱼摇头,眨巴着眼睛道:"徒儿马上就去,不过在那之前,我想跟您商量一下,明日带徒儿去趟廷尉衙门呗?"

嗯?沈故渊有点儿意外:"你去那儿做什么?"

"听闻上回刺杀我的刺客关在里头。"池鱼笑了笑,"光凭小侯爷的证词,那些人多半还要抵赖,可他们要是悲悯王府的人,我就连他们生辰八字都知道。"

沈故渊微微一愣,不解地看着她:"你想做什么?"

"他们替沈弃淮做的坏事可不少啊。"池鱼笑了笑:"师父不想听他们招供吗?"

沈故渊美目微睁,伸手将她拽到自己面前,一脸莫名其妙:"你不是原谅沈弃淮了?"

原谅了他,不就应该放弃报仇了吗?怎么还要去挖他的罪状?

"他说他不是想杀了我,我很高兴。"池鱼抿唇,"毕竟这十年,他不是将我当成棋子,我也不是个完完全全的傻子。这让我舒坦了很多。"

"但,"眼神一变,池鱼冷声道,"他误会我、抛弃我,这是不争的事实,就算他不是想杀了我,也是想流放我的。并且,他背着我与余幼微交往,这也是铁打的事实。我要是因为他不想杀我,就完全原谅他,那我的心可真是大!"

沈故渊错愕地看着她,缓缓眨了眨眼睛,有点儿没反应过来。

池鱼撇嘴,有点儿泄气地道:"我承认我没办法对这么多年的感情完全释怀,但我不是没有心,也不是人家勾勾手就凑上去的狗!他沈弃淮欠我的东西,三言两语可还不清!更何况,他所行之事,也是想颠覆沈氏江山社稷、让百姓遭殃的坏事。就算无冤无仇,我也当阻止他!"

"扑哧"一声，床上的沈故渊笑了，整张脸流光四溢。光芒点点，仿佛大雪初晴，眼前的一切都亮了起来。

"我以为……"沈故渊笑得不歇气，捂着眼睛道，"我以为你当真是个好骗的兔子，没想到却是只记仇的猫，爪子还伸得挺凶。"

池鱼压根没听他说什么，就呆呆地看着他，心想自个儿以前怎么会觉得沈弃淮是天下最好看的人？跟面前这谪仙一般的人比起来，沈弃淮相貌哪里还入得眼啊，光气度就差了五十串糖葫芦加三十串糖人儿！

笑够了，沈故渊侧头，很是满意地伸手摸了摸她的脑袋："明日为师就带你去。"

"好。"池鱼有点儿脸红地点头。

晚上的时候，她睡得很好，没有像往常一样脑子里想些乱七八糟的，而是很平静地就进入了梦乡。

梦里的微风吹啊吹，吹落了枝头柳絮，小小的姑娘伸手去接，那柳絮却飞过了河岸。皱了小脸，小姑娘扭头对旁边的少年可怜巴巴地道："弃淮哥哥，我够不着……"

旁边的少年二话没说，拍了岸边的石栏就飞身过去，追上了那飘得老高的柳絮，搂在掌心。结果，对岸的石头上有青苔，他踩着一个打滑，"哗"的一声就掉进了河里。

"弃淮哥哥！"小姑娘惊叫。

河里的少年露出个脑袋来，很麻利地就上了岸，打开掌心看了看，眉头直皱："没了。"

春日阳光正好，落在他湿漉漉的掌心里，和着那一张略微恼怒的脸，看得小姑娘脸上一红，眼睛也跟着红了。

什么是喜欢呢？母妃曾经温柔地说："池鱼，要是哪天你想要的东西，有人拼了命也为你去拿，那就是喜欢你。遇见这样的人，你要好好待他。"

河水潺潺，风儿轻轻，一吹好多年，小姑娘长大了，自己说过的话牢牢

地记得，并且当真做到了。

而曾经拼命替她去追一片柳絮的少年，如今早已变了模样，看她的眼神里，不是利用就是算计，再也没有了那一低头的温柔。

池鱼看着这梦里旧景，轻轻一笑。

她喜欢的沈弃淮，是个眉清目秀、温柔缱绻的少年，会朝她温柔地伸手，会小心翼翼地护着她，会为了替她追一片柳絮掉进河里也无妨。

现在的沈弃淮，早已不是她喜欢的人，只是这么多年了，她不舍得认清这个事实而已。

柳枝摇晃，画面模糊，池鱼也没再看，转身就往远处走了。

廷尉大牢最近热闹得很，徐清袖也是每天过着水深火热的日子，各方压力都很大，逼得他头发都一大把一大把地掉。这不，一大早的，余家大小姐又带着云烟来保释人了。

"我说过了，一切后果有我丞相府担着，大人怕什么？"余幼微浅笑，"那几个犯人说是杀人之罪，可毕竟没当真杀谁，大人可别得理不饶人。"

徐清袖叹息："三王爷吩咐过，这几个人不能放。"

场面有点儿僵硬，余幼微不耐烦了，伸手拿出悲悯王府的牌子，冷声道："我也是帮悲悯王爷的忙来要人的，大人可掂量清楚了，得罪悲悯王爷可不是闹着玩的事情。"

这话没说错，沈弃淮其人心胸狭窄，睚眦必报，得罪他的人，一般都没什么好下场。

徐清袖叹了口气，正打算妥协，就听见背后一个女子低喝："得罪悲悯王不是闹着玩，那王法就是闹着玩的了？"

众人都是一愣，回头一看，便看见宁池鱼满脸严肃，跨门而来。

徐清袖眼睛亮了亮，立马狡猾地侧了身子让到一边。

余幼微皱眉看着宁池鱼走近，等她站定，开口就道："这廷尉衙门什么时候猫猫狗狗都能进来了？"

"可不是吗？"池鱼笑了笑，看着她道，"害得我想跟猫猫狗狗说句话，都得闯这廷尉府。"

"你……"余幼微气极反笑，"别的本事没长，倒是牙尖嘴利了不少啊！"

"托你的福。"池鱼颔首再抬眼，"没有你，我永远不会知道这两张嘴皮一碰，能说出多少谎言来！"

略微有点儿难堪，余幼微抿唇低头，可一想，如今的宁池鱼已经不是郡主了，就是没身份的平头百姓，自个儿堂堂丞相千金，哪有向她退让的道理？

有了底气，她抬头就睨着面前这人道："别的都不说了吧，你如今这身份，有什么资格来这里？"

"我是受害之人。"池鱼笑了笑，"到廷尉府来告状有什么不对？本还不知道那些刺客是谁家的，如今看你这么心急火燎，倒是不打自招，那我不妨连着悲悯王府一起告吧？"

余幼微冷笑一声："就凭你？"

云烟站在后头，也忍不住开口道："痴人说梦！"

他们后头还站着八个护卫，在气势上就压过池鱼一头，看得旁边的徐清袖抬手擦了擦冷汗。

然而，池鱼压根不慌，翻了翻眼皮，转头就递给徐清袖状纸："徐大人看什么时候升堂合适吧，我状师都找好了。"

这状纸看着轻飘飘的，然而徐清袖却差点儿没接稳，哭丧着脸小声道："姑娘，悲悯王府哪是那么好告的？"

"大人放心，"池鱼微笑，"您敢升堂，我就敢告。"

话未落音，旁边的云烟出手如电，飞快地抢了状纸就撕成了粉末，朝着她的脸一撒，面无表情地道："余小姐说了，您如今的身份，没资格来这里。"

雪白的碎纸纷纷扬扬地落下来，池鱼挑眉看了他一眼，拍了拍手："昔日悲悯王爷身边猛将，如今成了女人裙子下的傀儡，云烟大人真是厉害啊！"

这话说得两个人心里都是一跳，余幼微低斥："你瞎说什么？"

"是不是瞎说,两位心里有数。"池鱼耸肩,"不过状纸这东西,我准备了很多份,云烟大人继续撕吧,撕完我再拿。"

说罢,又拿出一份一模一样的,递到徐清袖手里。

云烟也不跟她客气,伸手接过来就继续撕,眼里也带了嘲讽之意:"那就看你准备得够不够了。"

大堂里碎纸飞扬,余幼微觉得有点儿好笑,看着单薄的宁池鱼,勾唇道:"以前你没法跟我争,现在也一样。宁池鱼,你得看清楚自己的身份啊,别总不要脸地凑上来,跟狗似的惹人嫌……"

"啪!"

话没说完,池鱼出手极快,一巴掌扇在了她的脸上,声音清脆,响彻整个廷尉衙门。

云烟只顾着撕状纸,一时间没反应过来。

余幼微也蒙了片刻,直到脸上火辣辣的疼传过来,才尖叫一声,发了狠似的朝宁池鱼扑了过去:"你敢打我,你还敢打我!"

脸上疼得厉害,怕是要肿了,余幼微气得眼睛都红了,抓着她的衣裳就死命地扯:"宁池鱼,你是什么低贱东西,还敢对我动手?我打死你!"

冷笑一声,池鱼一只手就抓住了她两只手腕,眼神如冰,冰下却又有汹涌的水:"余幼微,最该打你的人就是我,你不觉得吗?"

骗她信任、抢她男人、害她性命。余幼微已经把所有能对她造成打击的事情全部做完了,哪里来的脸反过来骂她?

挣扎了两下,发现力气上来说压根不是宁池鱼的对手,余幼微软了身子,可怜兮兮地喊:"云烟!"

云烟回过神来,飞快地一掌逼开池鱼,皱眉道:"公堂之上也敢伤人,谁给你的胆子?"

"我给的。"红色的袍子拂过门槛,一头白发扬在身后,门口有人朝这边走来,声音森冷,"你要是不服气,来找我说。"

沈故渊信步走进大堂，伸手就拿过池鱼手里的状纸，往徐清袖手里一放，然后看着面前脸色骤变的云烟道："你再撕一个我看看。"

云烟脸上一阵青白，手腕隐隐作痛。

上回挡了他一下，就被沈故渊震伤了手，云烟心里清楚，自己的武功在这个人面前不值一提，连反抗的必要都没有。

"不撕了吗？"沈故渊勾了唇，半合了眼看着他，"我徒儿精心给你准备了十张状纸，你不撕，是不是白费她一番心血？"

"三……三王爷。"云烟后退一步，低下了头。

余幼微心里气得很，怎么每次都有人来给宁池鱼出头？

看看云烟，再看看沈故渊，她自己也清楚硬来肯定不行，忍了忍，换了一张笑脸上前："三王爷，咱们这两日总是遇见，也真是巧了。"

"不巧，"沈故渊转头看向她，认真地道，"我就是专门来找你们麻烦的。"

余幼微笑容一滞，委屈了起来："您上回还与小女说得好好的呢，这一转眼，怎么又这么凶了？"

"哦，差点儿忘记了。"沈故渊回头看向身后的宁池鱼："上回余小姐说与你之间有些误会，想跟你道歉。"

余幼微嘴角抽了抽。

"真的吗？"池鱼很配合地双手捧心，期盼地看着余幼微，"你要给我道歉？"

怎么可能？那些是用来糊弄沈故渊的话，她凭什么给她道歉？余幼微脸上有些尴尬："这个……"

"嗯？骗我的？"沈故渊眯眼，"余小姐城府可真深啊。"

"不是不是。"余幼微连忙摆手，暗暗咬牙，权衡一番，朝宁池鱼敷衍地颔了颔首，"以前我与池鱼之间的确有误会，我道歉。"

"嗯？"池鱼皱眉，"世家礼教，赔礼道歉若是真诚，都要下跪。"

"你……"余幼微摸了摸自己的脸,委屈得很,"你打了我,还要我跟你下跪道歉?"

"很过分吧?"池鱼笑不达眼底,"就像是你抢了我的东西,还要反过来置我于死地一样。"

余幼微咬了咬唇,可怜兮兮地看向沈故渊:"王爷,她得理不饶人,怪不得小女啊。"

"她的确做得不对。"沈故渊点头。

余幼微一喜,揉着帕子道:"小女也不是胡搅蛮缠的人,今日王爷来了,那小女给您一个面子,就先走一步了。"

沈故渊冷笑,往旁边站一步就拦住了她的去路。

"王爷?"余幼微不解地看着他。

"我说我徒儿不对,是她处理的方式不对。"伸手又拿了一份状纸在手里,沈故渊嘲讽地道,"丞相家的千金亲自来保释,那这状纸上怎能只告悲悯王府啊,还要加上丞相府才对。"

终于明白了这沈故渊是在戏耍自己,余幼微脸上难看得很,愤恨地道:"悲悯王府和丞相府也是你们能告的?当心引火烧身!"

"这个就不劳你担心了。"沈故渊道,"还是担心一下你的婚事能不能如约完成吧。"

这话是什么意思?余幼微不明白,等她反应过来的时候,自己已经被扭送到了堂下。

沈故渊在旁边站着,看了看外头的天色,耐心地等。

丞相家的千金被押在廷尉衙门啦!

这消息不知为何就跟长了翅膀一样,飞快地传遍整个京城。沈弃淮急急忙忙赶过去,就见四大亲王都到了,余幼微正跪在堂下哭。

"这怎么回事?"皱了皱眉,沈弃淮走进来道,"好歹是世家小姐,哪能抓来这里审?"

徐清袖连忙摆手:"与下官无关,今日余小姐是自己来的。"

沈弃淮皱眉看向余幼微,后者咬唇,看了看云烟。云烟连忙凑到沈弃淮身边,说了一遍来龙去脉。

眉头松了松,沈弃淮轻笑:"还以为是什么事,原来是因为这个。"

沈故渊坐在一旁,面无表情地看着他道:"余家小姐是你的未婚妻,如今买凶杀人,王爷倒还笑得出来。"

"此事,本王一早知道。"沈弃淮朝那边的孝亲王等人拱手,很是从容地道,"与幼微无关,她只是来还宣统领人情罢了。"

宣统领?孝亲王皱眉:"这与宣统领有什么关系?"

"皇叔有所不知。"沈弃淮道,"那几个牢里的犯人,是宣统领的人,宣统领如今琐事缠身,分身乏术,故而托幼微来替他赎人。幼微一个女儿家,哪里知道什么事情?只是以前被宣统领救过,想着来还个人情。"

这借口找得好,瞬间把所有罪名都推到了宣晓磊身上,跪着的余幼微还连连点头。

池鱼忍不住冷笑出声:"余永、方七、鹰眼老三,这些个悲悯王府的死士都能被王爷说成是宣统领的人,宣统领要是知道,该多难过啊?"

沈弃淮眉心微皱,有点儿意外地看着她。

池鱼提着裙子走到堂下,仰起头来回视他:"旁人不知道,我还不知道吗?那可都是王爷从小养大的死士,跟宣统领没半点儿关系!"

第 13 章 情天不老月长圆

池鱼脸上满是执拗,眼里有种奇异的光进出来,池鱼腰杆挺得很直,手也没抖,看着面前脸色渐渐沉下去的男人,微微一笑:"我说得对吗?王爷?"

这突如其来的指控听得在场的人一头雾水,沈弃淮没吭声,余幼微眼珠子转了转,也低头沉默。旁边的孝亲王实在弄不懂,上前两步来看着她问:"这话怎么来?姑娘认识那几个刺客?"

"认识。"池鱼转身跪在余幼微身边,抬头看着上面坐着的廷尉,一字一句地道,"余永十二岁被人贩子卖到镇南王府,因为根骨不错,被沈弃淮收作护卫,后又去少林寺学了两年的武艺,成为沈弃淮的左膀右臂。每次有暗杀任务,他都会带队,提前安排好动手时辰和地点。"

"方七是沈弃淮捡回来的人,有救命之恩,所以很努力地跟着余永学习武艺,一起去办沈弃淮吩咐的事情。他家住京城以东的永来村,家里还有一个年幼的妹妹。"

"鹰眼老三是江湖中人,武功本就不错,但因为杀了官宦人家的公子被官府通缉。沈弃淮收留了他,给他饭吃,他也就为沈弃淮卖命,一年的俸禄,怕是比廷尉大人都高。"

一口气说完,池鱼朝沈弃淮笑了笑:"我要是有半个字说得不对,请王爷指出。"

沈弃淮低头看着她,轻笑一声:"你就这么恨我?"

"不恨了。"池鱼耸肩,"只是把我以前对您的纵容和没有立场的维护,统统收回来而已。"

她从来就不喜欢做沈弃淮给她的任务，以前是想着他会高兴，会高枕无忧，她愿意蒙蔽自己的良心，做一些她不认同的事情。

但现在，都被人利用殆尽，过河拆桥了，她还给他留什么余地呢？这地狱，她陪他下去又何妨？

沈故渊轻笑一声，修长的手指敲着椅子的扶手，心情很是不错："这几个刺客来头可真是不小，既然原告说得这么详细，那核实一下便知真假。"

"不必了。"沈弃淮淡淡地道，"这些人，的确是悲悯王府的人。"

"哦？"孝亲王眉头紧皱，"那你方才为何要扯上宣统领？"

沈弃淮笑而不语，旁边的云烟立马跪了出来，拱手朝沈弃淮道："王爷不必再维护卑职，卑职自己擅作主张，后果也该自己承担。"

"你哪里承担得起？"沈弃淮叹息，"这罪落在本王身上，至多不过罚俸禄，赔礼道歉。可落在你身上，就不是简单的事情了。"

"那也不能要主子来替卑职收拾残局。"云烟以头抵拳，"卑职敢做敢当，这些人都是卑职派出去的！"

好一出主仆情深的大戏，池鱼看得冷笑连连，心想怪不得沈弃淮那么护着云烟呢，出什么事情云烟都二话不说地站出来顶罪，真是一只乖巧得很的替罪羔羊。

孝亲王沉着脸色看着他们："这到底是怎么回事？弃淮，你的亲卫，为什么会派人去杀故渊的徒儿？"

"孝亲王有所不知，"云烟转头拱手，"此女子名宁池鱼，并非三王爷的徒弟，而是先前死在遗珠阁里的池鱼郡主。"

此话一出，众人哗然，下头跪着的池鱼也挑了挑眉。

四大亲王脸色难看得很，看着他们的眼神，仿佛在看一场闹剧："池鱼郡主不是已经死了吗？"

"托师父的福，没有死成。"池鱼乖乖举手，自己抢过话来解释，"遗

珠阁不小心失火,要不是我恰巧外出,怕是要真的死在里头了。"

"你怎么不早说?"孝亲王瞪眼,一把将她拉起来,"池鱼丫头,你可是郡主啊!有什么不能同咱们好好说?闹成这样,像什么话?"

池鱼抿了抿唇,苦笑:"皇叔,我没法儿说,毕竟悲悯王爷一早就打算娶余小姐,我活着是多余,不如死了成全他。"

孝亲王目瞪口呆,震惊地扭头看向沈弃淮:"你也一早就知道?"

"是。"沈弃淮垂眸,"但她已经是三王爷的人了,并且对本王有些误会,也不愿意原谅本王,所以……索性装作不认识了,她过得开心就好。"

话说得漂亮,在场的人却也不全是傻子。沈弃淮权势滔天,说要立妃的时候,不少高门大户上门说媒,他不愿得罪人,就推说要立池鱼郡主,装得一副深情款款的样子,然而,宁池鱼一死,他就要娶丞相家的千金。算盘打得好啊,既不得罪人,又能得丞相家的助力。

如今一看,遗珠阁当初那场火灾,怕是没那么简单。只是,这到底是沈弃淮的家务事,旁人不好插手,顶多只能碎嘴两句。

孝亲王气得说不出话,很是失望地看了沈弃淮一眼:"宁王为国战死,功绩累累,他的灵位,是先皇亲手捧进宗庙的。他的女儿交给你,你就是这样对她的?"

"皇叔,"沈弃淮皱眉,"我对她如何,这么多年,你们看不清楚吗?"

池鱼垂了眼眸,孝亲王也连连摇头:"你以前对她如何我不管,现在,你既然知道是她,还纵容手下暗杀她,这算是什么心思?"

"王爷有所不知!"云烟皱眉,"池鱼郡主不满主子,加害主子在前,主子大度不与她计较,只是我们这些做下人的看不过去……"

"你也知道你是个下人?"孝亲王冷笑,挺着胖胖的肚子往他面前一站,"你是不是觉得,有弃淮护着,你犯事了也没什么关系,所以这么理直气壮?"

云烟头皮一紧,低头不吭声了。

孝亲王握紧了拳头:"我沈氏皇族的人,就算家破人亡,也还是皇族中人，轮不到你个下人来欺负！"

"皇叔……"沈弃淮皱眉。

"你别说了。"孝亲王大手一挥，"你的护卫愿意承担全部罪责，就让他担，秋后处斩！"

"皇叔！"沈弃淮有些恼怒，"您怎么总是这般不讲道理地护短？"

四大亲王之中，他最看不顺眼的就是孝亲王，太过维护皇室中人，却从来不把他当真正的皇室中人。

"律法严明，有胆敢刺杀皇族中人者，斩！"孝亲王问他，"本王按律行事，哪里不讲道理？"

沈弃淮眉心紧皱，深深地看他一眼，挥了挥袖子："皇叔一意孤行，那本王也没什么好说的。"

沈故渊撑着下巴在旁边看着，眼里趣味甚浓。

廷尉府里狂风卷过，一片狼藉。云烟入狱，余幼微因为没有实打实的证据而逃过一劫，但名声传出去，已经是人人嗤鼻。

池鱼身子还在微微发抖。

"你啊你啊，"沈故渊叹息，"在人前胆子那么大，什么都敢说，人后怎么就跟只落汤猫一样，瑟成一团？"

池鱼牙齿打战，吞吞吐吐地道："我等这一天好久了。"

本来不打算自曝身份的，毕竟身上什么证据也没有，只要沈弃淮说她不是宁池鱼，她就不是宁池鱼。

但没有想到，云烟会突然说出她的身份，企图以此为借口脱罪。真是天真，有护短的孝亲王在，说出她的身份对他们有害无利！

不过，她终于又能以宁池鱼的身份过活啦！今年年终祭，还是能去祠堂祭拜父王母妃。

想到这里，池鱼勾了勾嘴角，眼里满是轻松的笑意。

"沈弃淮今日被惹怒了。"沈故渊低声道，"他发起狠来也是很可怕的，

你做好准备了吗?"

"做好了,"池鱼微笑,"我还有一笔账,想算在他和余幼微两个人头上。"

这要怎么算?沈故渊挑眉,好奇,但是没问。

"如今的形势,已经容不得我们退让了。"

悲悯王府,沈弃淮看着眼前的余丞相,严肃地道:"今日算是与孝亲王他们撕破了脸,往后,得我与丞相相扶持了。"

"这个好说。"余丞相点头,"朝中不少文书是往我这儿递的,与老夫交好的官员也不少。要分党派,咱们可不会输。"

这话说得不假,三公之首的丞相,加上颇有威信的悲悯王爷,肯跟他们一条船的人没两天就挤满了悲悯王府。朝堂之上,沈弃淮说一句话,应和的人也不在少数。甚至,他请假一日不上朝,朝堂上少了的官员将近三分之一。

"国家不幸啊。"御书房里,孝亲王叹息,"镇南王养虎为患,引狼入室,如今苍生怕是要迎来一场浩劫了。"

"这与镇南王有什么关系?"静亲王皱眉,"当初觉得他是可造之材,能为皇室分忧的,不是咱们吗?"

是啊,当初在皇室里选拔能辅佐幼帝之人,沈弃淮是表现最出色的,是他们几个商量决定的让他做王爷。谁承想……

"目前来看,沈弃淮不过是示威,将他在朝中的影响力展示出来给各位看而已。"旁边优哉游哉喝着茶的沈故渊道,"各位这么着急做什么?"

忠亲王回头,满脸严肃地道:"真等到他篡位那天再急,就来不及了!"

"他凭什么篡位?"沈故渊挑眉,"不是沈氏皇族血脉,名不正言不顺,除非他杀光所有沈家人,但显然,那是不可能的。"

"就算不篡位,让他继续把持大权,也不是个事儿。"孝亲王叹息,"原本以为你回来了,能不动声色地把大权收回,谁知道沈弃淮反应那么激烈,直接与咱们对上了。"

朝中的形势不明，少部分人跟着站队，大多数还在观望。可今早送来他这里的奏折，比以前已经少了三分之一。

"直接对上也没什么不好，"沈故渊依旧很从容，"不破不立。"

一看他这态度，孝亲王不乐意了："故渊，你太乐观了，那沈弃淮朝中党羽众多……"

"皇叔，"旁边的池鱼笑眯眯地端了茶给他，"您先冷静冷静。"

这还怎么冷静？孝亲王瞪眼如铜铃。

池鱼轻笑，把茶盏塞进他的手里，将他按在了旁边的太师椅里，低声道："您仔细想想，自从三皇叔回来，朝中有什么变化？"

朝中的变化嘛，无非就是……

等等！孝亲王眼睛一亮，放了茶就站起来看向旁边的忠亲王："杨延玉的案子在审吗？"

"在，由本王负责。"忠亲王点头。

"说起来，三司使钟无神也牵扯进了贪污案，最近正在他府里取证，三司使一职已经由文泽章暂代。"义亲王道，"这件案子，交到本王手里来了。"

"可巧，"静亲王挑了挑眉，"禁军前统领宣晓磊的案子在我那儿，知白在审他。"

孝亲王激动地一拍手，转头满脸兴奋地看向沈故渊："秋收贪污的案子，牵扯了太尉府、三司使，连带着宣统领也入狱。这三个人，可都是弃淮的左膀右臂啊！"

"是啊，"沈故渊不紧不慢地道，"我没砍他手臂，但他现在要用这些人是不可能了，除非他知法犯法，李代桃僵。不过，只要他敢动，就会有把柄落在咱们手里，现在，沈弃淮才是该着急的那一个。"

四大亲王眼睛都是一亮，相互看了看，齐刷刷地盯向沈故渊。

沈故渊面无表情地把池鱼扯了挡在自己面前，道："别想全扔我一个人身上，搞不定。"

"不不不！"孝亲王蹭到他旁边坐下，笑得脸上褶子都皱成了一团，"本王的意思是，有你在，咱们就可以放心些了。"

"别，"沈故渊摇头，"我初来乍到，这朝中规矩，沈弃淮比我熟悉得多，暗中的门路也比我更清楚，单论胜算，他比我大。"

池鱼被他捏着两只胳膊，迎接着亲王们炙热的目光，忍不住咽了口唾沫，低声道："师父又不是万能的。"

"池鱼啊，"静亲王笑道，"你在故渊身边也有些时日了，难不成还不相信自家师父的本事？"

"相信是相信，但……"池鱼抿唇，张开手站在沈故渊面前护着他，认真地道，"有本事归有本事，要他一个人做那么多艰险的事情，我不同意。"

沈故渊微微一愣，抬头看了她一眼。

面前的小丫头背对着他，背脊挺得直直的，很有老母鸡的架势，一板一眼地道："他肯回来继续为皇室效力，已经算是难得了，各位王爷都是朝廷栋梁，这皇室兴亡也与你们息息相关，为什么全压在他身上？那万一沈弃淮奸计得逞，你们岂不是要全怪我师父？"

孝亲王哭笑不得："池鱼，你师父不需要你护着，别看他这躲躲闪闪的，他心里清楚着呢。"

"那我也不管。"池鱼抿唇，"大家有福同享，有难同当！"

几个亲王都被她说得一顿，冷不防，却有人失笑出声，声音清亮，听得人心里一跳。

池鱼眨巴着眼回神，就见自己身后的人撑着额角笑倒在了太师椅里，一双美目波光流转，潋滟之间若骤雨初停，山色湖光上好。

咽了口口水，池鱼有点儿脸红："师父您笑什么？"

"没什么，"沈故渊深深地看着她，嘴角仍勾，"我高兴收了个好徒儿。"

心口被这话一撞，池鱼不好意思地摆手，咬牙低声道："皇叔们都在，您注意些！"

"有什么关系？"沈故渊戏谑地道，"就辈分来说，你也得喊我一声皇叔。"

本来是御书房互相坑蒙的紧张气氛，这两人竟然还调起情来了？孝亲王连连摇头，将池鱼丫头拉到旁边站着，低声道："等事情商量完了你再说话。"

池鱼委屈巴巴地看他一眼，伸手捏住了自己的嘴。

"故渊啊，"静亲王笑道，"咱们几个也不是要坑你，今儿个起，你要做什么，咱们这些当皇兄的人都配合你，如何？"

"这倒是可以商量的。"沈故渊颔首，"等有事情了，我必定派人去知会您几位。"

"好说好说。"孝亲王搓搓手，终于是兴奋了起来，"他们给了咱们下马威了，那咱们也还回去一个吧。"

毕竟是皇室宗亲，他们手里捏着的自然都是很重要的东西，别的不说，沈弃淮想娶余幼微，司命说八字不合，那他们就成不了。

朝中两党逐渐形成，开始针锋相对了，池鱼也紧张起来，每天起床就换好衣裳，身子紧绷地蹲在床边看自家师父。

沈故渊睁开眼，不意外地就能看见两只瞪得比月亮还大的眼睛。

"做什么？"他微微皱眉，不耐烦地扯了被子裹住自己。

"师父今天也不用出门吗？"池鱼眼里满是期盼地看着他，"不用去衙门之类的地方看看？再不济进个宫也好！"

莫名其妙地扫她一眼，沈故渊道："我出去做什么？外头那么冷。"

"可是……"池鱼紧张地道，"沈弃淮最近动作颇多，整天就在外头走动，上下关系打点得可好了！"

"随他去。"困倦地闭上眼，沈故渊不耐烦地道，"你一个小丫头片子，关心那么多做什么？琴课练完了？"

"练完了！"池鱼挥舞着爪子，焦急地道，"琴课压根不是重点啊，师父，咱们不能坐以待毙！我想好了，沈弃淮做的坏事，我统统可以揭发出来，

第13章 情天不老月长圆

这样就能让他在朝中威信动摇！"

"嗯，"沈故渊淡淡地道，"然后把你自己拖下水，说不定还得去大牢里待着。"

"这有什么关系？"池鱼道，"只要能牵制住他，我又不怕住大牢。再说了，有师父在，我怎么都是周全的！"

沈故渊眉心微皱，睁开眼看着面前这人："你这是主动要求我利用你？"

"不算利用，"池鱼耸肩，"大家互相帮助嘛。"

沈故渊轻哼一声："你老实睡觉就算是帮了我的忙了。"

池鱼不甘心地说："如今四大亲王全指望您掌控全局，我担心您啊！"

沈故渊唇角微勾，心情不错地继续睡了个回笼觉。

池鱼搞不明白了，他这是胸有成竹，还是事不关己啊？要是沈弃淮，肯定二话不说让她帮忙刺杀某某某，抑或是从谁的府邸里偷什么东西出来。但自家师父，她都送上门了，他为什么不用？

一觉睡了个踏实，沈故渊起身，吩咐郝厨子做了很多好吃的，池鱼跟在他身后，依旧在碎碎念："您就算都安排好了，也先告诉我情况啊，不然我会很担心……还有啊，来府上拜访的人，怎么都去南苑了啊？不是应该来看您吗？您还有心情吃糖葫芦！"

咬着糖葫芦，沈故渊问她："想吃烤鱼吗？"

"吃！"池鱼愤怒地回答。

于是，赵饮马过来的时候，就看见池鱼丫头很是怨念地啃着一串香喷喷的烤鱼，见着他来，还可怜兮兮地喊了一声："大哥。"

赵饮马好笑地道："有吃的怎么还不高兴啊？"

努努嘴指指旁边的人，池鱼不高兴得很："他不让我帮忙。"

赵饮马一愣，有点儿意外地看向沈故渊："池鱼有心帮忙的话，咱们事半功倍，三王爷拦着做什么？"

沈故渊看着他，眼睛眯了眯。

于是赵饮马头一转，立马瞪着池鱼道："你也是，一个姑娘家，瞎掺和什么？好好吃东西就成了！"

"喀。"被她盯得有点儿不好意思，赵饮马连忙道，"我是来说正事的，马上就是年终祭典，宫中禁军调派挺大，我头一次接手，有点儿手忙脚乱，想跟王爷要个人来帮忙。"

"谁？"沈故渊挑眉。

"兵部内吏李晟权。"

沈故渊看他一眼："跟你有交情？"

赵饮马挠了挠后脑勺，有点儿不好意思地道："以前是同窗，一起念私塾好几年，后来他入了文官职位，我当了武将，一直没什么机会见面。最近才听闻他因为之前得罪了人，屈居内吏之位两年了。"

"你要这个人情，我可以给你。"沈故渊道，"但他要是不中用，我可拿你是问。"

"多谢王爷！"赵饮马欣喜地拱手。

池鱼啃着烤鱼看着他，觉得自家金兰大哥可真是单纯，人家来要人情，至少都提点儿东西，他可好，一脸傻乎乎地就来了。

不过，这样的人倒是让人觉得舒坦，没什么算计，坦坦诚诚的，可以放心信任。

"对了，知白小侯爷还让我捎个信来。"喝了口茶，赵饮马接着道，"最近沈弃淮正在拉拢内阁的人，首当其冲的就是李大学士，毕竟他在朝中说话的分量也挺重，沈弃淮派人送了不少礼物过去，还一同邀着游湖。"

李大学士？池鱼眨眨眼，总觉得有点儿耳熟。

"这个你不用担心，也让他安心吧。"沈故渊道，"李祉霄他收买不了。"

世上的人少有不爱财的，沈弃淮大把大把的东西砸下去，还有贿赂不到的人？池鱼很怀疑。

然而，傍晚的时候，有人穿着一身斗篷，来了仁善王府。

"池鱼,倒茶。"沈故渊淡淡地道。

宁池鱼从愕然里回过神来,伸手倒了茶,恭敬地递了过去:"大学士请用茶。"

李祉霄扫她一眼,轻笑道:"三王爷还真是了不得,昔日悲悯王府里的郡主,如今竟然在您这里端茶送水。"

"徒儿孝敬师父,本就应当。"沈故渊抿了口茶,伸手递了个盒子过去,"您还是先看看这个吧。"

李祉霄扫了一眼那盒子,并未伸手:"三王爷也行这贿赂之道?"

沈故渊看他一眼,微微皱眉。

李祉霄揣了手嗤笑:"若说贿赂,悲悯王爷今日给的东西,可不是这一个红木盒子能比得上的。原以为王爷有别的话要说,没想到和悲悯王爷却是一路的,那老夫就先告辞了。"

说罢,起身就打算走。

"大人。"池鱼侧身就挡在了他前头,行了个礼,"您不看看怎么知道是什么?"

"这种雕花的木盒,本就是常用来送礼的。"李祉霄嗤笑,"里头不是礼,还能是别的什么?"

"的确是礼。"沈故渊道,"不过不是我送你的。"

微微一愣,李祉霄回头看他:"不送我?"

"这是三司使送进宫里给幼帝的生辰贺礼。"伸手点了点那雕花红木盒,沈故渊道,"大人不好奇是什么东西吗?"

李祉霄顿了顿,想起先前闹得沸沸扬扬的秋收贪污事件,犹豫了片刻,还是好奇地过去打开了那盒子。

温润的玉光流淌出来,惊得人睁大了眼。盒子里的玉观音拈手持瓶,眉目慈悲,雕工天下无双。

"这!"抱出那观音来仔细看了看,李祉霄激动起来,"这是先父陪葬的玉观音！"

最后一个字几乎是咆哮出来的，惊得池鱼都往后退了半步。

沈故渊慢条斯理地道："这是幼帝赐予我的，宫中记有来历，是钟无神送的东西无误。"

"岂有此理！"李祉霄气得浑身发抖，双眼血红，左右看了看，见墙壁上有挂着的佩剑，取了拔出剑就往外走。

"哎！"池鱼回过神，连忙喊了他一声，"大人，您这是做什么？"

李祉霄怒不可遏，没理池鱼，也完全不顾自己是个文官，提了剑就往外冲！

池鱼呆愣地回头看看自家师父，又看看桌上那半开的盒子里的玉观音，咋舌道："这怎么会是陪葬的东西？"

沈故渊撑着下巴，懒洋洋地道："李大学士一生清廉，但为官十余载，积蓄也是不少。他对什么都很吝啬，但是对自己父亲的陪葬品却是大方得很。这玉观音是最主要的陪葬之物，价值千金，乃他一生积蓄购得。"

这还不是重点，重点是陪葬品都被人买成贺礼送进宫了，那李大学士生父的墓……怪不得他发了狂，这放在谁身上能受得了？

池鱼摇头，唏嘘道："钟大人也真是不小心，怎么就买到了这么个东西。"

沈故渊轻笑："这玉观音出土之后卖到了三千金，乃翡翠斋镇店之宝。钟无神也不是故意要买它的，只是它最贵，最利于他的赃银销掉，所以毫不犹豫地选了这个东西。"

要不是他恰好瞧见，这东西也就该被放在国库里，不见天日了。

池鱼嘿嘿笑了两声，凑到自家师父身边，替他捶腿。

"有什么想问的就问。"沈故渊哼了一声，"别来这一套。"

"我这不是怕您不耐烦吗？"池鱼嘿嘿笑了两声，"每次我问您问题，您都不乐意答。"

沈故渊翻了个白眼，道："那也是因为你问的都是些无聊的问题。"

"也不都是啊，"池鱼眨眨眼，"比如徒儿一直很想知道，您为什么什么都知道？那玉观音，既然三司使都没认出来是李大学士生父的陪葬，那您是怎么知道的呢？"

沈故渊一顿，若无其事地端起茶杯："碰巧以前听说过这件事，也看见过这个玉观音。"

"是吗？"池鱼歪了歪脑袋，"会不会有点儿太巧了？"

沈故渊板起脸，不耐烦地道："你要是闲得无聊，就再去练一个时辰的琴！"

池鱼垮了脸，道："您看，您又这样。"

沈大爷不高兴了，跷起腿看着她，一副"老子就这样，你能把老子怎么样"的表情。

池鱼挫败地双手合十，朝他鞠了个躬就跑去抱琴。

自个儿已经被师父里里外外了解得彻彻底底了，可她什么时候才能了解一下师父的秘密呢？

李祉霄硬闯三司府，持剑伤人，被三司府中护卫直接扭送去了廷尉衙门。沈弃淮闻讯，第一时间赶了过去，将李祉霄放了回去。

"这下可热闹了。"沈知白对着池鱼笑眯眯地说道，"一边是犯了事的旧部，一边是正在努力拉拢的大学士，你们猜猜沈弃淮会怎么选？"

池鱼道："以他的性子，两个都会选，都不会放手。"

"这就由不得他了。"沈知白摇头，"钟无神被气得不轻，很明显不会咽下这口气，李大学士更是怒气冲天，仿佛与那钟大人有杀父之仇！嚯，你们是没看见，李大学士瞧着文弱，提剑砍起人来，也是厉害得很呢。"

"他那是气急了，瞎砍。"沈故渊道，"真打起来，他那把骨头，怕不是钟无神的对手。"

"这倒是。"说完了正事，沈知白扭头看着池鱼就道，"我最近得了块好料子，想着也没处送人，就给你做了件袄子，你看看。"

说着，递过来一个绸缎包着的包袱。

池鱼眼睛一亮，伸手就接过来。打开一看，是雪狐的袄子，摸着就很暖和。

"多谢侯爷！"笑眯眯地抱着，池鱼道，"您送得倒是巧，师父昨儿正说要给我做件袄子，这下可省了。"

沈知白眉梢微动，侧头看沈故渊一眼，又看向池鱼道："你喜欢就成。"

"很喜欢！"池鱼感慨地道，"我终于过上了有人赶着给我送裙子的日子！"

"嗯？"沈知白轻笑，"以前没有吗？"

"以前……我可不穿裙子。"皱了皱鼻子，池鱼道，"总觉得绑腿长裤利落。不过现在习惯了，倒觉得裙子好看。"

沈知白心情甚好，伸手轻轻敲了敲桌子，笑道："既然好看，就换上给我看看。"

"好！"池鱼也没多想，抱着裙子就去内室更衣。

外室只剩下了两个人，沈知白微微挑眉，侧头看向旁边一直没吭声的人。沈故渊脸上没什么表情，手指摩挲着茶杯，一下下的，看不出心情。

"三皇叔，"沈知白勾了勾唇，"我好像知道该怎么哄她开心了，多谢。"

"不客气。"沈故渊没看他，只低头看着杯子里浮浮沉沉的茶叶，淡淡地道，"她若是能喜欢你，那自然是最好。"

"这就还得皇叔帮忙了。"沈知白朝他拱手，"马上就要初雪了，在下雪之前，我想带池鱼去个地方。"

"你想让她去哪里，带她去不就好了？"沈故渊道，"我帮什么忙？"

"池鱼最近在屋子里都不爱出去走动。"沈知白无奈地耸肩，"她说要出门得您允准，所以……皇叔不会不帮忙吧？"

沈故渊冷笑："我又没将她捆在这屋子里，什么叫需要我允准？等会儿她换好出来，你带她去就是。"

"好，"沈知白眼睛微亮，"多谢皇叔！"

沈故渊半合了眼,懒洋洋地继续喝茶,余光瞥着落下了帘子的内室。

池鱼兴冲冲地换好衣裳,出来就转了个圈儿:"怎么样?"

雪锦的坎肩上绣着红鲤鱼,白绒绒的狐毛一裹,看起来清秀又高贵。沈知白连连点头:"好看!"

"师父?"池鱼朝沈故渊抛了个媚眼,做妩媚状。

沈故渊斜她一眼,撇撇嘴:"还行。"

一看他这表情,池鱼垮了脸,不高兴地道:"每次都不愿意说句好话,真是不讨人喜欢!"

她喜不喜欢,跟他有什么关系?沈故渊冷哼,挥袖放了茶盏,指着外头道:"跟知白侯爷出去走走吧,今日是晴天。"

"好啊好啊!"池鱼一点儿没犹豫,点头就道,"去哪儿?"

就连迟疑一下都没有?沈故渊眯了眯眼,似笑非笑地盯着她:"爱去哪儿去哪儿!"

"池鱼,"沈知白站起来,挡住了沈故渊的脸,笑得兴奋地道,"我发现了京城外头一处好地方,刚修的,可漂亮了。趁着还没下雪,赶紧去看看!"

"是吗?"池鱼眼睛亮了起来,"好啊,但是什么时候回来?"

"要不了两个时辰的。"沈知白拉起她的手,直接往外跑。

"咦?"池鱼跟着跟跄两步,回头看着沈故渊问,"师父不去吗?"

"不去。"

池鱼微愣。

那红衣白发的人如石像一般坐在主位上,表情看不太清楚,周身好像都被一团黑雾罩着,应该是屋子里光线太暗了,没有点灯。在她愣神的间隙,沈故渊起身,漫不经心地往内室的方向走。

师父是不愿意出门吧?池鱼想了想,收神看向前面:"小侯爷,您乘车来的吗?"

"嗯,就在外头。"沈知白一笑,唇红齿白。

池鱼点头，提着裙子跟着他上车，往他所说的好地方而去。

两边的梅花倒退，路的尽头好像是一座寺庙，只是，与别的红墙黄瓦不同，那寺庙是白墙红瓦，错落的几间大殿，远远瞧着就觉得漂亮得很。

"这是什么地方？"池鱼惊喜地问。

"月老祠。"沈知白道，"最近才完工的，听闻里头算命很灵，花也很香，签也很准。"

这种地方，池鱼自然是一次也没来过，只管睁着一双大眼睛好奇地瞧着。

"廿四风吹开红萼，悟蜂媒蝶使，总是因缘，香国无边花有主。"到了门口，池鱼瞧着联子就念。

沈知白失笑，张口就接她的下联："一百年系定赤绳，愿秾李夭桃，都成眷属，情天不老月长圆。"

好像很有意思啊，池鱼咋舌，提着裙子就跨了进去。

"当——"不知哪儿的钟声响了一下，池鱼茫然地回头看了一眼，就看见屋檐上伸出的梅花，花蕊芬芳。恍惚间让她好像看见了沈故渊的脸，颜色倾城，香气四溢。

低笑一声，池鱼摇头，跟着沈知白往里头走。

这庙宇是新的，石像却像是从别的地方请来的，色彩斑驳，慈眉善目，黑色的头发绾得规规矩矩，一身红袍拢袖，手里还捏着长长的红线，瞧着就很灵的样子。

深吸一口气，她闭上眼。

月老啊月老，我上回求错了姻缘符，烧得一身伤，痛彻心扉。这回再来求，你可莫要再坑我！

"啪！"有竹签掉了下来。

池鱼睁眼，兴高采烈地捡了那竹签捏在手里，然后继续闭眼小声念："家有一师，弱冠之年早过，还未得良缘，请再赐一签。"

竹签落地，池鱼瞬间就忘了自己旁边还有个小侯爷，抱着两支竹签就

去找解签人。

沈知白伸手想喊她,可看她蹦蹦跳跳的样子那么开心,倒也有些不忍心。低笑一声,看了看被她放在地上的竹签筒,捡起来也在蒲团上跪了下去。

"啪。"有签出来了,落在地上清脆地响了一声,沈知白笑着睁眼去拿,低头一扫,脸上的笑意瞬间僵住。

"姑娘手中的这支签上面写着'前世姻缘今生了,枝节却生早。柳暗花明又一村,良人险中生,",白胡子的解签人摇头晃脑地念着,眼睛一瞟,朝池鱼伸手,"承惠,解签三十文一支。"

"哦!"池鱼老老实实地就掏出了荷包,拿了六十文钱给他,然后眨巴着一双期盼的眼睛,等着他继续说。

白胡子收了钱,嘴皮子瞬间利索起来:"姑娘,你遇见过错的人,枝节横生,但有惊无险,你的良人已经出现啦!"

"是吗是吗?"池鱼兴奋地问,"是谁啊?"

白胡子莫名其妙地看着她:"这小老儿哪里知道?签文上又没写,只是说你的良人多半会出现在一个险境里。"

险境吗?池鱼似懂非懂地点头,连忙把另一支签递了过去:"这是一个男子的,我替我师父求的。您看看?"

白胡子从容地接过来,自信满满地打算念,一看签文,胡子抖了抖。

"怎么了?"池鱼伸过脑袋去,关心地道,"您不认识这些字儿吗?还是看不清?我来帮您念……"

"不必!"白胡子慌忙护了那签文,咽了口唾沫,哆哆嗦嗦地看了池鱼两眼,把方才收她的六十文钱拿出来,塞回她的手里,"这根签文小老儿不会解,钱还你。"

"哎……"池鱼纳闷了,"为什么不能解啊?"

"小老儿还有事。"白胡子战战兢兢地起身,抱着那竹签就跑,"还有事啊!事情可多了!告辞!"

说完就"咻"地蹿出去了十丈远,那步伐之矫健,完全不像一个上了年纪的人,看得池鱼哭笑不得。

没人解签了,她扭头就想走,却看见沈知白神色凝重地捏着自己的那支签,站在后头不远的地方。

"小侯爷!"池鱼这才想起自个儿把人家忘了,心虚地跑过去,比画道,"那个解签的人说不解了,跑掉了,您这签文恐怕也……"

"无妨。"勉强笑了笑,沈知白道,"咱们再去看看梅花吧。"

"好。"池鱼点头,兴冲冲地就朝梅林里走。

沈知白看了看她的背影,低笑一声,潇洒地将手里的竹签扔了出去。

红白的签子,该写着签文的那一面却是空的,一个字也没有。

"沈弃淮不顾司命反对,也要与余幼微完婚。"第二天一早,沈故渊对池鱼淡淡地说道,"婚礼从简,只求余幼微立马过门。"

"这样啊。"池鱼歪了歪脑袋,感觉自己没有想象中那么激动了,"他们想成那就成呗。"

"你还活着的消息已经在京城传开,他们成亲,外头传的话必定不太好听。"沈故渊道,"你可想好了。"

"这有什么想好不想好的?"池鱼苦笑,"我也没办法啊?"

沈故渊闭眼:"办法是有的,就看你愿不愿意。"

"嗯?"池鱼好奇地问,"什么办法?"

沈故渊道:"你先出嫁,他们的婚事就波及不到你。"

微微一愣,池鱼看了看他,突然有点儿脸红:"这……这……"

"沈知白喜欢你很久了,你若是愿意,他必定不会有异议。"没有看她,沈故渊声音清冷,"嫁给他的话,你也必定不会吃亏。"

刚刚还泛红的脸瞬间变白,池鱼怔愣了片刻,像是没听清楚:"您说嫁给谁?"

"沈知白。"沈故渊侧头,半睁开了眼,"你不也挺喜欢他的?"

心里一慌,池鱼坐起身子,有点儿手足无措:"嫁……嫁给小侯爷?可是我……"

心口一凉,凉到了四肢,池鱼呆呆地坐在床上看着面前这人,觉得好不容易在废墟上重建的屋子,顷刻间又塌了。

"别这个反应。"沈故渊皱眉,"活像我欺负你似的。"

"师父没有欺负我。"定了定神,池鱼语气平稳地道,"是我多想了,我以为……"

以为师父的心里,一定是有她的位置的。

然而,这是个比沈弃淮喜欢她还更大的笑话,笑得她想哭。怎么就无端地自作多情起来?师父这样的男人,能对她有什么想法?

多情总被无情扰啊……

池鱼装作若无其事地道:"我答应过师父的,师父帮我,我就找个好人嫁了。既然师父觉得小侯爷是个好人,那一切任凭师父做主。"

池鱼在他旁边坐下来,继续说道:"只不过,我和小侯爷交流还不够多,师父要是贸然说媒,也挺唐突的。眼下正是朝中闹腾的关键时刻,不如就再等几个月,反正我也不着急。"

"随你。"沈故渊神色缓了缓,撇嘴道,"反正外头的人指指点点的又不是我。"

"三王爷!"外头有人喊了一声,沈故渊抬头,就见赵饮马穿着一身铠甲冲了进来,脸上兴奋又担忧,"宫里打起来了!打起来了!"

池鱼一惊,立马跳起:"谁跟谁打起来了?"

"李大学士和钟无神,当着幼帝的面直接打起来了!"赵饮马豪迈地拍了一下桌子,"我奉皇命,把他们两个都关进了天牢,想着反正出来了,正好来报个信。"

"这可热闹了。"沈故渊轻笑,"李祉霄可不是会善罢甘休的人,但钟无神也不是个软柿子。"

"那可不！"赵饮马忍不住比画，"李大人一玉牌下去，给钟大人头上砸出这么大个窟窿！这么大！钟大人也不是好惹的，当即还手，把李大人推得撞在了石柱上，半晌没回过神。幼帝当场就吓哭了，孝亲王震怒，直接将这两人一起关了，大夫都没让请。"

池鱼咋舌："皇帝面前都敢打架？"

"不只打，还骂呢。"赵饮马瞪眼道，"李大人说已经同内阁中人一起写了奏折要弹劾三司使贪污，钟大人反口就骂他直娘贼，气得李大人当朝就指认他贪污秋收国库之粮食银两，说要查不出来，他自愿革职！"

池鱼拍了拍手，基本能想象到此话一出，旁边沈弃淮的表情。

本来还想和稀泥，现在这两个人他只能择其一了，不能两全。这对于沈弃淮来说，无疑是个噩耗。

"李大人肯定不用革职。"沈故渊淡淡地道，"他能查出来的。"

"为什么？"池鱼和赵饮马齐齐问。

用看傻子的表情看他们一眼，沈故渊薄唇一翻，吐出四个字："见风使舵。"

沈弃淮年纪轻轻就能在官场里混得如鱼得水，那是有他自己的本事在的。见风使舵这一招属于基本功，他自然用得炉火纯青。

如今的形势，李祉霄他拉拢了一半，钟无神是他的旧部，一个生龙活虎，一个危机重重。聪明如沈弃淮，不用想都知道应该站在谁那一边。只是，表面上的功夫要做得好，不然就容易翻船。

"内阁的折子已经递上去了。"大牢里，沈弃淮站在钟无神面前，很是头痛地道，"本王也不知道李祉霄为什么这般针对你，非咬死了你不放，但本王已经做好万全的准备，一定捞你出去，替你脱罪。"

"王爷。"钟无神很担忧，"看李祉霄那态度，这罪，臣恐怕不是那么轻易能逃脱的。"

"那怎么办？"沈弃淮反过来问他。

钟无神叹息，想了许久，咬牙拱手："王爷尽力而为，若实在逃不过这

一劫，咱们再想办法。"

"好。"沈弃淮诚恳地答应了他。

但是一转身，他就去了李府。李祉霄已经被释放在家，沈弃淮上前去，开门见山地道："大人想除去钟无神，本王有法子。"

这一手"两面说好话，双方不得罪"玩得甚是纯熟，沈弃淮从容不迫，以精湛的演技和能灿莲花的口舌，博得了李钟双方的一致好评。

于是，几天之后，钟无神稀里糊涂地就被铁如山的罪证定了个斩立决，家产全数充公。

"王爷猜的真是半点儿不错。"李祉霄放下手里的茶，看向对面的沈故渊，"悲悯王爷当真放弃了钟无神。"

沈故渊淡淡地道："他的心思不难猜，倒是大人的心思，比他还难猜些。"

"哦？"李祉霄似笑非笑，"老夫的心思怎么了？"

"如今朝野分两派，沈弃淮一派声势浩大，朝中百官也纷纷朝他靠拢。他现在已经向大人抛出了足够有诚意的邀约，大人为何还是来了我仁善王府？"

闻言，李祉霄眼里都带了笑意，啜一口茶，长出一口雾气："这还要问个为什么吗？家父遗训，我李家子孙，当忠于沈氏皇族，不得有忤逆之心。"

他是一向最听父亲的话的，只是，沈弃淮不那么觉得，在他的世界里，所有气节和执念都是可以用钱收买的。

既然他非那么觉得，那他就配合一下也无妨。

沈故渊失笑："大人还真是浊世里难得的清佳之人。"

"不敢当。"李祉霄拱了拱手，"老夫做事，但凭本心罢了。"

有李祉霄暗地里相助，皇室正统一派气势也逐渐起来了，朝野之上双方对峙，你来我往，也是各有输赢。沈故渊在屋里一步也没出去，但每天都有人来跟他说朝中发生的事情，四大亲王也是隔几日就来一回。

池鱼蹲在远处的角落里远远看着，就见人群包围之中的沈故渊，一头白发格外亮眼，不经意往她这边一扫，美目泛光。

心口"咚"地一下，池鱼连忙低下了头。

"你躲在这里干什么？"旁边停了一双白锦靴，池鱼一愣，仰头一看，就见沈知白一脸好奇地看着她。

"嘿嘿。"池鱼伸了伸手，"小侯爷，我在喂猫。"

沈知白笑道："后日悲悯王府大婚，你要去吗？"

池鱼嘴角抽了抽："我去干什么？看热闹？"

那还不被人当成热闹看？

"也是，"沈知白笑了笑，"那，要不要跟我出去走走？"

又走？池鱼很想拒绝，可转念一想，自家师父是想撮合他们俩的，既然如此，那至少得培养培养感情，不然多尴尬啊，在她眼里的沈知白，就是半个哥哥，现在成亲都改不了口的那种。

"好。"

屋子里的一群亲王正说着正事，侧头却看见沈故渊走神了，眼神凉凉地盯着门口的花瓶，不知道在想什么。

"故渊！"孝亲王哭笑不得，"你有没有在听本王说话？"

"嗯？"沈故渊皱眉，"说什么？"

忠亲王叹息，重复一遍："年终祭典要到了，季大将军也将回朝，我们打算在宗庙祠堂里提一提收回兵权的事情。"

大将军季亚栋领兵出征，早已凯旋，一直没有班师回朝。如今年中祭典将至，按照规矩，他是无论如何都得上交兵权的。只是，这事儿得办得漂亮些，不然很容易横生枝节。

"收兵权是应当的，"沈故渊道，"您几位看着办就成。"

察觉到他的心不在焉，几个亲王凑一起嘀咕了两句："这是怎么了？"

"我看他这魂不守舍的样子，像感情上遇到了什么麻烦。"静亲王颇有经验地道，"我家知白也常常是这个表情。"

要说感情上的麻烦嘛……几个人齐刷刷地从门的方向看了出去。

外头墙角的草堆里，宁池鱼正和沈知白说着话，一脸傻乐的表情，压根没往他们这边看。

沈故渊不耐烦地起身："都说完了吗？说完了各位就先散吧，时候不早了。"

"哎哎……"孝亲王扒拉住了门框，回头看他，"故渊，你是不是也该立妃了？"

沈故渊冷笑："早得很，别操心我，皇兄先生个子嗣出来才是正事。"

孝亲王讪讪地松了手，被推了出去。

静亲王立马也扒拉住门框，很是认真地道："故渊，我有儿子，我得提醒你一句，生孩子要趁早啊！"

"您还是先操心操心您自个儿的孩子吧。"沈故渊眯眼，"他也老大不小了。"

说起这个，静亲王把脚都用上了，一起钩住门框："知白好像有心上人了，就是不肯同本王说，故渊你与他交情不错，有空帮本王套套话？"

"好说，"沈故渊道，"您等着喝儿媳妇茶就是。"

"这么快吗？是谁啊？哎……"

一把将这几个絮絮叨叨的胖王爷都推出去，沈故渊关上门，磨了磨牙。

"咚咚咚——"背后的门又被人敲响了。

沈故渊很是不耐烦地打开，咆哮出声："闭嘴！"

池鱼被吼得一愣，眨眨眼茫然地看着他。

瞧见是她，沈故渊抿唇，开了门让她进来。

"师父怎么这么大的火气？"池鱼笑道，"吓我一跳。"

"沈知白也走了？"沈故渊闷声问。

点点头，池鱼道："跟静亲王一起走了，郑嬷嬷和苏铭在收拾院子。"

"嗯。"沈故渊点头，再无别的话好说。池鱼看了看他的背影，张张嘴，还是选择了沉默。

晚上，池鱼睡在外面软榻上，就听见里屋床上一直有翻来覆去的声音。

"明日就是大婚了。"丞相府里，余幼微坐在妆台前，激动得睡不着，"青兰，该准备的都准备好了吗？"

"回主子，准备好了。"青兰笑道，"王爷真是对主子喜爱有加啊，哪怕司命说八字不合，王爷都依旧要与您完婚。"

"哼，男人就是得吊着，你看，先前我一直求都求不来的婚期，现在定得多快？"余幼微骄傲地扬了扬下巴。

不过，定下归定下，她可不会忘记上次大婚的屈辱。有宁池鱼在，这回指不定还要出什么幺蛾子。所以她已经提前安排下很多人手和埋伏，一旦宁池鱼有什么异动，立马拿下。

准备充足，她就等着看宁池鱼那张悲恸欲绝的脸！

然而，第二天大婚的时候，一切好像都很正常。余幼微上了轿子，一路低调地到了悲悯王府，没行什么礼节，顺顺利利地就进了礼堂。

"宁池鱼人呢？"她轻声问青兰。

青兰尴尬地道："主子，今日来的人不多，也没看见宁池鱼。"

与司命违背的婚事，又有上次的丢脸经历，自然不可能大操大办，有丞相的允准在前，沈弃淮很是简单地就弄好了这次婚礼。

余幼微很不满意，却已经没有回头路可以走了。

算了吧，她想，只要能嫁进悲悯王府，那就已经是令人羡慕的事情了。至于其他的，可以以后再论。

然而，洞房花烛夜，沈弃淮喝得酩酊大醉，抱着她就喊："池鱼……"

余幼微傻眼了。

"对不起，池鱼……"沈弃淮使劲儿抱着她，"本王对不起你……"

无意识的呢喃，听得一身喜服的新娘子如遭雷劈。

第 14 章 师父是妖怪吗

池鱼蹑手蹑脚地往主屋的方向走,却发现那屋子亮着灯。

师父还没睡?池鱼一愣,想推门进去,但玩心一起,没有走正门,倒是潜到了窗户旁边,打算吓自个儿师父一跳!

然而,伸出脑袋往窗户里看的时候,池鱼傻眼了。

红色的丝线飞满了整个房间,沈故渊一人站在最中央,一头白发飞扬,红袍猎猎,好像正专心地弄着什么东西。

池鱼吓了一跳,连忙捂住口鼻,朝另一边看去。

两张单薄的纸,上头各写着三个字,红线缠上去,纸飘落在地,字竟然悬在了半空!

妖术?

正想再看,胳膊突然一紧,池鱼惊慌地回头,就看见郑嬷嬷一脸慈祥地朝她摇头,拖着她去了她的房间。

门关上,池鱼瞪大了双眼,久久回不过神来。

"姑娘没有什么想问的吗?"郑嬷嬷笑眯眯地道。

池鱼咽了咽唾沫,牙齿打战地问:"师父……是人吗?"

她早该觉得不对劲儿的啊,当初在遗珠阁,那么大的火,师父到底是怎么不声不响把自己救出来的?四大亲王和沈弃淮都是疑心很重的人,只不过见了他一面,怎么就纷纷认定他便是失散多年的三皇子?

朝中局势这么纷乱,沈故渊是从哪里知道那么多人的背景和偏好的?他又怎么能一算一个准，将沈弃淮一步步逼到现在这种地步？

这根本不是常人能做到的事情啊……

浑身都忍不住战栗起来，池鱼哆嗦着抓住了郑嬷嬷的衣裳，嘴唇发白地看着她。

叹息一声，郑嬷嬷伸手摸了摸她的头发："嬷嬷也有苦衷，不能告诉你太多，但总有一天你会明白全部的真相。你师父是个嘴硬心软的傻子，他现在也有不知道的事情，所以你得包容他，别离开他。"

抓着郑嬷嬷的衣袖，池鱼好半天才回过神，深吸一口气，长长地吐出去："嬷嬷，我还能问您个问题吗？师父这般救我帮我的原因……到底是什么？"

郑嬷嬷苦恼地皱起眉头，左右看了看，低下身子来凑近她些，小声道："世间诸事，有因就有果。你师父种下了欠你的因，就必须来偿这帮你的果。这是他欠你的，你不用觉得不好意思。"

池鱼愣愣地听着，想了想："那这样说，师父应该是个好妖怪？"

"对……啊？"郑嬷嬷眨眨眼，"怎么就成妖怪啦？"

"他刚刚用的，不是妖术吗？"池鱼抿唇，"我看过神仙的戏，他们都说神仙是穿白衣裳的，穿花里胡哨衣裳的，一般都是妖。"

郑嬷嬷拍拍她的肩膀问："那你觉得你家师父是什么妖？"

认真地想了想，池鱼道："他身上有梅花的香气，也许是梅花精，但长得实在太好看了，世人都说，只有狐狸精化为人形才会倾国倾城，所以……可能是个喜欢梅花的狐狸精。"

"哈哈哈——"郑嬷嬷捶着地狂笑，笑得上气不接下气的，断断续续地道，"喜欢……喜欢梅花的狐狸精，这个身份很不错！"

"那……他会不会突然显出原形？"池鱼瞪着眼问。

郑嬷嬷摇头："他原本就长这样。"

"早说啊。"池鱼大大地松了口气，放下了被子，身子瞬间不抖了，"不会突然变成一只狐狸就行，那就没什么好惊慌的了。"

第14章 师父是妖怪吗

今儿的仁善王府一大早就热闹得很,外头挤满了穿着朝服的官员,叽叽喳喳地说着话。池鱼一打开门,那些人便跟上朝似的鱼贯而入,冲到沈故渊面前就行礼:"王爷,天下大乱啊!王爷!"

"这是怎么了?"沈故渊皱眉,"这个时辰,各位不是该在上早朝吗?"

"幼帝昨晚发了高烧,今日早朝没来。"太师朝他拱手,"但朝中出了大事,悲悯王爷坐视不理,臣等只能前来王府叨扰。"

池鱼和苏铭搬了凳子来给他们坐,整个主院里坐满了官员。

"王爷。"赵饮马严肃地道,"大将军季亚栋已经回朝,然而驻军京城十里之外,不愿上交兵权!"

沈故渊挑了挑眉。

"这哪里像话?"孝亲王脸色铁青,"自古兵权归皇室,将军出征有功,应当卸甲交权,享受功勋才是。季大将军此举,已经有造反的嫌疑!"

"悲悯王爷怎么说?"沈故渊问。

忠亲王皱眉道:"弃淮说季大将军征战两年,刚回京就要他上交兵权,未免令功臣寒心,所以觉得此事应该之后再议。可是,自古以来就没有驻兵离京城十里而不交兵权的情况,这要是有个反心,咱们可怎么办?"

"季亚栋是沈弃淮的故交。"池鱼在旁边低声道,"那也是个小时候受了不少委屈的人,一遇见沈弃淮就相逢恨晚。两人性格有些相似,行事都果决狠辣,不讲道义。"

沈弃淮单一个人还不足以让人畏惧,可加上一个手握重兵的季亚栋,那就不免令人胆战心惊了。

众多重臣脸上都挂着担忧的神色,他们是站在皇室这边的人,可现在的皇室,摇摇欲坠啊!

"此事,我与几位皇兄单独商议吧。"沈故渊道,"各位大人先回家等等,不必太慌张。"

沈弃淮想要的,无非是无上的权力,不让季亚栋交兵权,也是为了自己手里多些筹码，完全可以理解。只是，理解归理解，却是不能纵容的。

池鱼送走了一大群官员，正准备回去，就听得府门口有人喊了一声："池鱼姑娘。"

微微一愣，池鱼回头，那人屈膝朝她行礼，恭敬地道："我家主子在隔壁街的茶楼上，请姑娘一叙。"

悲悯王府的下人。

池鱼眯眼，想了想，跟门房说了一声，提着裙子便跨出了门。

茶香袅袅，沈弃淮坐在高高的茶楼上，看着远处仁善王府大门里进进出出的人，轻笑不语。

"王爷，"池鱼站在他旁边，笑了笑，"新婚燕尔，不陪着王妃，怎么找我来说话了？"

放下茶盏，沈弃淮朝她一笑："你何必打趣本王，你该知道本王并不好过。"

"哦？"池鱼皮笑肉不笑地坐下来，"娶了丞相家的千金，掌握着朝廷大权，这样的悲悯王爷却说自己不好过，岂不是荒唐？"

"池鱼，"沈弃淮抿唇，像以前无数次下令一样，开口道，"我想要这天下最大的权力。"

池鱼皱眉，冷笑道："非沈氏皇族，也想登上龙位不成？"

轻轻敲了敲桌面，沈弃淮笑道："并不是非龙位不可，但……我想进皇陵。"

皇陵是只有历代皇帝才能进去的地方，想进皇陵，还说不是想登上龙位？池鱼翻了个白眼。

"本王舍不得伤害你，所以想提前提醒你一句。"沈弃淮深深地看着她道，"年终祭典，你就别去了。"

"你想干什么？"池鱼眯眼，"年终祭典在宗庙祠堂，有我父王母妃的灵位，我为什么不去？"

"宗庙祠堂的地底下,有一条暗道直通皇陵。"沈弃淮眼里光芒微闪,"这是本王最近才发现的事情。"

暗道?池鱼皱眉:"你跟我说这些干什么?"

"你是我心爱的人,我有什么动作,自然都不会瞒你。"沈弃淮道,"就像以前,我做什么事,都留你在身边,没有让你回避。"

所以她今日才有本事这般报复他!

池鱼沉默。

"本王说这些,不为别的,只想让你避开一场灾难。"沈弃淮道,"宗庙到时候会起乱子,你不在是最好。"

池鱼戏谑道:"您这段日子也是辛苦了,又是来找我说苦衷,又是来跟我扯以前的事情打同情牌,为的无非就是通过我迷惑沈故渊,让他听到我从您这儿听来的消息,混淆他的判断。"

眨眨眼,她笑得灿烂:"然而不好意思,您说的话、给的消息,我以前没有转达给我师父,以后也不会。您这虚情假意的面孔我看够了,没兴趣了,所以到此为止吧!"

潇洒转身,池鱼头也不回地往楼下走。

然而,几个护卫站在楼梯口,瞬间堵死了她的退路。

背后的沈弃淮阴沉沉地道:"我到底还是低估你了,宁池鱼。"

"过奖过奖。"池鱼站在原地,回头看他,"王爷现在是打算杀人灭口?"

沈弃淮冷笑,伸手就要挥。

"您不妨先看看楼下,"池鱼耸肩,"再决定要不要杀我。"

手一顿,沈弃淮皱眉就往茶楼下头扫了一眼。

仁善王府的人来了,将整个茶楼团团围住,只要宁池鱼死在上头,他便跑不掉。

咬咬牙,沈弃淮恼怒地看向池鱼:"本王以前怎么没发现,把你这豹子当猫养了?"

"现在发现也不晚。"池鱼笑着朝他行了个标标准准的福礼,"顺便,王爷大婚,我还没来得及祝贺呢。王妃和您很相配,祝您二位白头到老,永结同心。"

京城的暗涌被季亚栋兵权的问题翻到了明面上来,沈弃淮一党从各个方面针对保皇党的官员,沈故渊也没闲着,与沈知白赵饮马一起,就着秋收之案,将几个高位的人统统挑下马。朝野气氛紧张,宫中渐渐地就不设早朝了,沈弃淮的人每日早上去悲悯王府议事,其余人则都去仁善王府。

"这也是没有办法的事情。"孝亲王叹息,"幼帝年幼,无法亲政,本王早就料到了早朝有废掉的一天。"

"废掉也好,"忠亲王道,"本来朝中还有不少摇摆不定的人,与其在朝堂上天天听沈弃淮吹嘘,不如在家里待着观望,倒戈还慢些。"

说是这么说,几个亲王的眉头却始终没有松开过。

"马上就是年终祭典了。"沈故渊半点儿不着急地道,"到时候,各位可得早点儿来。"

池鱼一听这话,心里不免有点儿慌,等他们都散场了,拉着沈故渊小声道:"师父,您打算做什么?"

沈故渊道:"我要做的,一直都是把沈弃淮拉下马的事情,不是吗?"

他看不明白这些老头子为什么一个个担忧不已,擒贼先擒王,只要沈弃淮失了势,那一切问题都会迎刃而解。

"可是……"池鱼咽了口唾沫,"沈弃淮不好对付,您……打算用别的什么法子吗?"

比如妖术什么的!

瞥她一眼,沈故渊伸手直戳她的脑门:"你脑子里在想什么乱七八糟的?我要对付他,定然是堂堂正正。"

池鱼捂着脑门,眼里担忧不减。

"我问你啊,沈弃淮最看重的是什么?"沈故渊抱着胳膊睨着她。

第 14 章 师父是妖怪吗

池鱼想也不想就答:"权力。"

"那要报复他的话,把他最看重的东西拿走,他是不是会特别难受?"

"会!"池鱼点头,"他会生不如死!"

"那咱们的目的是不是就达到了?"

好像是这个道理,池鱼眨眨眼,突然很感动地道:"师父,您做这些,原来只是想帮我报仇?"

"不,"沈故渊面无表情地道,"我只是想看他难受。"

脸一垮,池鱼撇撇嘴,小声嘀咕两句:"妖怪就是没人性。"

"你说什么?"沈故渊挑眉。

"没什么,没什么。"连忙摆手,池鱼道,"那我就去准备东西了,我也有好多东西要烧给父王母妃。"

说完,提着裙子就跑了个没影。

年终祭祀的日子来了,这天整个京城里的气氛都有些诡异,天亮了街上也没什么人。沈故渊看着,就见各家的马车都在往皇室宗庙的方向走,一路上护卫极多。

"真是谨慎啊,"池鱼小声感叹,"守卫比往年都森严。"

沈故渊一语不发,眼神深邃,像是在想什么事情。

池鱼犹豫了一下,道:"师父当心些,今日沈弃淮必定有动作。"

"我知道,"沈故渊道,"你保护好你自个儿就行。"

池鱼点头,她就算帮不上忙,也绝对不会拖后腿,这一点还是能做到的。

祠堂在皇宫背后的罗藏山脚下,祭祀开始,沈氏皇族嫡亲会进主祠堂,其余皇室子弟会在几个分堂旁边先焚烧祭品,等待仪式吉时。

然而,吉时还没到,一声怒喝就从主祠堂里传了出来。

"这不是荒谬吗?年终祭典他都不来?"孝亲王怒不可遏,"季亚栋是要造反了是吗?"

沈弃淮站在他旁边,平静地道:"王爷息怒,何必当着列祖列宗的面儿这么大火气？季大将军今日卧病在床，来不了也怪不得他。"

"好个卧病在床！"孝亲王冷笑，"你别以为本王不知道你们打的什么算盘！"

今日他们是想借着祭典收回季大将军手里兵权的，赵饮马也已经带了人在各处守着，一切都准备妥当，季亚栋竟然不来。

这不是摆明了不会交兵权吗？刚回京的时候不交，还可以搪塞说是刚刚回京，来不及。那现在呢？七八天过去了，手握兵权驻扎京城之外，安的是什么心？

"皇叔此言差矣，"沈弃淮淡淡地道，"本王和季大将军为国效力，打的只会是对陛下好的算盘，倒是王爷您，一直把我们当外人往外推，怎能不让我们寒心？"

这话里有退让也有威胁，孝亲王听得脸色铁青，握着拳头看着他。

沈弃淮挥手让人关上了主祠堂的门，看了一眼面前的四大亲王以及旁边的幼帝和沈故渊，道："时至今日，明人也不必说暗话。本王自认为国效力不少，虽不至死而后已，但也算鞠躬尽瘁。各位何以这样对本王？"

三司使入狱、宣晓磊定罪，他手里的大权被他们一点点给扯了回去。不就是沈故渊回来了吗？至于这般落井下石？

"我们怎么对你了？"孝亲王面沉如水，"你当着沈氏列祖列宗的面说清楚，你一个外姓之人，镇南王给了你沈氏姓，让你继承他的封地和王位，你不知感恩，还要来怨吗？"

"让我继承他的封地和王位……"沈弃淮嗤之以鼻，"您当真觉得，以镇南王的性子，会让我一个外人继承王位？"

孝亲王顿了顿。

当年发生的事情，他们只是略有耳闻。只知道镇南王爷薨逝，王妃殉情，府中世子也下落不明，按照镇南王遗书，王位给了沈弃淮。本也不该那般草率，但当时正好是幼帝登基，手忙脚乱的时候，无暇顾及那么多，就暂时那

么定了。

谁知道后来的沈弃淮实在出众，帮了他们不少的忙，故而这王位，他们也就默认给他，还重新给了封号，希望他慈悲为怀，怜悯苍生。

"当年的事情没有再提的必要，咱们来说说眼下吧。"沈弃淮冷笑，"我为朝效力多年，你们凭什么一句话也不说，就要剥夺我的权力？难道就因为我不是沈氏血脉？"

孝亲王缓和了神色："弃淮，我们也没有要置你于死地的意思，只是让你休息一下，不必再那么累。"

"那与要我死有什么区别呢？"沈弃淮失笑，指着上头的牌位道，"让你们沈家列祖列宗看看，你们这般过河拆桥，嘴脸有多无耻！"

"无耻的是你吧？"沈故渊抱着幼帝，慢悠悠地开口，"权力本就是沈氏皇族的，你为了权力，心甘情愿地付出精力和辛苦，又不是沈家各位求你的。如今你狼子野心，危害社稷，沈家要收回权力，有什么不对？"

沈弃淮一愣，回头看向他，冷笑："我危害社稷、狼子野心？你问问在座的各位，谁没有野心？"

"休要以小人之心度君子之腹！"静亲王皱眉，"我等有何野心？"

嘲讽一笑，沈弃淮道："你们没人想进皇陵看看吗？"

在场的人，除了沈故渊，都是一愣。

沈故渊微微皱眉："什么意思？"

"啊，你这个流落在外的皇子还不知道吧？"沈弃淮笑了笑，"沈家皇室有个天大的秘密。"

"沈弃淮！"孝亲王怒了，"你休要胡言！"

看着他们这慌张的表情，沈弃淮眼里流出些快意："他当真不知道？你们这些当皇兄的人可不厚道啊，一边利用人家来跟我争，一边瞒着人家，怪不得咱们三王爷一副无欲无求的模样，原来压根不知道。"

"知道什么？"沈故渊挑眉。

"沈氏太祖，在爱妃去世之后，曾为其求九转还魂丹，然而终究没有找到，反倒是为自己求得了长生不老药。可惜他一心求死，于是那药也随他一起下葬。"沈弃淮舔了舔嘴唇，"也就是说，现在的皇陵里，有灵药，常人吃下，可长生不老。"

长生不老一直是凡人追求的东西，尤其是位高权重的人，想延续自己享受的时日，就会求此药。这可比皇位还诱人。

沈故渊微微皱眉，看了旁边的四大亲王一眼，他们眼里的欲望没有沈弃淮这么浓，可要说不想要，那是不可能的。

"然后呢？"回头看着沈弃淮，他问，"有这么一种药又怎么了？"

"你不想要？"沈弃淮挑眉。

"不需要。"沈故渊耸肩，"再说，既然是太祖陪葬之物，你们难不成还去撬开太祖的棺材？"

"万万不可！"孝亲王皱眉，"只要本王还活着，就绝对不会允许这种事的发生！"

轻哼一声，沈弃淮道："怕是只是不想那药落在旁人手里吧？王爷也并不是没派人探查过皇陵。"

孝亲王眉毛倒竖："你胡说什么！"

无畏地摊手，沈弃淮道："本王反正是看透了，有你在，外人在这朝中都不会有什么好下场，与其等着被你们一点点削权，王爷不如来做个选择。"

这是赤裸裸的威胁了，四大亲王心里都有气，孝亲王权衡片刻，问他："什么选择？"

"第一条路，季亚栋不交兵权，你们若要为难，他大军可以进京。"沈弃淮眼皮一翻，看向台子中央的先祖灵位，"第二条路，让我进皇陵，一天的时间就够。"

"你做梦！"孝亲王气得发抖，"你这是造反！造反！"

"来人啊！"静亲王大喊一声，"捉拿叛贼！"

赵饮马就带人在外头守着,一听见声音就冲了进来,将沈弃淮团团围住。

沈弃淮身边一个亲兵也没有,却半点儿不紧张,笑道:"赵统领也是好本事,这么快就让禁军都听您的了。只可惜,禁军虽然精锐多,但毕竟人数少。"

这话是什么意思?众人一顿,还没来得及问,就感觉四周一阵地动山摇。

"喝!"铠甲齐整的士兵从远处而来,将还在巡逻的禁军团团围住。虽没有刀剑相向,却逼迫得他们不敢妄动。

孝亲王脸色变了,看向沈弃淮。

沈弃淮拍了拍衣袖,从容不迫地道:"都是一家人,有话好好说吧。"

"你这是谋逆!"孝亲王抖着身子咬牙切齿地道,"你会被天下人唾骂!"

"我可没说我要谋逆。"沈弃淮笑了笑,"只是在问皇叔要皇陵的位置罢了。皇叔要是不给,咱们可以一直在这里耗着。"

"你休想!"孝亲王道,"本王死也不会告诉你!"

"那就请各位在这里住上几日好了。"沈弃淮笑了笑,"外头的文武百官受惊了,本王还得去安抚,赵统领,让个路吧?"

赵饮马横刀在前,半步不退。

"非得要本王杀鸡儆猴吗?"沈弃淮挑眉,"静亲王最疼爱的儿子还在外头呢,要不就从他开始?"

静亲王白了脸色,捏着手没吭声,眼睛却是忍不住往外看。

知白和池鱼应该都在旁边的祠堂,要是被抓到……

"静王爷不必担心。"沈故渊道,"他们一早就有准备,不会落在人手里的。"

静亲王微微一愣,连忙走到他身边问:"当真吗?"

"当真,"沈故渊白着嘴唇道,"池鱼机灵,可不是普通女子,她想带着小侯爷跑,没人能抓到她。"

在听见动静的一瞬间，池鱼就知道不好了，拉起小侯爷就隐匿在了慌乱的人群里，一路往祠堂后山而去。她答应过沈故渊要保护好自己，那顺便也就把小侯爷一起带走，以免他迷路。

"出什么事情了？"沈知白一脸茫然，"怎么会有那么多士兵？"

"您先跟我走。"池鱼拉着他飞檐走壁，跑到没人的树林里才喘了口气，小声嘀咕，"沈弃淮还真没骗我。"

沈弃淮？沈知白沉了脸色："糟了，我父王还在主祠堂里！"

"你别回去！"池鱼连忙拉住他，"有我师父在，你父王保证不会有事！"

"可他派这么多人来，必定是有反心！"沈知白皱眉，"祠堂里的人很危险！"

"咱们先保住自己，别被人抓去当了把柄才是要事。"池鱼道，"回宫去搬救兵吧。"

想想也是，沈知白咬了咬牙，抓起她的手就走："去找护城军统领，他们离这里最近！"

池鱼点头，跟着他跑，还是忍不住回头看了一眼。

应该……不会有什么事吧？

主祠堂里，两方对峙，沈弃淮不着急，孝亲王等人自然更是愿意拖延时间。但，一个时辰之后，一声巨响从罗藏山某处传了过来。

孝亲王"唰"地起身就要往外走，然而刚出主祠堂，就被赵饮马拦住。

"王爷，"赵饮马道，"再往外都是季大将军的人，您别离开这里为好。"

"这分明是调虎离山！咱们中计了！"孝亲王焦急不已，"罗藏山……他们拖住了我们，在罗藏山找皇陵！你快让人传消息过去，护城军立马赶去罗藏山拦住他们！"

赵饮马一惊，立马传令下去。

沈故渊皱眉道："皇兄别激动，罗藏山这么大，他们乱炸而已，一时半会儿哪里能找到皇陵？"

第14章　师父是妖怪吗

不怕一万,只怕万一!孝亲王走到他身边,小声道:"咱们今日命都丢在这里也没关系,不能让他们找到皇陵!"

就为了个长生不老药?沈故渊不悦地道:"长生不老未必是好事,您也这么执着?"

"非也!"孝亲王跺脚,"长生不老药是太祖陪葬,我死也不能让他们冒犯太祖在天之灵!"

心口一动,沈弃淮有点儿意外。

还以为孝亲王也是想要长生不老药,结果……竟然对太祖崇敬至此?

"皇叔要派人去拦可就快点儿。"沈弃淮笑了笑,"晚了可就来不及了。"

孝亲王狠狠瞪他一眼,怒道:"本王今日若是死了也就罢了,若是没死,一定会揭穿你这狼子野心的真面目,让那些效忠于你的人都看看清楚,你是何等贪婪无耻!"

"那皇叔就加把劲儿。"沈弃淮有恃无恐,"本王的人,您要是能说得动,那就算本王输了。"

沈弃淮的人脉,有一大半都是镇南王留下来的,那些人被镇南王培养得只认主子不认皇帝,所以现在对沈弃淮也是忠贞不贰。

孝亲王气得直瞪眼。

"时辰是不是差不多了?"沈故渊丝毫不在意沈弃淮的话,问了旁边的司命一句。

司命点头:"吉时将至,祭祀大典该开始了。"

"那正好。"沈故渊道,"外头的人让开点儿,还有个人要进来,等他来了,咱们就可以开始祭祖了。"

这声音平静得仿佛现在不是剑拔弩张的气氛,而是一家人其乐融融。

赵饮马愣神地挥手让人退开些,外围季大将军的人一头雾水,正左右看着呢,突然就见人群里有个穿着士兵衣裳的人,朝祠堂的方向走了过去。

第15章 生死较量

众人纷纷回头，就见那人抬起头来，一双平静的丹凤眼在触及沈弃淮的时候，陡然充满恨意。

"好久不见啊，孤儿。"他冷声道，"你还活着，老天真是不长眼睛！"

沈弃淮浑身一震，眼睛瞪得微微充血，不敢置信地看着他。

这世上敢叫他孤儿的人只有一个——镇南王世子沈青玉！

那个被他追杀出京城下落不明的沈青玉，竟然会出现在这里！他费尽心思千防万防，怎么还是让他回来了？

镇定的神色被击了个粉碎，沈弃淮慌了，下意识地就冲上前去伸手，带着杀气直袭沈青玉命门！

他不能回来，他要是回来，那一切都完了！

"当着列祖列宗的面也由得你放肆？"后头的沈故渊轻笑一声，红线从袖中飞出，将他手脚缠死，捆作一团，往后一扯——

"砰！"重重地摔在地上，沈弃淮转过头看了沈故渊一眼，眼睛血红，"你为什么非要同我作对？"

沈故渊抱着幼帝，居高临下地看着他，道："谁让你作孽太多？"

旁边众人这才回过神来，看见沈青玉，纷纷围了上来。

"镇南王世子，你这些年去哪里了？"孝亲王激动地问。

沈青玉撇嘴，踢了地上的沈弃淮一脚，道："八年前这畜生骗我出了京城，想让人刺杀我，幸好我身边的护卫忠诚，用命保护我，让我逃走了。但

之后,他一直派人追杀我,导致我不得不远走。父王病重,王府大权都落在他手里,我寄信回去不但没有人来救我,反而让刺客找到了我的位置,所以这么多年,我一直没有靠近京城。"

堂堂世子,流落在外八年哪,要是他当时在,王位哪里还轮得到沈弃淮?

沈弃淮脸色铁青地看着他。

"孤儿,是不是好奇我怎么回来的?"沈青玉冷笑,"你的天罗地网这么多年来不见消弭,反而更加严实,要不是三皇叔,我还当真回不来京城!"

沈弃淮眼神如冰地看向沈故渊:"又是你,又是你!"

"王爷不用谢我。"沈故渊勾唇,"我到底是皇族血脉,找回失散多年的世子也是应该的。世子这些年在外头受了不少苦,王爷打算怎么补偿他?"

补偿?沈弃淮眼里嘲讽之意十足。这沈青玉当年在王府里作威作福,唤他孤儿,让他干粗活,还常常告他恶状,让老王妃惩罚于他。这样的人,就该死在外头喂狗,还想要补偿?

"补偿,我自己会要。"沈青玉哼了一声,眯眼看着动弹不得的沈弃淮,"倒是有不少问题想问这所谓的悲悯王爷,我父王,到底是怎么死的啊?"

沈弃淮跪坐起来,把头埋得很低,几乎要贴到自己的胸口。

"哟,这是有愧的意思吗?"沈青玉挑眉,"我父王上好的身体,在我离开之后就接连不断地生病,不出半年就薨逝。母妃那么坚强的人,竟然会殉情。悲悯王爷,你不该同他们的亲儿子我,交代交代吗?"

牙齿终于勾到了胸前的细绳,沈弃淮冷笑一声,咬断绳子将那玉坠扯着往门口的方向一扔!

"啪——"玉坠落地,竟然直接炸开了,虽不至伤人,但声音极大,外头守着的士兵瞬间齐齐往里头压。

"交代?"沈弃淮抬头看着他,"如今的你,凭什么同本王要交代?本王是大权在握的王爷,你只是条丧家犬。"

沈青玉变了脸色,祠堂里其他人都皱起眉头。

"王爷。"赵饮马焦急地进来道,"外头少说八千人,要求悲悯王爷出去,不然他们就要压进来了。"

"准备得倒是挺充分啊。"沈故渊笑了笑,"既然如此,那咱们就把悲悯王爷送出去吧。"

"这……"孝亲王皱眉,低声对他道,"咱们现在唯一的筹码就是他,就这么把他交出去,他反手继续打咱们怎么办?"

用看傻子的眼神看了自家皇兄一眼,沈故渊道:"往南两里就是京城。"

您就不会往南走两里地再交人?反正他们带的人也有三千,外头强压,大不了鱼死网破。

地上的沈弃淮不屑地看着他:"王爷的如意算盘未必打得响,方才赵饮马已经传令让护城军去罗藏山了,你们想等援军来救,怕是等不到。"

站起身,沈故渊将幼帝放进孝亲王怀里,拂了拂袍子看着他问:"你知道先前你给的任务,池鱼为什么总是失败吗?"

好端端的,怎么又说到了这个?沈弃淮皱眉看着他。

沈故渊嘲讽地道:"因为你给的任务总是太难,压根没有考虑过她的安危。一个人保命都困难的时候,自然更完不成你交代的事情……"

"你以为你这样说本王就会信?"沈弃淮嗤笑,"她完不成是她不想完成,宁池鱼可是我亲手培养出来的杀手,她有多少本事,我会不清楚?"

"你当然不清楚,"沈故渊摇头,"宁池鱼聪明伶俐,远在余幼微之上,只是对你太过信任依赖,活成了个傻子。她在你手里是个傻姑娘,在我手里,可会是个了不起的英雄呢。"

沈弃淮看着他道:"你就是想拖延时间,等待援军。"

沈故渊俯身下来,眼波流转,勾唇认真地道:"我带你看看真正的宁池鱼吧,你错过的,可不止是一个女人呢。"

说罢起身,拍手道:"把咱们的悲悯王爷抬起来,回京城去吧。"

众人闻言,连忙七手八脚地把沈弃淮举在头顶往外走。

第 15 章 生死较量

这姿势有点儿羞辱的意味,沈弃淮恨声道:"沈故渊,你今日绝对不会活着回去!"

"是吗?"沈故渊走在旁边,压根没看他,"王爷还是先担心担心自己吧,今日发生的事情,这么多人都看着,可不是轻易就能交代过去的。"

"哼。"沈弃淮嗤之以鼻,"只要季亚栋在我这边,你们就拿我没办法!"

季亚栋手里的士兵比整个京城的防护加起来还多,也正是有这个底气在,他今日才会让孝亲王做选择。等了这么多年,实在是等不及了。

沈故渊看了沈青玉一眼,后者微微颔首,寻着机会隐在了人群里。

祭祖大典被破坏了,所有皇亲国戚都被赵饮马带人护着,往京城的方向走。一路上有不知道情况的人在问发生了什么,周围的禁军难得地体贴,把主祠堂里发生的事情告诉了他们。

于是,这群皇亲国戚们就愤怒了,虽然眼下的情况没法反抗,但祭祖都祭不成,这可是天大的事情,所有人都记在了心里,等着回去算账。

沈弃淮的算盘是打得很好的,祭祖之日,皇亲国戚都在,他在前头设了埋伏,可以将这群人统统坑杀,然后假装遇见山匪,自己回京城搬救兵。到时候皇族一人不剩,天下大乱,他作为唯一的王爷,又有季亚栋相助,怎么都能稳住大局。

护卫安排好了,不会放任何一个人离开宗庙,埋伏也设得很好,炸药羽箭,一样不少,简直是天衣无缝!

然而,他少算了一个人。

铠甲碰撞之声整齐响起,前头的树林里好像有人朝他们这边来了。赵饮马停止了前行,派人上前去查探。

沈弃淮也挣扎着往前看,却见雾气腾腾之中,穿着护城军衣裳的士兵们齐刷刷地往他们这边而来。

"师父——"池鱼跑在最前头,小脸上沾了灰黑色的东西,激动不已地喊,"师父快来!"

这怎么回事？沈弃淮皱眉，立马喊了一声："抓住她！"

四周跟着的季亚栋的人立马冲了上去，长戟相加，孝亲王立马喊了一声："池鱼小心啊！"

池鱼猛地刹住车，眨眨眼，看了看那些凶神恶煞扑过来的人，立马扭头就跑。后头的树林雾气极重，看不清有多少人，但一听那铠甲碰撞的声音，沈弃淮知道，定然不会少于两千人。

"分三千人去追！"他下令，"除了那个女人，其余全部不用留活口！"

"是！"季亚栋的副将立马领命带兵上前。

孝亲王急了，骂道："池鱼可是跟你一起长大的，你也忍心这样对她！"

"是她先这样对我的。"沈弃淮冷笑，"要是没有她，我哪里至于落到今日这田地！"

"要是没有她，你怕是要饿死在镇南王府的柴房里了。"沈故渊面无表情地开口，"要不怎么说你这人该死呢？别人对你的好你半点儿不记得，对你不好，你倒是念念不忘，活该娶了余幼微。"

沈弃淮冷笑，他娶了余幼微，已经是最好的结果，姻缘不姻缘的有什么要紧？重要的是余承恩一定会站在他的船上。

沈故渊看他一眼，轻轻摇头。

说话间，前头树林里正打得热闹，时不时还有爆炸的声音。沈弃淮从容地等着，他知道那树林里有什么东西，宁池鱼搬这些救兵来，等于找死！

然而，两个时辰之后，宁池鱼又气喘吁吁地跑了出来，兴高采烈地喊："师父，幸好我带的人多，咱们赢啦，你们快过来！"

孝亲王等人一喜，沈弃淮却是一惊，他布下的埋伏加上三千士兵，才两个时辰，就全军覆没了？这宁池鱼去哪里搬来的那么多人？护城军不是已经去罗藏山了吗？

亲信统领没有回来，沈弃淮有些拿不准，剩下的人也有些迷茫起来。

"嗯？怎么还有人啊？"一脸无辜地看着不远处那浩浩荡荡的人群，池

鱼苦恼地道,"还要打?"

当然还要打,都走到这里了,他半点儿退路也没有!沈弃淮沉了眼神,有些不确定地看了一眼远处的树林,派去查探消息的人都没有回来,那里面到底有多少人?

眼下他这边还有五千余人,若是动手,不怕赵饮马,就怕后头援兵拥上来,正反夹击,那可就遭殃了!

算计了一下地形,沈弃淮抿唇,侧头对沈故渊道:"你们援兵已到,还不打算放了我吗?"

"为什么要放了你?"沈故渊笑了笑,"你有本事先让人来救你啊!"

这笑容无耻极了,看得沈弃淮握了握拳头,恨不得拿把刀朝他脸上捅!

赵饮马倒是机灵,见着有转机,立马让外围的禁卫将季亚栋的人远远隔开,他没法发号施令,外头的人也就不知道该怎么做了。

池鱼顺利地跑到了沈故渊身边,喘着粗气问:"师父,你们还好吗?"

"暂且没什么大碍。"沈故渊道,"不过已经是晌午时分了,大家应该都饿了。"

皇亲国戚,哪里吃过这些苦?走这么远的路不说,还没吃的,个个都已经抱怨开了。

池鱼左右看了看,悄悄地把自家师父拉到旁边,伸手从袖子里掏出一串糖葫芦塞给他:"我就知道今天肯定饿肚子,提前备着了,您把裹着的荷叶拆开就能吃。"

沈故渊哭笑不得:"你让我在这种紧张的气氛里吃糖葫芦,合适吗?"

"很合适!"池鱼一脸凝重地小声道,"沈弃淮这个人多疑又谨慎,从来不打无把握的仗,所以您表现得越轻松,今日咱们脱险的可能性越大。"

沈故渊接了糖葫芦,剥开荷叶塞进嘴里:"其余的人怎么办?"

"前头树林已经攻占,京城里气氛不太妙,季亚栋好像已经带人控制了皇宫,我和知白侯爷还是找到李大学士才搬到的救兵。所以徒儿觉得,还是在树林里扎营吧，驿站已经派出十几封密信，通知各路人马来救驾了。"

沈弃淮此番就算不打算造反，这样的情况之下也不得不反，皇室中人性命垂危，若是挨不到增援来的那一天，那可就……完蛋了。

沈故渊点头，转身回去和几位王爷商议了，大部分的人都往树林里转移，沈弃淮却被赵饮马亲自押着，在森林外头休整。

"这……"孝亲王进了树林，看清里头的东西之后，脸色惨白，"这就是你们带的救兵？"

五百多号护城军，零零散散的，不少人还带着伤。

池鱼无奈地道："能喊得动的只有这么多人，要不是先前无意间发现了这边的埋伏，今日才是真的完了。"

树林里的埋伏，以前沈弃淮也经常用，尤其是冬日的树林，雾气重，看不太清楚东西，所以目标很容易中计。幸好，池鱼熟悉这一套，与小侯爷配合，趁着雾大，杀了一个山匪，从树上扔了下去。

尸体一落地，一片土顿时炸开，树林里的人听到火药声，误以为目标进来了，立马朝陷阱方向射箭。池鱼和沈知白不动声色地顺着箭飞射出的方向，找到埋伏的人，一刀割喉。尸体落地，炸药声不断，树林里烟雾更浓。

这群埋伏的人显然不是悲悯王府的，多半是季亚栋的人，对这样的伏击不太适应，到后来竟然自乱了阵脚，相互厮杀起来。池鱼连忙带着小侯爷继续往京城的方向赶，搬来救兵，将他们剩余的一盘散沙全部剿灭。

护城军曾在赵饮马手下只有五百余人，为了不打草惊蛇，池鱼只跟李大学士要了这些人，然后埋伏在树林里，用铠甲制造出人很多的假象，把人骗进树林，利用沈弃淮之前设下的火药，坑杀抓捕。

听她说完经过，孝亲王好半天才回过神，笑得前俯后仰："沈弃淮要是知道自己三千人是死在你这五百人手里的，怕是要气死！"

"不能让他知道这里只有五百人。"沈故渊道，"眼下他有忌惮，所以不敢动手。但一旦知道了真相，在场的各位，怕是一个也跑不掉。"

笑意顿止，孝亲王想了想，严肃地道："京城回不去，这树林一旦雾散，也是待不住的，眼下只有一个地方能去了。"

"什么地方？"池鱼好奇地看着他。

苦笑一声，孝亲王闭眼："皇陵。"

皇陵里机关密布，易守难攻，他们这么点儿人，要坚持到援军来，只能选那个地方，惊扰太祖英灵。

"可以，"沈故渊点头，"但粮食和水要提前准备，趁着沈弃淮还没反应过来，他们的援军也还没到，立马派人去准备吧。"

"附近有不少村庄。"沈知白道，"我带了银子出来，征收些干粮应该不难。"

"皇陵里有活水，"孝亲王道，"活下来不是问题。"

现在最困难的，无非就是要怎么不动声色地过去，还不能被发现。

外头沈弃淮的人还虎视眈眈，这一大片皇族中人，都不是吃苦耐劳的主儿，也没有行军的纪律，一路吵吵嚷嚷的，走哪儿就把位置暴露在哪儿。

沈故渊沉默半晌，道："我有办法，劳烦皇兄，先告诉我皇陵的位置。"

几个时辰过去了，树林里的雾气不但没散，反而更浓，连晌午的太阳都没能穿透。沈弃淮不耐烦地看着身边的赵饮马，道："赵统领这是何必呢？人都是为自己而活，你却要为了别人放弃性命。"

赵饮马笑了笑："人各有志。"

"不值当，"沈弃淮摇头，"你听树林里，他们还有人在笑，完全不知道自己处在什么境地里。这样一群酒囊饭袋，值得你效忠？"

树林里叽叽喳喳的，的确还有人在笑，皇族中人大多没经历过今日这样的事情，所以想说的话就多了。

赵饮马没再理他，手捏着刀鞘，尽职尽责地盯着他。

天色已经暗了，树林里说话的声音还是一点儿没弱，赵饮马看了看，道："兄弟们守了一天了，也该去找点儿吃的，王爷可否配合一下？"

沈弃淮皱眉，压根没得反抗，就被吊在了树上。

赵饮马带着人就走。

这么放心？沈弃淮很意外，看着他们当真消失在那片黑漆漆的树林里，想了想，突然觉得不太对劲儿。

那群吵闹的人说了一天的话了，可天这么黑，树林里怎么一个火光都没有？"来人！来人啊！"察觉到异样，他挣扎起来，大声咆哮。

然而，季亚栋的人都驻扎得较远，听见他的声音跑过来的时候，赵饮马早就已经没了影子。

身上的红绳被松开，沈弃淮立马朝那树林里跑去，穿过浓雾跑了半天，却见空荡荡的树林里有许多海螺挂在树梢上，风吹进里头，发出很吵闹的人声，叽叽喳喳，喧闹不止。

沈弃淮脸色铁青，怒喝："给本王追！"

这里只有三条路，回京一条，出京城一条，去罗藏山一条。剩下的人听令，立马兵分三路，飞快地追。然而，这些人都已经饿了一整天，季亚栋不在，军心也不齐，所以追的速度不快，在他们追上之前，沈故渊已经把一群人都安置在了皇陵之中。

池鱼张大嘴看着眼前的景象。

太祖的陵寝，即便是在地下也丝毫不随便，金碧辉煌的庙宇，宽大的广场，在四周石灯的映照之下，美得让人震撼。原来泥土之下，也可以修建这么宏伟的宫殿！

池鱼扫了四周一眼，发现赵饮马已经带人在最大的空地上扎营了。那白玉石修的台子极大，容纳下这几千人压根不是什么问题，稻草往地上一铺，倒头就可以睡。

旁边的另一块白玉台上，一众皇亲还在低声抱怨，只不过碍着是太祖的陵寝，声音小了不少，他们身下有从农家借来的被褥，但显然并不让人满意。

"这该死的沈弃淮，忘恩负义，害得我们沦落至此！"

"等咱们有机会回去，定然让他没好果子吃！"

"别说大话了，现在兵权在季亚栋手里，咱们人不够，能保住性命已经不错了。"有人担忧地道，"还不知道他们会不会找到这里。"

"皇陵位置隐蔽，他们一时半会儿肯定找不到。"沈故渊淡淡地开口，"但时间长了就难说了，罗藏山毕竟只有这么大，要当真翻过来了，咱们也藏不住。"

此话一出，众人更加担忧，好在他们都饿了，说话的力气也不多。池鱼将干粮分给他们吃了，然后蹲在沈故渊旁边道："师父，这回是不是不是沈弃淮死，就是咱们死？"

"嗯，"沈故渊点头，"他没给咱们留活路。"

池鱼抿唇："我其实可以去刺杀他，这样我也算报仇了，大家的危险也能解除。"

白她一眼，沈故渊问："你打得过他？"

池鱼干笑："尽力一试，万一呢？"

"为了这万分之一的可能赔上你自己的性命？"沈故渊嫌弃地皱眉，"你脑子进水了？"

池鱼一噎，想了想，拉着他的袖子低声问："师父有别的办法吗？比如扎个小人什么的，沈弃淮立马就死的那种！"

莫名其妙地看她一眼，沈故渊道："我不杀生。"

啥？池鱼震惊地瞪眼："这年头还有妖怪不杀生的？"

她实在是太惊讶了，所以这句话脱口而出，等想收回的时候，已经来不及了。

沈故渊眯了眯眼，认真地看着她道："你果然是有问题。"

池鱼背后一凉，双手抱头，无辜地眨眼："我……我哪儿有问题？"

"为什么说我是妖怪？"沈故渊将她逼到墙角，伸手撑着她身后的白玉墙，浑身气息冰冷。

池鱼干笑："那个……我随口说说。"

"怕不是随口，"沈故渊俯视她，"你最近几天一直不太对劲，是不是看见什么东西了？"

"我……"不擅长撒谎的池鱼脸涨得通红，就算不招，那叽里咕噜乱晃的眼睛也出卖了她。

沈故渊冷笑："光凭你是不可能看见的，郑嬷嬷帮你了。"

池鱼傻笑。

有点儿烦躁，又有点儿说不清楚的情绪，沈故渊盯着她的眼睛："你就不怕我吗？"

"师父会害我吗？"池鱼眨眨眼。

沈故渊摇头。

"那就不怕，"池鱼认真地道，"不管师父是人是妖，只要当我是徒儿，我就当您是师父，不会离开您！"

说这句话的时候，池鱼的眼里有光迸出来，看得沈故渊微微一愣，心口莫名就漏跳了一拍。

沈故渊松开她，站直了身子，闷闷地道："我不是妖。"

"师父不用害羞，"池鱼道，"不管您是什么，徒儿都不嫌弃！"

"池鱼，"沈知白从旁边过来，给她拿了个饼来，"你也还没吃东西呢。"

回过神，池鱼接过饼，笑着道谢，然后拿着就啃。

今日在树林里可真是险象环生，要不是沈知白，她一个人肯定得死在那儿。池鱼还是有感激之心的，吃完就对小侯爷道："今日多谢你了。"

沈知白笑了笑："我也得谢你，要不是你，我压根走不出那片树林。"

池鱼失笑，眼睛笑得弯弯的，看得沈知白愣了愣。

四周的气氛依旧很紧张，然而此时此刻咱们的小侯爷眼里只有面前这个姑娘。生死都一起经历了，还有什么说不出口的？

于是，他低声开口："要是我们能活着出去，池鱼，你嫁给我好不好？"

"喀！"口水呛进了喉咙里，池鱼咳嗽半天，一脸慌张地看向他，"你……你说什么？"

刚刚胆子还很大，但被问第二遍，沈知白就有点儿慌了，吞吞吐吐地道："我是说……你师父好像有意撮合咱们……那个……我觉得还挺合适的，你现在也没念着沈弃淮了……"

"我心里有人，"池鱼抿唇，想了想，认真地道，"小侯爷哪里都好，找个大家闺秀不是难事。"

"那……"沈知白想问，那你还喜欢谁？可脑子里灵光一闪，他突然就问不出口了。

池鱼朝他行了个礼："可能得负您厚爱了。"

"池鱼，"沈知白神色严肃起来，"他不喜欢你。"

身子微僵，池鱼抬头看他。

"但凡一个喜欢你的男人，绝对不会想撮合你与别人的。"沈知白深深地看着她，"你已经被人伤过一次，这次莫要再错。"

她何尝不知道自家师父对她没想法啊？可能怎么办呢？她不想嫁人，就想留在他身边，哪怕是当一辈子徒弟也可以。

沈知白有些心疼地看着她："你已经想好了？"

"本来是没有想好的。"池鱼笑了笑，"但方才侯爷说那句话的时候，我听见了自己心里的想法——我不想嫁人，没必要再把侯爷牵扯进来，徒增悲伤。"

沈故渊在皇陵里四处安排人，他们人很多，皇陵里空的墓室都得用起来，不然塞不下。刚走到最后一个偏僻的墓室，就看见个白色的影子。

沈知白小侯爷如同鬼魅一般坐在空空的石棺上，眼神空洞，像是受了什么极大的打击。

"这是怎么了？"沈故渊挑眉，"装鬼吓人呢？"

听见他的声音，沈知白拳头紧了紧，二话不说，飞身过来就打！

沈故渊挑眉，侧身躲开他的攻击，看了一眼他红红的眼睛，也没多说话，陪他过了几招。

半炷香之后，沈知白后退几步"呸"了一口血沫，恨声道："你作为长辈，也不会让让我？"

"以下犯上，不给教训不长记性。"沈故渊斜睨着他，"谁惹你了？"

"没人惹我。"闷声擦了擦嘴角，沈知白坐回了石棺上，"就是有点儿急，不知道池鱼什么时候能嫁给我。"

沈故渊一顿，白他一眼："现在生死关头，你还有心思急这个？"

"我出生那天，父王找人来给我算命，算命先生就说了，"沈知白低笑，"说我一生为情所困，难有大志。"

在他眼里，皇室颠覆不颠覆算不得什么大事，他更想陪池鱼多说会儿话。

沈故渊摇头："你也是个情痴。"

"皇叔，"沈知白看着他，"您没有感情的吗？"

感情？沈故渊摇头："没有。"

天下人的姻缘都在他手里，所以他不能有感情，这是老头子说的。一旦有了感情，随心所欲地牵线，红线必乱。执掌姻缘的天神，自己都是没有姻缘的。

可恨的宁池鱼还当他是妖，要不是因为她，他也不至于来这红尘里历劫！叹息一声，沈故渊转身想走。

"您撒谎，"身后的沈知白道，"会叹息的人，都是有感情的。"

脚步一僵，沈故渊皱眉回头："我叹息了？"

沈知白重重地点头："心有所思。"

不悦地皱起眉，沈故渊道："你听错了，我只是冷得呵了一口气。"

"是吗？"沈知白深深地看他一眼，"那就当是我听错了吧。"

心里莫名有些烦躁，沈故渊挥袖就走，步子很大，然而自己也不知道自己要去哪里。

"我会牵线,会翻姻缘谱,为什么不能成为月老?"

"孩子,你有血有肉有感情,不适合做月老。"一头黑发满身红袍的老头子笑呵呵地道,"别着急,日子还长呢。"

拳头紧了紧,沈故渊面沉如水,浑身都是暴躁的气息。睁开眼,眼前没有月老也没有月宫,有的只是一群惶恐不安的人。

池鱼蹦蹦跳跳地从远处过来,伸手塞了个东西到他怀里:"给!"

皱眉低头,沈故渊打开手,就见一个粗糙的护身符,是泥捏了然后烧出来的,更搞笑的是,护身符还少了一个角。

"给我这个做什么?"沈故渊挥手就要扔。

"别!"池鱼连忙吊在他的胳膊上。

"这是破法的!"池鱼一本正经地道,"这墓室里镇邪的东西多,你拿着这个,好歹能防防身。"

沈故渊愣了愣,满腔火气顿消,捏着这个可笑的符纹,有点儿不知所措。

她……这算是在保护他吗?

沈故渊笑着摇头,一张脸柔和下来。

池鱼看傻了眼,旁边其他叽叽喳喳说着话的人也都失了声,齐刷刷地朝这边看过来,表情和池鱼达到了高度统一。

活了十几年,池鱼觉得,沈故渊的笑容是她见过最好看的,只要不带嘲讽,这一张脸一笑起来就如春风拂面,冰雪消融,整个山头的花都呼啦啦地开了。

第 16 章 尘埃落定

花香四溢，春满乾坤。

沈故渊也不知道自己怎么就这么想笑，他毕竟是一个严肃的、有格调的天神，一般是不会这么大笑的，这样显得很不威猛。

然而，一想到宁池鱼一本正经地把他当妖怪，还给他破法的东西怕伤着他，他就止不住地乐。

池鱼很莫名其妙，鼓了鼓嘴朝他伸手："您要是不喜欢，就还我！"

收拢手心，沈故渊挑眉："送出去的东西，还有收回的道理？"

说着，抽出一段红线来，将那缺了一角的护身符系在了腰间。

池鱼一愣，眨眨眼，瞬间就高兴了："那您先忙着啊，我去那边看看！"

沈故渊点头，看着她蹦蹦跳跳地跑走，笑着摇了摇头。

沈弃淮带着人漫山遍野地在找人，知道皇陵难找，他一开始就打算使诈的。先把消息透露给宁池鱼，通过她让沈故渊在祠堂附近加强戒备，然后假意炸山，让孝亲王误以为是调虎离山，从而匆忙带人去拦。他带人去的方向，必定就是真正皇陵所在。他来一个黄雀在后，就什么都解决了。

机关算尽，没想到实施起来并不如他的意，先是宁池鱼不配合，后又有沈故渊跑出来坏他计划，导致现在成了这样的局面。

沈弃淮很恼，恼怒之余倒也不慌，迅速地想到了应对之策："封锁罗藏山，传消息回京，让人派援兵过来，就说皇室中人遇见大量山匪，被围困在了山上。"

"是。"有人领命去了,沈弃淮又道,"派人知会季大将军,让他按照我前天晚上说的做。"

动手之前他什么坏的结果都考虑到了,所以一计不成还有一计,只要皇族这群人都回不去京城,宫里的局面,那也只能由他和季亚栋掌控。

罗藏山被围,一寸土一寸土地找,他就不信找不到皇陵!

幼帝在池鱼的怀里睡了一晚上,第二天醒来的时候,茫然地眨巴着眼:"这是哪儿呀?"

池鱼拍了拍他的背:"陛下,这是皇陵。"

幼帝怔愣,好像忘记了昨天发生的事情,半晌才回想起来,委屈地扁扁嘴:"要一直在这里了吗?朕想回宫。"

池鱼连忙安慰:"再过几天就能回去了。"

眼下的形势,被找到了就是一个死,只能躲在这里等援兵。但算算密信传出去和各路王爷赶来的速度,起码也要三四天。

幼帝不高兴地嘟着嘴,眼里慢慢涌上了泪水。

"陛下不是小孩子了,"沈故渊道,"一国之君可不能轻易落泪。"

看见他,池鱼松了口气,忍不住小声嘀咕:"六岁还不是小孩子?也就你说得出口!"

"皇叔,"幼帝伸手扯着他的衣襟,委屈地问,"咱们还能出去吗?"

"能,"沈故渊点头,"陛下给我两日的时间,好不好?"

两日?池鱼竖起了耳朵,立马站起来好奇地抓着他的袖子:"两日就够了吗?"

把幼帝塞进孝亲王怀里,沈故渊拎着她就往外走。

"去哪儿啊?"池鱼扁嘴。

"去死。"沈故渊平静地道。

惊恐地睁大眼,池鱼停下了步子,使劲儿扯着他的手。

感觉到阻力,沈故渊回头瞥她一眼:"想要这两日顺利度过等来援军,你就跟我走。"

"可……可是，"池鱼纠结地皱起脸，"为什么突然就要去死了？"

把人拉过来推着往前走，沈故渊一本正经地道："你一个人死，换这么多人活下来，不是很划算吗？"

"那……"池鱼使劲儿蹭着地，回头看向他，眼神灼灼，"那也换您活下来，行不行？我一个人去就好了。"

本来是打算开玩笑吓唬她一下，谁知道这小丫头突然冒出这么一句话。沈故渊愣了愣，手上的力道顿时小了。

池鱼立马一把抱住他的胳膊，央求道："我虽然武功没您高，也没您有本事，但也是有点儿用的，您说要怎么做，我一定努力！"

"把正在往这边走的沈弃淮的人引到其他地方去，你能做到？"斜她一眼，沈故渊道，"还有半个时辰他们就会找到这里，用炸药炸开入口，到时候一切都完了。"

池鱼一惊，神色凝重起来，连忙跟在他身侧边走边问："那您打算怎么引开他们？"

"我有我的法子，"沈故渊道，"你按照我说的去做即可。"

认真想了想，池鱼点头："好，我就算死也要跟您死一块儿！"

感动地看她一眼，沈故渊拎起她的衣襟，伸手顶开重千斤的堵门石，一把将她推了出去。

在外头的小道上打了几个滚儿，池鱼停下来，戒备地看了看四周，一回头，就见自家师父已经出来了，石头堵了回去，山崖上的草都没动一根。

"走。"沈故渊拦腰搂过她就往东边飞奔。

说不紧张是不可能的，但池鱼很清楚自己身上的担子有多重，很快就屏气凝神，一点儿乱也没给师父添。

前头不远处已经有了人声，沈故渊选了个山头放下池鱼，手一转，焦尾琴赫然出现。

第 16 章 尘埃落定

"哇!"池鱼震惊地看着,不觉得害怕,反而对自家师父的崇拜更上一层。

妖术!凭空取物!她这还是头一回看见!

"弹个《春雷》。"沈故渊把琴递到了她面前。

池鱼接过来,二话不说猛地一扫琴弦——

"哗啷"一声响,琴声回荡整个山野,下头小路上走着的士兵们突然一惊,纷纷停止前进。

沈弃淮侧头看过去,就听得那郁郁葱葱的高山树林之中琴声不断,说远不远、说近也不近的距离,显然是有人在引他过去。

"这点儿把戏,未免太看不起人了。"沈弃淮冷笑,"罗藏山每一寸土我都会翻过来,还有空城计的必要吗?"

"主子,"旁边的人小声道,"这山实在是大,而且山势险峻,要全部找完,少说也得半个月。"

"闭嘴。"低斥一声,沈故渊横眉,"本王用得着你来提醒?去,派人看看那边山头是什么情况。"

罗藏山上已经有五千士兵,分成一百个小队在四处搜罗,援兵来了也纷纷加入,但对于连绵的罗藏山来说,这点儿人扔进去就不见了,要想很快找到皇陵,还得动动脑筋。

听得一曲琴声结束,沈弃淮冷笑:"池鱼,你的琴艺倒是有长进。"

声音远远地传过来,听得池鱼皱眉,刚想开口,却被旁边的人捂住了嘴。

沈故渊捏了捏嗓子,换出池鱼的声音来,娇声娇气地回答:"王爷过奖。"

池鱼眼珠子差点儿掉下来,低头看看自己嘴上捂着的手,确定不是自己说出来的话之后,眼里的仰慕顿时如滔滔江水连绵不绝!

师父竟然连她的声音都能学!

那头的沈弃淮压根不知道真相,一听见池鱼的声音,心里顿时有了底,一边让人不动声色地靠近,一边继续道:"你既然都出来了,何不下来与本王聊聊?"

"王爷想聊什么呢？"池鱼的声音传来，带着两分叹息，"如今王爷已经造反，沈氏皇族危在旦夕，您想要的东西，马上就能拿到了。"

沈弃淮轻笑："是啊，你帮了本王这么多年，本王马上就要得偿所愿了，你不想与本王共享这荣光？"

"怎么说？"

"只要你告诉本王皇陵的位置，你要什么本王都给你。"眼里流出些璀璨的光，沈弃淮认真地道，"这回本王决不负你，你相信本王！"

池鱼嘴被捂着，冷笑连连。旁边的沈故渊看着后头爬上山头来的人，不屑地冷笑一声，继续捏着嗓子道："王爷已经辜负过我一次了，如今要我用什么相信呢？"

"眼下你也没有别的选择。"沈弃淮道，"与其陪那群人去死，不如到本王身边来，好歹能活。"

这话说完，山那头没回应了，沈弃淮很自信地等着，现在他在上风，宁池鱼只要不傻，就还有转机。

然而，半炷香之后，"宁池鱼"的声音在另一座山头响起："一边让我信你，一边让人抓我，王爷真是好手段啊。"

微微一愣，沈弃淮有点儿讶异了，方才还在他朝着的东南方向的山头，这会儿怎么就去了东北方向？这两个地方相隔甚远啊！

去探查的人还没回来禀告，沈弃淮也不清楚情况，想想先前被那海螺坑了一整天，他沉了脸，吩咐旁边的人："那边山头也带人去看看。"

他带了很多人，支开一部分，沈弃淮觉得没什么问题。

然而，去探查的人刚刚消失不久，琴音又跳了个山头，依旧是池鱼的指法，他听过，很是熟悉。

沈弃淮脸黑了一半，怒道："你玩我？"

再这么下去，他身边的人非被支完了不可！

"王爷若是不派人来抓我，如何会被戏耍呢？"

"池鱼"的声音里带笑:"皇陵的位置我告诉王爷也无妨,只要您把您的王妃带来,替我打上她一巴掌,皇陵的位置,我立马就招。"

池鱼听着这话都吓了一跳,眨眨眼看向旁边说话的自家师父,后者轻轻摇头,示意她少安毋躁。

"本王又凭什么相信你?"沈弃淮冷笑。

"就凭这么多年,池鱼一直对王爷忠贞不贰。就凭这么久了,池鱼从来没能忘记王爷。"沈故渊娇滴滴地道,"池鱼只是心里有怨罢了,王爷让池鱼把这怨气消了,池鱼依旧是您的人。"

这话听得宁池鱼忍不住作呕,沈故渊瞪她一眼,嫌弃地收回手。

"师父,"她哭笑不得地小声道,"您这话说得也太恶心人了!"

"你不懂,"沈故渊轻哼一声,"男人就是喜欢听这种话,尤其是沈弃淮这种自负的男人,女人对他死心塌地,他觉得很正常。"

沈弃淮不是省油的灯,但宁池鱼说这种话,他的确是信的。女人都一样,喜欢感情用事,她们眼里才没有什么家国天下,有的只是自己的虚荣颜面。比起皇陵,在宁池鱼眼里,肯定是先在余幼微身上出口气更重要。

但,他可从来不做亏本生意,想空手套白狼?沈弃淮嗤笑一声,朝山头那边喊:"你先下来说话,躲躲藏藏的,就算幼微来了你也看不清楚。"

池鱼心里一紧,有点儿慌张地看了旁边一眼。

沈故渊勾唇一笑,将她拎起来抖了抖:"背挺直了过去,有我在呢。"

这句话可真让人安心,池鱼胆子瞬间大了起来,运轻功,几步跃下小山坡,直往沈弃淮的方向奔去!

沈弃淮正等得不耐烦,冷不防地看见了远处那一抹红白相间的影子,眼睛一亮!

"王爷瞧得见我了吗?"池鱼在高处停下,面无表情地问他。

"看见了,"沈弃淮勾唇,"本王这就让人去把幼微带过来。"

说是这么说,背在背后的手却是朝旁边的人打了个手势,示意他们上前把宁池鱼抓住。

池鱼冷笑一声，拔出匕首横在脖子上："你当我是第一天认识你？"

沈弃淮微微一顿，眯眼："我又不会要你死，你这么激动做什么？"

"是不会要我死，"池鱼点头，"但你会折磨我，让我说出皇陵的下落。那现在我们就来看看，是你的人跑得快，还是我的刀子快？"

沈弃淮黑了脸，很是不悦。

池鱼放松了些，勾唇道："皇陵里只我一人出来，也只有我可能会告诉你皇陵的位置，现在我只想出口气，然后咱们两清，这都很难吗？"

比起皇陵里的东西，让她出口气自然不是什么大问题，沈弃淮叹了口气，佯装宠溺地看着她："拿你没有办法，你放下刀，他们已经去找人了。"

池鱼没松手，她知道沈弃淮的功夫不弱，压根不能有丝毫懈怠。

于是两人就这么对峙着，旁边的人也一直没敢动。

从这里回京城去接人，走得快也要半个时辰，更何况接的是余幼微。余大小姐向来吃不了苦，定然是要坐软轿来的，再加上出门收拾打扮，宁池鱼看见她的时候，已经是两个时辰之后了。

太阳当空，余幼微抱怨地道："做什么来这地方？这么远……"

话没说完，她就看见了对面不远处的宁池鱼。

距离很远，但这个人，化成灰她都认得出来！余幼微的表情顿时紧绷，走到沈弃淮身边问："怎么回事？"

"我想从她那儿知道皇陵的下落，所以没有杀她。"

沈弃淮想解释，但只说了这一句，就听得对面的宁池鱼道："不要解释，直接动手吧，不然我可就要说话不算话了。"

举了两个时辰的匕首，池鱼其实手很酸痛，基本已经动不了了，然而她还得保持着一副若无其事的样子，不能让对面的人瞧出端倪。

沈弃淮只犹豫了片刻，就侧了身子对着余幼微。

余幼微什么也不知道，茫然地看着他："动什么手？朝谁动手？"

　　最后一个字还没落音,脸上"啪"地就挨了一巴掌,声音清脆。肌肤麻木了半晌之后,火烧火燎地疼起来。

　　"你……"余幼微很是不敢相信,捂着脸震惊地看着他,"你打我?"

　　"逼不得已,"沈弃淮皱眉,"这是宁池鱼告诉我皇陵下落的条件。"

　　"所以你就当着她的面打我?"余幼微眼泪涌了上来,恼恨地道,"我在你心里,就比不上一个皇陵?"

　　"那当然是比不上的,"池鱼听得笑了出来,"皇陵里有他要的东西,你充其量只是他利用来拉拢丞相府的棋子罢了。"

　　沈弃淮皱眉:"你别听她的。"

　　"好,我不听她的!"余幼微深吸一口气,眼里恨意不减,"那你亲口告诉我,我和皇陵,你选哪个?"

　　余幼微这个人最好颜面,以他们现在的立场,她是绝对不允许自己在她面前受辱的,这比杀了她还让她难受!所以师父提这个要求,简直是又狠又毒,直接会把余幼微弄崩溃。

　　沈弃淮有些不悦:"现在有大事,你的小性子能不能先收一收?"

　　"小性子?"死死地捂着脸,余幼微大喊,"你打我还说我耍小性子?沈弃淮,我知道你心里还有那个贱人,我都没跟你计较,你反过来打我?"

　　"我怎么帮你的你不记得了?你是靠着谁才能在朝里呼风唤雨?如今竟然为了宁池鱼一句话打我?"

　　聒噪的声音响彻整个山林,沈弃淮不耐烦了:"来人,先把王妃带回去。"

　　"你休想!"余幼微哭了出来,"今日你不与我说清楚,别想甩掉我!这么大老远接我过来,就为了让我挨一巴掌,还是打给宁池鱼看的!沈弃淮,你是畜生吗?"

　　脾气上来,什么话都敢骂,沈弃淮沉了脸,反手又给了她一巴掌!

　　"啊!"尖叫一声,余幼微气得语无伦次,"你疯了……我……我杀了你……"

沈弃淮没吭声，让护卫硬生生地把人给拖拽上轿，飞快抬走。

"你要的事情我办到了，"沈弃淮看向宁池鱼，"现在是不是该你履行承诺了？"

"好说，"池鱼随手一指，"皇陵在那边。"

哼笑一声，沈弃淮道："你当本王是三岁孩子？先前就在山头上装神弄鬼，现在还想随意指个地方骗本王？"

池鱼眨眨眼："那我带你们去，可以了吧？"

沈弃淮很赞同这个法子，上前来亲自抓住她的手。

"啊呀，疼。"池鱼皱眉，"手僵了，您松开。"

"松开不就跑了？"沈弃淮亲手将她的双手反绑在身后，然后道，"你跟着沈故渊，变了不少，本王得防着你了。"

"师父听到您这声赞美，一定很高兴。"池鱼咧了咧嘴。

往前推了推她，沈弃淮没想跟她废话："带路。"

池鱼点头，深吸一口气，朝着罗藏山最高的山头的方向走去。

有人质在，沈弃淮也没怀疑什么，亲自押着她走，穿过一片森林的时候，却怎么都走不出去了。

太阳渐渐偏西，沈弃淮有些狐疑地道："你是不是在带着我们绕圈？"

"不是啊，"池鱼耸肩，"这片森林我刚刚过来的时候还很轻松，现在不知道哪里走岔了。你们要是不信，就自己找路，先走出这片森林，我继续带路，行不行？"

这小脸上满是坦诚，好像心愿已了，再没有骗他的理由。

沈弃淮抿唇，坐在一块大石头上休息，派别人去探路。

四周留下来的士兵都坐得远远的，只有池鱼坐在沈弃淮旁边。大概是无聊了，沈弃淮突然开口道："你还记得咱们第一次见面的时候吗？"

池鱼顿了顿，垂眸："说这个干什么？王爷又想笼络我？"

"谈不上笼络，"看了看夕阳的余晖，沈弃淮低笑，"我只是突然有点

儿怀念。"

不知道是不是落日的原因，沈弃淮整个人柔软了不少。

"当时你穿着嫩黄色的裙子，站在家奴的腿边，怯生生的，实在很可爱。我瞧着就在想，这小姑娘怎么和我一样可怜，没家人了，要寄人篱下。"

"多年之前我到镇南王府的时候，心里也是慌张又不安，当时身边只有陌生的镇南王爷，我连个可以拉裤腿的人都没有。所以看见你的时候，我知道你心里有多慌，于是我朝你伸手，说带你去看池塘里的大鱼。"

池鱼很想装作没听见，然而沈弃淮竟然开始喋喋不休。

"你还记得我们一起干的第一件坏事吗？你偷包子被打了板子，我出来的时候，和你一起，往老王妃的院子里放了蛇。"

终于忍不住皱眉，池鱼道："你放的，不是我们。"

"哈哈哈。"沈弃淮失笑，"你胆子小，可不就只有我放吗？你也没拦着我。"

"是啊，"宁池鱼深刻反省了一下自己，"我真是为虎作伥，助纣为虐。"

"但当时我们很开心。"沈弃淮垂眸，"白天被沈青玉欺负了，晚上就变着法整他。白天被老王妃罚了，晚上也能想主意出出气。那个时候我们一起住个小破院子，我总觉得很安心。"

池鱼看了他一眼："是啊，我也很安心。"

所以那时候的她，真的是爱惨了沈弃淮，想一辈子跟他在一起，哪怕是做些报复的坏事，只要是跟他一起的，都好。

然而，不知什么时候开始，沈弃淮就变了，一步步地变成了现在这副面目可憎的模样。

"如果……"喉头动了动，沈弃淮道，"如果我说，我这么多年的算计，都是为了我们不再被欺负，你信不信？"

"信一半。"池鱼道。

沈弃淮失笑："为什么？"

"因为你不是为了'我们'不再受欺负,而是为了你自己不再受欺负。"池鱼平静地阐述,"也许一开始你还是念着我的,但随着你身份的改变,你的欲望越来越大,想要的东西越来越多,那些与我,早就没什么关系了。"

沈弃淮一愣。

"我想要的不过就是吃饱穿暖睡好觉,能和你在一起。"池鱼看了看夕阳的最后一丝光,"而你,有了世子的地位就要王爷的位置,有了王爷的位置就要朝中大权,有了朝中大权,还想坐上龙位。沈弃淮,你这个人太贪心。"

"你不懂,"沈弃淮皱眉,"当你在我的位置上你才会明白,很多东西不是我想要,而是不得不要。逆水行舟,不进则退,你明白吗?"

池鱼沉默,眼睁睁看着天黑下去,勾了勾唇:"我不明白,也不想明白,但是王爷,天黑了,你的人还没回来。"

沈弃淮微微一惊,回过神,起身看了看四周,低喝一声:"人呢?"

四周的士兵连忙过来禀告:"回王爷,这林子里又起雾了,看不太清楚,咱们要不歇一晚上再走?"

沈弃淮皱眉,想了想,放了信号烟上天。

红色的烟火在天上炸开,附近还在搜寻的士兵看见,都纷纷往这边聚拢。

"就在林子里歇息一晚上,明日再找。"沈弃淮道。

池鱼看着,心想这人还真是一如既往地谨慎,半点儿空隙也不给人,睡觉都要这么多人保护。

沈弃淮这边带的东西很足,池鱼终于盖上了被子,虽然睡不着,但沈弃淮的帐篷就在她旁边,为了眼不见心不烦,她硬生生闭眼躺了一晚上。

第一缕晨曦穿透云层落下来的时候,池鱼睁开了眼。

林子外头一大早就吵吵嚷嚷的,有人去探查之后回来,焦急地站在沈弃淮的帐篷外头拱手:"王爷,出事了!"

沈弃淮立马掀开了帘子:"怎么?"

"京城……京城里有大量护城军往这边来了,已经接手了咱们围在山下

的兄弟，正在往咱们这边赶。"

"什么？"沈弃淮觉得自己可能是听错了，"护城军？"

护城军不是被宁池鱼带着和沈故渊他们在一起吗？

禀告的人道："据下面上来的人说，少说有三万护城军，压根抵挡不住。"

三万？沈弃淮出了帐篷，脸色很难看。

怎么会有这么多护城军来？按理说季大将军应该已经控制住了京城形势才对。一个季亚栋加上一个余承恩，难不成还镇不住护城军吗？

正疑惑，树林里竟然响起了刀剑碰撞之声。

沈弃淮大惊，连忙带着池鱼往前走去看情况。

"南稚？"看清对面带头的人，沈弃淮皱眉，"你带人过来干什么？"

护城军统领南稚，长了一张看起来很好欺负的娃娃脸，笑眯眯地朝他拱手："王爷，听闻朝中众多皇亲国戚被困，卑职特地带人来救。"

"你来救？"沈弃淮万分想不明白，"余丞相没跟你说什么吗？"

这南稚是余承恩的侄子，按理说余承恩应该告诉过他，这几日无论如何也不要把兵力借出去，更不能来罗藏山，可怎么反倒是专门来坏他事了？

"余丞相说了，"南稚捏着腰间刀鞘道，"有贼当抓，有逆当杀。"

沈弃淮身子一震，皱眉看他半响，还是没想明白是哪里出了问题。

"让我来告诉你吧。"沈故渊从旁边的林子里走出来，伸手拂开拦在自己面前的枝丫，低声道，"女人都一样，喜欢感情用事，她们眼里才没有什么家国天下，有的只是自己的虚荣颜面。"

看见他，沈弃淮脸色变了变，抓着池鱼后退两步。

沈故渊一步步走过来，像是花园漫步，压根没在意他的紧张："王爷看看现在余幼微的表现，是不是刚好如你所愿？"

沈弃淮皱眉，看他的眼神就像看个怪物："你怎么知道我心里想的什么？"

"耳朵尖。"沈故渊在他面前站定，低头看向依旧被捆着的宁池鱼，"我的徒儿，与别的女人可不一样，在她心里，家国天下可比什么颜面重要多了。"

看见他，池鱼立马松了口气，浑身都放松下来，咧嘴笑了笑："师父！"

"受苦了。"沈故渊淡淡地说着，却出手如电，猛地一掌拍在沈弃淮的胸口，将池鱼扯了回来。

两人之间本还有些距离，但沈故渊动作实在太快，沈弃淮连躲避都没来得及，胸口就是一疼，手也是一松。

池鱼扑在沈故渊怀里，眼睛亮亮地问："咱们是不是成功啦？"

"嗯，"沈故渊点头，"你可以好好休息了。"

池鱼一脸惊讶："师父连我一晚上没睡都知道？"

"我就在你旁边不远的地方。"

感动地看他一眼，池鱼倒在他怀里就睡了过去。

清冽的梅花香，闻着就让人安心。

师徒俩的对话可轻松了，但眼下的形势却是剑拔弩张。沈弃淮看了沈故渊一眼，发现他没带什么人，于是矛头还是先对准了旁边的南稚："是余丞相让你来的，还是余幼微让你来的？"

"王爷这话怎么说的？"南稚道，"卑职是武官，忠于陛下，哪有听别人话的道理？"

这句话一说出来，沈弃淮就明白了，南稚不是开玩笑来拦他，是铁了心的。

三万护城军，他不是对手，一旦落败，必死无疑。

退无可退！沈弃淮红了眼，朝身后的人大喝一声："跟我冲！"

"喝——"罗藏山上顿时兵声震天。

池鱼吓得抖了抖，睁开眼却发现，他们已经回到了皇陵里。

"外头怎么样了？"一看见他们，孝亲王立马就迎上来问。

沈故渊勾唇："狗咬狗，给他们一天的时间打，咱们晚上趁乱就能下山。"

"太好了！"众人欢呼。

沈故渊皱了皱眉，对他们这么吵闹表示了嫌弃，抱着池鱼就去了个安静

的墓室，让她继续睡。

"师父，"池鱼打着呵欠道，"我其实还能挺一会儿。"

"别挺了，"沈故渊嫌弃地道，"想睡就睡吧，有我在呢。"

有我在呢。

这句话池鱼听了很多遍，每次沈故渊都这样说，高大的身子护着她，像是天塌下来都帮她顶着一样。虽然语气不够温柔，表情也很不耐烦，但每次听着，她都觉得很安心。

心里微动，她伸手，轻轻抓住了他的衣袖。

外头打得天昏地暗，众人趁乱下山的时候，李晟权跑去墓室知会他们。

可刚迈进一只脚，抬头看了看里头的场景，李晟权嘴角一抽，又将脚收了回去。

赵饮马说这两人是师徒，可天底下哪有这样的师徒，徒弟睡个觉都靠在师父怀里，师父的表情还那么温柔？

"有事吗？"沈故渊头也没抬。

李晟权一惊，连忙低头道："可以下山了。"

"好，"沈故渊起身，将还睡着的人抱了起来，低声道，"你让赵统领注意西边下山的小路，别让沈弃淮跑了。"

西边下山的小路？李晟权呆呆地点头，心里很纳闷，这三王爷怎么知道人家会从哪条路跑啊？沈弃淮这一仗打不过，可以逃跑的路线很多啊。

然而，当两天之后，他当真与赵饮马一起在西边的下山路上堵住了逃窜的沈弃淮的时候，李晟权目瞪口呆。

"这三王爷……到底是何方神圣啊？"

"你说什么？"赵饮马不解地看他。

"没。"摇摇头，李晟权觉得，可能是三王爷过于睿智，考虑得周全，所以预料到了吧。

罗藏山一役，沈弃淮被擒入狱，定谋反之罪，证据确凿，朝野之中无一人敢偏袒维护。忠亲王下令将其关押大牢，待罪名全部核实之后，问斩午门。

　　正在睡觉的池鱼听见这个消息，只打了个呵欠，翻了个身。

　　"这回不心疼他了？"沈故渊坐在她身边，阴阳怪气地说了一句。

　　池鱼睁眼，抬头看着他，微微惊讶："师父，您这话怎么酸溜溜的？"

酸？沈故渊翻了个白眼："你听错了，为师很是欣慰。"

池鱼笑了笑，伸手抱住了他的腰。

坐怀不乱的沈故渊，能有酸酸的醋意情绪，实在是让人欣慰。

沈故渊觉得她这话说得有点儿怪，还想再问，池鱼却闭上眼睛睡着了。

他于是伸手将她紧紧抱在了怀里。

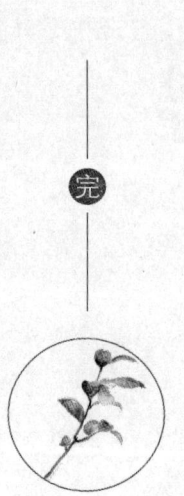

《意林·全彩 Color》，青春就是要"精""彩"

《意林·全彩 Color》是百万大刊《意林》杂志，在原有《意林》上、下半月核心刊基础上，于2016年5月1日重磅推出的《意林》第三本核心刊。《意林·全彩 Color》坚持**青春励志不变、助力学生中高考不变、原班编辑团队不变、万里挑一稿件质量不变**，并采用**全彩印刷**，更高品质的纸张，全本厚达72页，定价6元。

○ **中高考实用宝典**，创刊第2期，即原题命中高考作文

○ **全彩印刷**，原色呈现多彩世界，青春就该像彩虹般缤纷

○ **内容加码**，全新栏目、萌趣彩页，轻松缓解阅读压力

○ **版式出新**，全新设计的七大版式，意想不到的新鲜图文搭配

邮发代号：
16-289

○ 堪比几米的手绘配图，佐之以摄影美图，**细节点缀，美貌爆表**

○ **纸张升级**，给你绿意盎然般的清新阅读体验

○ 超多回馈活动、励志明星海报、**杂志内页独家定制月历**

○ **6元良心价买全彩72页**

心动的话，赶紧通过以下方式订阅《意林·全彩 Color》吧

★**意林天猫专营店：**
手机淘宝用户扫码一步购买

★**意林微商城：**
微信用户扫码轻松入手

★**各大邮局订阅：**
到就近邮局报上邮发代号**16-289**，即可订阅

杂志信息：
页码：72页
定价：6.00元
印刷：全彩印刷
上市时间：每月1日

青春就是要"精""彩"，《意林·全彩 Color》等你来约！

意林精品图书推荐

《别来无恙，我的小初恋》
简介：作家沈嘉柯暖心力作，陪你一起挥别青春，再出发。
定价：29.80 元

《喜欢你这句话，我憋住了整个青春》
简介：数十篇青春伤感故事，带你领略成长、青春、爱恋的阴晴圆缺。
定价：29.80 元

《遇见你，就是最对的时候》
简介：青罗扇子、周德东等作家用文字演绎纸上电影。时光远去，我们永远青春。
定价：29.80 元

《我记得你说过的每句美好》
简介：独木舟、夏七夕、七微等名家用真挚的笔触探究青春的色彩。
定价：29.80 元

多味之恋 系列

《这世间所有的纸短情长》
简介：织梦人张芸欣在深夜为你点一炉青莲之香，寻找渐渐远去的青春与年少。
定价：29.80 元

《世界那么大，命中注定遇见你》
简介：每个人都会接触形形色色的人，又会一些人聚聚散散，马叛说：这些相遇都是命中注定。
定价：29.80 元

《我不怀念你，我只怀念有你的往昔》
简介：继《左耳》之后深入骨髓的疼痛青春，每个人都可以在她的故事中找到原始的自己。
定价：29.80 元

《花与巡夜人》
简介：国内一本填色减压故事书，抚触你的心灵，缓解现代人的都市病症。
定价：36.90 元

深夜暖心 系列

《少年从不等风来》
简介：关于年轻人的追梦故事，他们用自己的特立独行，创造属于自己的天地。
定价：29.80 元

《你的人生不需要别人点赞》
简介：大人物从这里起步，成就了丰盈的人生。数百篇故事告诉你成功者的秘密。
定价：29.80 元

《逆光飞翔，微芒盛放》
简介：名人的磨难被晾晒成坚强，带给你十八而志的青春励志的正能量。
定价：29.80 元

《像明星一样去战斗》
简介：数十位明星的奋斗史。逆袭背后，都是平凡生活中的伟大梦想。
定价：29.80 元

十八而志 系列

《脑洞君，请收下我的膝盖》
简介：理科的严谨与文科的情怀，二者你都能拥有。
定价：28.90 元

《我心有猛虎，而你只要一枝蔷薇》
简介：量身为中学生打造的心灵读本！
定价：28.90 元

《一生心事只得一人来解》
简介：与名家碰触思想上的火花，快乐成为阅读的领跑学霸。
定价：28.90 元

《好男孩上天堂 坏男孩走四方》
简介：毕业于剑桥大学的才女陈叠邀您围观世界名校男神！
定价：29.80 元

大阅读 系列

《把你所有的不安都交给我来暖》
讲给你听，117 个如同心灵抱抱的故事。
定价：29.80 元

《所有人的坚强，都是柔软生的苗》
玻璃心的朋友们，看这里！讲给你听，125 个含泪奔跑的人生故事。
定价：29.80 元

《生命中除了爱，其他都是行李》
讲给你听，召唤小确幸的 111 个故事。
定价：29.80 元

《都道初心不可负，而初心是何物》
133 个初心故事，既有明星大家，又有平凡人物，从故事里闪耀初心的光芒。
定价：29.80 元

初心讲义 系列

意林精品图书推荐

《我的人生无须证明给你看》
简介：ONE·一个《读者》《意林》《花火》人气作者马扳2017年全新作品。
定价：32.80元

《那个神秘的宣愉小姐》
简介：青春、古风双料大神苏缠绵青春心理小说，初次尝试驾驭双重人格的人物设定，一场守护爱情的计划……
定价：32.80元

《这一杯，我敬的是年少无知》
简介：悬疑推理小说作家何慕，出道六年，人气都市情感类短篇小说集。
定价：32.80元

《光年未至，盛夏已满》
简介：意林彩绘英文系列精选《绘英语》杂志中读者欢迎的内容，让中学生轻而易举让英语变强！
定价：29.80元

《我不愿让你一个人走过青春的荒芜》
简介：95后模特级作者谢宁远写给你深情的告白书。十五篇故事，是告白，亦是陪伴。
定价：29.80元

《对方正在输入中》
简介：那些爱与被爱的故事。年少时的懵懂酸涩，成熟后的感人至深；是心头的一枚朱砂痣。
定价：29.80元

《你是年少的欢喜，喜欢的少年是你》
简介：古风天后吾玉，初涉现代爱情，打造都市轻风之作。
定价：29.80元

《从此晚安我自己》
简介：95后男神作者何家豪精选青春成人礼童话，将这16个故事，说给长成大人的你！
定价：29.80元

《我不成仙 一 断尘绝念》
简介：不想成仙却毅然修仙，她见愁只想有朝一日亲口对那人说："纵你成仙，亦不可逃！"
定价：28.80元

《我不成仙 二 杀红小界》
简介：闯杀红小界，斗神秘三关。血衣作战袍，刻骨为利刃。她的通天坦途，便是他的穷途末路！
定价：28.80元

《风之守望者①》
简介：如何成为一个良好的被负责人？会做饭还会洗衣服就把最强黑服负责人拿下！
定价：24.80元

《风之守望者②》
简介：拯救学长大作战，开始！学长，我们要毁灭世界吗？
定价：24.80元

《符神传说①斩焰少年行》
简介：接通元灵符界，交易、对战、派单……现实与虚拟之间，体味什么叫酣畅淋漓！
定价：28.80元

《符神传说②东川起风云》
简介：逆转鬼煞岭、人蛮荒探迷城，跨越空间界限，酷玩符阵妙法，创造异度奇幻流行狂潮！
定价：28.80元

《禁域①墓地神婴》
简介：盖世皇者重现世间，只为触底反击，再创传奇！踏破乾坤纵横时空，禁域绝密即将揭晓！
定价：28.80元

《禁域②宗门斗者》
简介：扶桑谷内迷雾重重，神秘世界、时间长河、神秘女子……时空彼端，究竟有着怎样的秘密？
定价：28.80元